JOGADA MORTAL

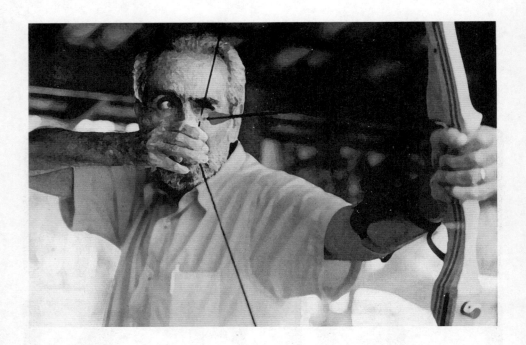

O ARQUEIRO

GERALDO JORDÃO PEREIRA (1938-2008) começou sua carreira aos 17 anos, quando foi trabalhar com seu pai, o célebre editor José Olympio, publicando obras marcantes como *O menino do dedo verde*, de Maurice Druon, e *Minha vida*, de Charles Chaplin.

Em 1976, fundou a Editora Salamandra com o propósito de formar uma nova geração de leitores e acabou criando um dos catálogos infantis mais premiados do Brasil. Em 1992, fugindo de sua linha editorial, lançou *Muitas vidas, muitos mestres*, de Brian Weiss, livro que deu origem à Editora Sextante.

Fã de histórias de suspense, Geraldo descobriu *O Código Da Vinci* antes mesmo de ele ser lançado nos Estados Unidos. A aposta em ficção, que não era o foco da Sextante, foi certeira: o título se transformou em um dos maiores fenômenos editoriais de todos os tempos.

Mas não foi só aos livros que se dedicou. Com seu desejo de ajudar o próximo, Geraldo desenvolveu diversos projetos sociais que se tornaram sua grande paixão.

Com a missão de publicar histórias empolgantes, tornar os livros cada vez mais acessíveis e despertar o amor pela leitura, a Editora Arqueiro é uma homenagem a esta figura extraordinária, capaz de enxergar mais além, mirar nas coisas verdadeiramente importantes e não perder o idealismo e a esperança diante dos desafios e contratempos da vida.

HARLAN COBEN

JOGADA MORTAL

ARQUEIRO

Título original: *Drop Shot*
Copyright © 1996 por Harlan Coben
Copyright da tradução © 2012 por Editora Arqueiro Ltda.

Todos os direitos reservados. Nenhuma parte deste livro pode ser utilizada ou reproduzida sob quaisquer meios existentes sem autorização por escrito dos editores.

tradução: Fabiano Morais
preparo de originais: Sheila Til
revisão: Luis Américo Costa, Rebeca Bolite e Umberto Figueiredo
projeto gráfico e diagramação: Valéria Teixeira
capa: Elmo Rosa
impressão e acabamento: Bartira Gráfica

CIP-BRASIL. CATALOGAÇÃO NA PUBLICAÇÃO
SINDICATO NACIONAL DOS EDITORES DE LIVROS, RJ

C586j   Coben, Harlan, 1962-
         Jogada mortal / Harlan Coben ; [tradução Fabiano Morais]. - 1. ed. - São Paulo : Arqueiro, 2021.
         256 p. ; 23 cm.   (Myron Bolitar ; 2)

         Tradução de: Drop shot
         ISBN 978-65-5565-180-5

         1. Ficção americana. I. Morais, Fabiano. II. Título. III. Série.

21-70807   CDD 813
                             CDU 82-3(73)

Camila Donis Hartmann - Bibliotecária - CRB-7/6472

Todos os direitos reservados, no Brasil, por
Editora Arqueiro Ltda.
Rua Funchal, 538 – conjuntos 52 e 54 – Vila Olímpia
04551-060 – São Paulo – SP
Tel.: (11) 3868-4492 – Fax: (11) 3862-5818
E-mail: atendimento@editoraarqueiro.com.br
www.editoraarqueiro.com.br

*Para Anne e Charlotte,
do homem mais sortudo do mundo*

1

— Cesar Romero — disse Myron.

Win olhou para ele.

— Você só pode estar de brincadeira.

— Estou começando com uma fácil.

Na quadra, os jogadores trocavam de lado. O cliente de Myron, Duane Richwood, vencia de lavada o cabeça de chave número 15, Ivan Sei-lá-o-kov, ganhando o terceiro set por 5-0 depois de levar os dois primeiros por 6-0 e 6-2. Uma estreia impressionante no Aberto dos Estados Unidos para um jogador de 21 anos que não encabeçava qualquer chave e acabara de surgir das ruas de Nova York (literalmente).

— Cesar Romero — repetiu Myron. — Se não souber, pode falar.

Win deu um suspiro.

— Coringa.

— Frank Gorshin.

— Charada.

Pausa de 90 segundos para o intervalo comercial. Myron e Win estavam matando o tempo testando suas habilidades numa partida de "Vilões do *Batman*". A série de TV. Estrelando Adam West, Burt Ward e todos aqueles balões de "Pow", "Bam" e "Slam". O Batman *de verdade*.

— Quem interpretou o segundo? — perguntou Myron.

— O segundo Charada?

Myron assentiu.

Do outro lado da quadra, Duane Richwood lhes lançou um sorriso pretensioso. Ele usava óculos de sol estilo aviador com uma armação verde fluorescente espalhafatosa. O último modelo da Ray-Ban. Duane nunca os tirava. Os óculos escuros não apenas o identificavam como eram praticamente sua marca registrada. O que deixava os executivos da Ray-Ban muito felizes.

Myron e Win estavam sentados em um dos dois camarotes reservados para celebridades e para os respectivos séquitos dos jogadores. Na maioria das partidas, não sobrava um só lugar ali. Na noite anterior, quando Andre Agassi jogara, seu camarote tinha ficado lotado de parentes, amigos, puxa-sacos, rabos de saia, astros de cinema ecologicamente corretos e mulheres com megahair. Mais parecia uma festa nos bastidores de um show do Aerosmith. No camarote de Duane, no entanto, só havia três pessoas: o agente Myron, o consultor financeiro Win e seu técnico, Henry Hobman. Wanda, o amor de sua vida, estava nervosa demais e tinha preferido ficar em casa.

– John Astin – respondeu Win.

Myron assentiu outra vez.

– E quanto a Shelley Winters?

– Ma Parker.

– Milton Berle.

– Louie Lilás.

– Liberace.

– Chandell.

– E?

Win pareceu intrigado.

– E o quê?

– Que outro vilão Liberace interpretou?

– Do que você está falando? Liberace só apareceu naquele episódio.

Myron se recostou e sorriu.

– Tem certeza?

No seu lugar ao lado da cadeira do juiz, Duane bebia alegremente uma garrafa de água mineral Evian. Ele a segurava de modo que o nome do patrocinador ficasse bem à mostra para as câmeras de TV. Garoto esperto. Sabia como agradar o patrocinador. Pouco antes, Myron havia conseguido um contrato simples com a gigante da indústria de água mineral: durante o Aberto dos Estados Unidos, Duane só beberia Evian em garrafas com rótulo. Em troca, a empresa lhe pagara 10 mil dólares. Isso valia para a água. Myron estava negociando com a Pepsi o refrigerante que Duane beberia e, com a Gatorade, o isotônico.

Ah, o tênis.

– Liberace só apareceu naquele episódio – anunciou Win.

– Essa é sua resposta final?

– Sim. Liberace só apareceu naquele episódio.

Henry Hobman continuava analisando a quadra, esquadrinhando-a com uma concentração feroz, os olhos indo de um lado para outro. Pena que ninguém estivesse jogando.

– Henry, quer dar um palpite?

Henry os ignorou. Até aí, nada de novo.

– Liberace só apareceu naquele episódio – repetiu Win, empinando o nariz.

Myron fez um zumbido baixinho com a boca.

– Sinto muito, resposta incorreta. O que temos para o nosso participante, Don? Bem, Myron, Windsor vai ganhar a versão de tabuleiro do nosso jogo e um estoque de um ano de cera para carros Turtle Wax. Obrigado por participar do nosso programa!

Win continuou impassível.

– Liberace só apareceu naquele episódio.

– Esse é o seu novo mantra?

– Até você provar o contrário.

Win, ou Windsor Horne Lockwood III, juntou as pontas dos dedos de unhas benfeitas. Ele fazia isso bastante, essa pirâmide com as mãos. Combinava com ele. A aparência de Win também não destoava do nome. Um representante perfeito da classe dominante norte-americana: branco, anglo-saxão e protestante. Tudo nele transpirava elitismo, arrogância, festas de gala, debutantes com nomes como Babs usando suéteres com monogramas e colares de pérolas, martínis em clubes privativos, família rica e tradicional – seus cabelos louros e lisos, seu rosto aristocrata de menino bonito, sua pele branca como leite, seu sotaque inglês. Porém, no caso de Win, algum tipo de anomalia genética conseguira se esgueirar por gerações e gerações de boa educação. Em certos aspectos, Win era exatamente o que parecia ser. Mas em muitos outros – e às vezes de forma bastante assustadora – ele não era.

– Estou esperando – disse Win.

– Você se lembra de Liberace interpretando Chandell? – perguntou Myron.

– Claro.

– Mas se esqueceu de que ele também interpretou Harry, o irmão gêmeo malvado de Chandell. No mesmo episódio.

Win fez uma careta.

– Você só pode estar brincando.

– Por quê?

– Irmãos gêmeos malvados não contam.

– Cadê a regra que diz isso?

Win jogou o queixo protuberante para a frente daquele seu jeito peculiar.

A umidade era tanta que dava para senti-la na pele, principalmente naquele estádio abafado no Flushing Meadows Park. O estádio, estranhamente batizado em homenagem a Louis Armstrong, estava mais para um outdoor gigante que por acaso tinha uma quadra de tênis. Um anúncio da IBM ficava em cima do painel que media a velocidade dos saques. Um relógio da Citizen marcava tanto as horas quanto o tempo de partida. O logotipo da Visa estava estampado atrás da linha de fundo. Reebok, Infiniti, Fuji Film e Clairol disputavam qualquer espaço livre restante. Sem falar da Heineken.

Heineken, a cerveja oficial do Aberto dos Estados Unidos.

A plateia era uma mistura geral. Lá embaixo, nos melhores lugares, ficavam as pessoas que tinham dinheiro. Mas, no quesito roupas, valia tudo. Alguns usavam terno e gravata (como Win), outros vestiam algo mais informal, estilo Banana Republic (como Myron), e outros ainda, jeans ou shorts. Mas os favoritos de Myron eram os torcedores que apareciam vestidos de tenista dos pés à cabeça: camisa, short, meias, tênis apropriados, casaco, faixa na testa e raquete. Raquete. Como se fossem ser chamados para jogar. Como se Pete Sampras, Steffi Graf ou algum outro jogador fosse apontar de repente para a arquibancada e dizer: "Ei, você com a raquete. Preciso de um parceiro."

Era a vez de Win.
– Roddy McDowall – começou ele.
– O Traça.
– Vincent Price.
– Cabeça de Ovo.
– Joan Collins.

Myron hesitou.
– Joan Collins? Que fez aquela novela, *Dynasty*?
– Eu me recuso a dar dicas.

Myron repassou os episódios em sua mente. Na quadra, o juiz anunciou:
– Tempo.

O intervalo comercial de 90 segundos havia acabado. Os tenistas se levantaram. Myron não tinha certeza, mas achou ter visto Henry piscar.
– Desiste? – perguntou Win.
– Shhh. Eles já vão voltar a jogar.
– E você ainda se considera um fã de *Batman*.

Os jogadores se posicionaram na quadra. Eles também eram outdoors, porém menores. Duane usava calçados e roupas da Nike. Sua raquete era da marca Head. Logotipos do McDonald's e da Sony enfeitavam as mangas da camisa. Seu adversário usava Reebok. Os logotipos dele eram da Sharp e da Bic. Bic. A empresa de canetas e lâminas de barbear. Como se alguém fosse assistir a uma partida de tênis, ver a marca e comprar uma caneta.

Myron se inclinou na direção de Win.
– OK, desisto – sussurrou ele. – Qual vilã Joan Collins interpretou?

Win deu de ombros.
– Não lembro.
– O quê?
– Sei que ela apareceu em um episódio. Mas esqueci o nome da personagem.
– Aí não vale.

Win sorriu com seus dentes brancos perfeitos.

– Cadê a regra que diz isso?
– Você precisa saber a resposta.
– Por quê? – rebateu Win. – Os apresentadores dos programas de perguntas da TV precisam saber todas as respostas?
Silêncio.
– Bom argumento, Win. Sério.
– Obrigado.
– A Sereia – anunciou outra voz.
Myron e Win olharam ao redor. O som parecia ter vindo de Henry.
– Você disse alguma coisa?
A boca de Henry nem parecia se mover.
– A Sereia – repetiu ele, os olhos ainda grudados na quadra. – Joan Collins interpretou a Sereia. No *Batman*.
Myron e Win se entreolharam.
– Ninguém gosta de sabichões, Henry.
Talvez a boca de Henry tivesse se movido. Talvez ele houvesse dado um sorriso.
Na quadra, Duane abriu o game com um ace que quase fez um buraco em um gandula. O velocímetro da IBM registrou 206 quilômetros por hora. Myron balançou a cabeça, incrédulo. Ivan Não-sei-o-quê fez o mesmo. Duane se preparava para fazer seu segundo ponto quando o celular de Myron tocou.
Ele o apanhou depressa. Não era o único na arquibancada falando ao celular. Mas era o único na primeira fila. Já ia desligar quando percebeu que poderia ser Jessica. Só de pensar nela, seu pulso acelerou um pouco.
– Alô.
– Não é a Jessica.
Era Esperanza, sua assistente.
– Não achei que fosse.
– Ah, tá – disse ela. – E você sempre atende o telefone parecendo um cachorrinho chorão.
Myron agarrou o aparelho. A partida continuara sem interrupção, mas rostos irritados se viravam em busca do dono do celular desrespeitoso.
– O que você quer? – sussurrou ele. – Estou no estádio.
– Eu sei. Aposto que está parecendo um babaca metido. Falando ao celular no meio da partida.
– Agora que ela falou...
Os rostos irritados já haviam se tornado punhais apontados em sua direção. Aos olhos daquelas pessoas, Myron cometera um pecado imperdoável. Como molestar uma criança. Ou usar o garfo da salada para comer a entrada.

– O que você quer?
– Você está aparecendo na televisão. Nossa, é verdade.
– O quê?
– A câmera realmente deixa as pessoas mais gordas.
– O que você quer?
– Nada de mais. Achei que fosse querer saber que consegui uma reunião com Eddie Crane para você.
– Mentira.

Eddie, um dos tenistas juniores mais promissores do país. Ele estava negociando apenas com as quatro maiores agências: ICM, TruPro, Advantage International e ProServ.

– Estou falando sério. Ele e os pais estarão esperando por você na quadra 16 depois da partida de Duane.
– Eu te amo, sabia?
– Então me dê um aumento – disse ela.

Duane soltou uma direita certeira: 30-0.

– Mais alguma coisa? – perguntou Myron.
– Nada importante. Valerie Simpson. Ela ligou três vezes.
– O que ela queria?
– Não quis dizer. Mas a Rainha do Gelo me pareceu abalada.
– Não a chame assim.
– Tá, que seja.

Myron desligou. Win olhou para ele.

– Problemas?

Valerie Simpson. Um caso estranho, mas também triste. A ex-prodígio do tênis tinha visitado o escritório de Myron dois dias antes procurando alguém, qualquer um, para representá-la.

– Acho que não.

Duane havia feito 40-0. Terceiro match point. Bud Collins, o famoso colunista esportivo especializado em tênis, já estava esperando perto da quadra para uma entrevista. A calça de Bud, sempre uma tentativa arriscada e multicolorida de parecer fashion, era especialmente horrorosa naquele dia.

Duane pegou duas bolas com o gandula e foi até a linha de fundo. Ele era um artigo raro no tênis. Um negro. Não havia nascido na Índia, na África ou na França. Era da cidade de Nova York. Ao contrário de praticamente todos os outros jogadores no torneio, não passara a vida inteira se preparando para aquele momento. Não havia sido forçado a jogar por pais ambiciosos e oportunistas. Não recebera orientação dos melhores treinadores do mundo na Flórida ou na

Califórnia desde que tinha idade suficiente para segurar uma raquete. Duane estava no extremo oposto disso tudo: um garoto que havia fugido de casa aos 15 anos e conseguido, de alguma forma, sobreviver sozinho nas ruas. Aprendera a jogar tênis nas quadras públicas. Ficava por lá o dia inteiro e desafiava qualquer um que soubesse segurar uma raquete.

Estava prestes a ganhar sua primeira partida em um torneio de Grand Slam quando houve o disparo.

O barulho chegou abafado. Viera de fora do estádio. A maioria das pessoas não entrou em pânico, imaginando que tivesse sido uma bombinha ou o escapamento de um carro. Myron e Win, no entanto, estavam mais do que acostumados a ouvir aquele som. Já estavam de pé e em movimento antes dos gritos. Um burburinho começou a percorrer a multidão. Em seguida vieram gritos. Altos, histéricos. O juiz, em sua infinita sabedoria, solicitou impacientemente em seu microfone que as pessoas, por favor, fizessem silêncio.

Myron e Win subiram correndo a escadaria de metal. Saltaram por sobre a corrente branca que impedia que as pessoas entrassem ou saíssem da quadra enquanto os jogadores trocavam de lado e seguiram às pressas. Uma pequena multidão começava a se formar no que as pessoas chamavam, generosamente, de "praça de alimentação". Com bastante trabalho e paciência, a praça de alimentação esperava um dia chegar ao nível gastronômico, digamos, de um shopping.

Eles atravessaram a multidão aos empurrões. Algumas pessoas estavam de fato histéricas, mas outras nem sequer tinham se movido. Afinal, estamos falando de Nova York. As filas para bebidas eram longas. Ninguém queria perder o lugar.

A garota estava caída de cara no chão em frente a uma barraca que servia champanhe a 7,50 dólares a taça. Myron a reconheceu de imediato, mesmo antes de se agachar e virá-la de barriga para cima. Mas, ao ver o rosto dela, os olhos azuis gélidos encarando-o de volta no último e imutável olhar da morte, seu coração afundou no peito. Ele olhou para Win. O amigo, como sempre, mantinha-se impassível.

– Agora é que ela não vai mais voltar.

2

– Talvez fosse melhor você deixar isso pra lá – disse Win.

Ele deu uma guinada com seu Jaguar para pegar a FDR Drive e seguiu na direção sul. O rádio estava sintonizado na 105,1 FM, que tocava o que chamavam de "soft rock". Michael Bolton cantava uma versão de um clássico dos Four Tops.

Horrível. Como se colocassem uma sexagenária no papel principal do *remake* de um filme de Marilyn Monroe.

Talvez "soft rock" significasse "rock ruim de doer".

– Posso tirar dessa rádio? – perguntou Myron.

– Por favor.

Win puxou bruscamente o volante para mudar de pista. Em termos muito sutis, seu jeito de dirigir poderia ser descrito como criativo. Myron tentou não dar atenção a isso. Escolheu a trilha sonora de uma peça da Broadway. Como Myron, Win tinha uma coleção imensa de musicais antigos. No som, Robert Morse começou a cantar algo sobre uma garota chamada Rosemary. Mas era uma garota chamada Valerie Simpson que Myron não conseguia afastar do pensamento.

Valerie estava morta. Uma bala no peito. Alguém a havia baleado na praça de alimentação durante o jogo de abertura do único Grand Slam de tênis dos Estados Unidos. E, mesmo assim, ninguém tinha visto nada. Ou pelo menos ninguém queria falar.

– Você está fazendo aquela cara – avisou Win.

– Que cara?

– Sua cara de "quero salvar o mundo" – disse Win. – Ela não era sua cliente.

– Mas iria ser.

– A diferença é grande. O que aconteceu com ela não é da sua conta.

– Ela me ligou três vezes hoje – informou Myron. – Deve ter ido ao estádio porque não conseguiu falar comigo. E então foi baleada e morta.

– Uma história triste – refletiu Win. – Mas que não é da sua conta.

O velocímetro oscilava em torno dos 130 quilômetros por hora.

– Hã, Win?

– Que foi?

– O lado esquerdo da estrada. É contramão.

Win girou o volante, cruzou duas pistas e pegou uma rampa. Minutos depois, o Jaguar entrava no estacionamento Kinney pela Rua 52 e eles deixavam as chaves com Mario, o atendente. Estava quente em Manhattan. O tipo de calor que só se sente na cidade. As calçadas queimavam os pés das pessoas como se elas estivessem descalças. A fumaça dos canos de descarga ficava presa na umidade, pendendo no ar como frutas em uma árvore. Era difícil respirar e fácil transpirar. O segredo era tentar suar o mínimo possível enquanto se andava pelas ruas e torcer para que as roupas secassem – sem lhe causar uma pneumonia – quando você chegasse a um lugar com ar-condicionado.

Myron e Win seguiram pela Park Avenue na direção sul, rumo ao prédio da Lock-Horne Seguros e Investimentos, o arranha-céu que pertencia à família de

Win. O elevador parou no 12º andar. Myron saiu. Win continuou lá dentro. Seu escritório ficava dois andares acima.

Antes que a porta do elevador fechasse, Win disse:

– Eu a conhecia.

– Quem?

– Valerie Simpson. Fui eu quem disse a ela para procurar você.

– E por que não falou nada?

– Não vi motivo.

– Vocês eram próximos?

– Depende da sua definição de próximo. Ela vem de uma família rica da Filadélfia. Como a minha. Éramos sócios dos mesmos clubes, financiávamos as mesmas instituições beneficentes, esse tipo de coisa. Às vezes nossas famílias passavam as férias de verão juntas quando éramos crianças. Mas não tinha notícias dela havia anos.

– Ela simplesmente ligou para você do nada? – perguntou Myron.

– Pode-se dizer que sim.

– O que você diria?

– Isso é um interrogatório?

– Não. Tem algum palpite sobre quem a matou?

Win ficou perfeitamente imóvel.

– Conversamos mais tarde – disse ele. – Tenho alguns assuntos de trabalho para resolver antes.

A porta do elevador se fechou. Myron ficou ali por um instante, como se esperasse que ela se abrisse novamente. Então atravessou o corredor e empurrou uma porta com os dizeres MB Representações Esportivas.

Esperanza ergueu os olhos de sua mesa.

– Credo, você está um trapo.

– Já ficou sabendo sobre Valerie?

Ela assentiu. Se estava sentindo algum remorso por ter chamado a garota de Rainha do Gelo pouco antes de ela ser assassinada, não deixou transparecer.

– Seu casaco está sujo de sangue.

– Eu sei.

– Ned Tunwell, da Nike, está na sala de reuniões.

– Acho que vou atendê-lo – disse Myron. – Não adianta nada ficar me lamentando.

Esperanza o encarou. Inexpressiva.

– Não precisa ficar tão preocupada – prosseguiu ele. – Estou bem.

– Estou me fazendo de durona.

A compaixão em pessoa.

Quando abriu a porta da sala de reuniões, Ned Tunwell veio na direção dele feito um bichinho de estimação feliz. Abriu um sorriso radiante, apertou a mão de Myron, deu-lhe um tapinha nas costas. O agente quase esperou que ele pulasse no seu colo e lambesse sua cara.

Ned Tunwell parecia ter uns 30 e poucos anos, mais ou menos a idade de Myron. Era sempre alto-astral, como um hare krishna que usasse anfetaminas – ou, pior, como um participante de game show da TV. Estava usando blazer azul, camisa branca, calça cáqui, gravata berrante e, é claro, tênis Nike. O novo modelo Duane Richwood. Seu cabelo era de um louro bem amarelo e ele tinha um daqueles bigodes finos que não passam de uma listra em cima da boca.

Ned finalmente se acalmou o suficiente para erguer uma fita de vídeo.

– Espere só até ver isto! – vibrou ele. – Myron, você vai adorar. É simplesmente fantástico.

– Vamos dar uma olhada.

– Estou falando, Myron, é fantástico. Simplesmente fantástico. Incrível. Saiu melhor do que eu imaginava. É de deixar as coisas que fizemos com Jim Courier e Andre Agassi no chinelo. Você vai adorar. É fantástico. Fantástico, pode crer.

A palavra-chave aqui é: *fantástico*.

Tunwell ligou a TV e colocou a fita no videocassete. Myron se sentou e tentou afastar da mente a imagem do cadáver de Valerie Simpson. Precisava se concentrar. Isto – o primeiro comercial de Duane a ser exibido em rede nacional – era importante. A imagem de um atleta era construída mais por essas campanhas publicitárias do que por qualquer outra coisa, incluindo quão bem ele jogasse e o que a mídia falasse dele. Os atletas passavam a ser definidos pelos produtos que representavam. Quantas pessoas não conheciam Michael Jordan como Air Jordan? A maioria dos torcedores não afirmaria com certeza que Larry Johnson jogava pelo Charlotte Hornets, mas saberia tudo sobre a velhinha que ele havia interpretado em um anúncio. A campanha certa poderia fazer uma carreira. A campanha errada poderia destruí-la.

– Quando vai ao ar? – perguntou Myron.

– Durante as quartas de final. Vamos partir com tudo pra cima das emissoras.

A fita acabou de ser rebobinada. Duane estava prestes a se tornar um dos tenistas mais bem pagos do mundo. Não pelas suas vitórias em quadra, embora isso também entrasse na conta, mas por causa de contratos extras. Na maioria dos esportes, os atletas de renome recebiam mais dinheiro dos patrocinadores do que de seus próprios times. No caso do tênis, muito mais. Muito mais mesmo.

Os salários dos 10 principais tenistas do mundo representavam algo em torno de 15% de sua renda. O restante vinha de publicidade, jogos de exibição e cachês – que os grandes nomes recebiam só para participar de um determinado torneio, independentemente de como se saíssem nele.

O tênis vinha precisando de sangue novo e Duane Richwood era a bolsa de transfusão mais vigorosa a surgir em anos. Jim Courier e Pete Sampras eram tão empolgantes quanto ração de cachorro. Os atletas suecos davam sono. Andre Agassi já estava deixando as pessoas enjoadas. John McEnroe e Jimmy Connors eram passado.

Então eis que chega Duane Richwood. Carismático, engraçado, um pouco polêmico, mas ainda não odiado. Ele era negro e vinha das ruas, mas o tipo de negro das ruas que era tido como "seguro": um cara que até mesmo os racistas poderiam usar para mostrar que não eram racistas de verdade.

– Saca só essa belezinha, Myron. Essa campanha, estou falando, ela é... é simplesmente...

Tunwell olhou para cima, como se buscasse a palavra certa.

– Fantástica? – arriscou Myron.

Ned estalou os dedos e apontou para a frente.

– Você não perde por esperar. Eu fico excitado só de ver esse comercial. Porra, eu fico excitado só de *pensar* nele. Juro por Deus, ele é bom assim.

Ele apertou o PLAY.

Dois dias antes, Valerie Simpson tinha se sentado naquela mesma sala, logo depois da reunião que ele tivera com Duane Richwood. O contraste era gritante. Os dois tinham 20 e poucos anos, mas, enquanto a carreira de um estava desabrochando, a da outra já havia secado e sido arrastada pelo vento. Aos 24 anos, fazia tempo que Valerie era tachada de "ultrapassada" ou "fracasso". Ela sempre tivera um jeito frio e arrogante (daí Esperanza chamá-la de Rainha do Gelo), ou talvez fosse apenas reservada e distraída. Era difícil saber ao certo. E, sim, Valerie era jovem, mas não exatamente – com o perdão do clichê – cheia de vida. Por mais estranho que fosse, seus olhos pareceram mais vivos depois da morte, enquanto encaravam congelados o nada, do que quando ela estivera sentada ali, de frente para ele.

Myron se perguntava por que alguém mataria Valerie Simpson. Por que ela teria tentado contatá-lo tão desesperadamente? Por que tinha ido ao estádio? Para encontrá-lo? Para assistir à partida?

– Veja só isso, Myron – repetiu Tunwell mais uma vez. – É tão fantástico que eu cheguei a gozar. Sério, juro por Deus. Bem na minha calça.

– Pena que eu perdi isso – falou Myron.

Ned deu um gritinho de prazer.

O comercial enfim começou. Duane surgiu na tela, usando seus óculos de sol e zunindo de um lado para outro em uma quadra de tênis. Vários planos rápidos, com destaque para seus pés. Muitas cores berrantes. Uma batida forte, misturada com o som de bolas de tênis sendo rebatidas para o outro lado da rede. Bem no estilo MTV. Poderia ser um videoclipe de rock. Então entra a voz de Duane: "Venha para a minha quadra..."

Mais algumas raquetadas vigorosas, mais alguns cortes frenéticos. Então tudo para de repente. Duane desaparece. A cor some e a imagem fica em preto e branco. Silêncio. A cena muda. Um juiz com expressão austera empunha seu martelo no tribunal. A voz de Duane retorna: "Ou você joga direito ou alguém enquadra você."

O rock recomeça a tocar. A imagem torna a ficar colorida. Duane volta à tela rebatendo a bola, suado e sorrindo, seus óculos de sol refletindo a luz. Surge uma logo da Nike junto com as palavras VENHA PARA A QUADRA DE DUANE.

A tela escurece.

Ned Tunwell soltou um gemido – um gemido de prazer.

– Quer um cigarro? – perguntou Myron.

O sorriso de Tunwell dobrou de voltagem.

– Eu não falei, Myron? Hein? É ou não é fantástico?

Myron assentiu. Era bom. Muito bom. Moderno, benfeito, com uma mensagem, mas sem ser panfletário.

– Gostei – elogiou ele.

– Eu disse, não disse? Estou excitado de novo. Juro por Deus, pra você ver como eu gosto desse comercial. Sou capaz de gozar outra vez. Aqui e agora. Enquanto a gente conversa.

– Bom saber.

Tunwell teve um ataque de riso e deu um tapa no ombro de Myron.

– Ned?

As risadas de Tunwell foram sumindo como o final de uma música. Ele secou os olhos.

– Você é demais, Myron. Não consigo parar de rir. Sério, você é demais.

– É, eu sou hilário. Você ficou sabendo do assassinato de Valerie Simpson?

– Claro. Ouvi no rádio. Já trabalhei com ela, sabia?

Ele ainda estava sorrindo, seus olhos arregalados e brilhantes.

– Ela era da Nike? – perguntou Myron.

– Era. E, vou lhe contar, nos custou uma grana. Quero dizer, Valerie parecia uma aposta certa. Tinha só 16 anos quando fechamos o contrato e já havia chegado às finais do Aberto da França. Além disso, ela era bonita, tipicamente americana e tudo o mais. E já tinha corpo, se é que você me entende. Não era uma menina bonitinha que talvez virasse uma gostosona quando ficasse um pouco mais velha, como a Jennifer Capriatti. Valerie já era um filé.

– Então qual foi o problema?

Ned Tunwell deu de ombros.

– Ela teve um colapso nervoso. Saiu em todos os jornais.

– E por quê?

– Sei lá. Tem um monte de boatos a respeito.

– Por exemplo?

Ele abriu a boca, então tornou a fechá-la.

– Nem lembro mais.

– Não lembra?

– Olha, Myron, a maioria achou que foi demais para ela, sabe? Aquela pressão toda. Valerie não aguentou o tranco. Quase nenhuma dessas crianças aguenta. Elas conseguem tudo, chegam ao topo e então, puf, acaba. Você nem imagina o que é perder tudo de uma hora... hã... – Ned foi gaguejando até parar de falar. Então baixou a cabeça. – Ah, merda.

Myron permaneceu calado.

– Não acredito que falei isso, Myron. Logo pra você.

– Tudo bem.

– Não. Olha, eu não podia ter dito uma besteira dessas...

Myron o interrompeu com um gesto.

– Uma lesão no joelho não é um colapso nervoso, Ned.

– Sim, eu sei, mas de qualquer forma... – disse. Então se deteve novamente. – Você era da Nike quando foi chamado pelo Boston Celtics?

– Não. Da Converse.

– Eles dispensaram você? Tipo, de cara?

– Não tenho do que reclamar.

Esperanza abriu a porta sem bater. Até aí, nada de novo. Ela nunca batia. Ned Tunwell voltou a sorrir na mesma hora. Era difícil colocar aquele homem para baixo. Ele olhou para Esperanza apreciando deliberadamente o que via. Como a maioria dos homens.

– Posso falar com você um segundo, Myron?

Ned acenou.

– Oi, Esperanza.

Ela se virou, ignorando-o completamente. Um de seus muitos talentos.

Myron pediu licença e a seguiu. Havia apenas duas fotografias enfeitando a mesa de Esperanza. Uma era de sua cadela Chloe, uma bolinha de pelos muito simpática, do dia em que ganhou o primeiro lugar em uma exposição de cães. Esperanza gostava de eventos desse tipo, uma atividade não exatamente dominada por latino-americanos da periferia, embora ela parecesse se sair muito bem nela. A outra foto mostrava Esperanza brigando com outra mulher. A bela e ágil Esperanza já havia sido profissional da luta livre. Na época, era conhecida como Pequena Pocahontas, a Princesa Indígena. Durante três anos, Pocahontas foi uma das mais queridas do público da ANIL, a Associação Nossas Incríveis Lutadoras (alguém chegara a sugerir "amadas" em vez de "incríveis" no nome, mas a sigla resultante fora um problema). Ela era pura sensualidade e usava roupas tão curtas e justas (basicamente, um biquíni de camurça) que os fãs babavam enquanto ela enfrentava com bravura as piores vilãs. Era um espetáculo moralista, diziam alguns. Uma reprodução do conflito entre o Bem e o Mal. Porém, para Myron, aquelas lutas semanais pareciam filmes sobre mulheres na cadeia. Esperanza interpretava a detenta bonita e ingênua presa no pavilhão C que precisava enfrentar Olga, a supervisora sádica do presídio.

– É Duane – anunciou ela.

Myron atendeu o telefonema na mesa dela.

– E aí, Duane. O que houve?

Ele falou depressa:

– Vem pra cá, cara. Correndo.

– Qual o problema?

– Os tiras estão em cima de mim. Estão me fazendo uma porrada de perguntas.

– Sobre o quê?

– Aquela garota que morreu hoje. Eles acham que eu tenho alguma coisa a ver com a história.

3

– Deixe-me falar com o policial – disse Myron para Duane.

A voz de outra pessoa surgiu na linha.

– Aqui é o detetive Roland Dimonte, da Divisão de Homicídios – latiu a voz com a mais pura impaciência policial. – Quem diabos está falando?

– Sou Myron Bolitar, advogado do Sr. Richwood.

– Advogado, é? Pensei que você fosse o agente dele.

– Sou os dois – disse Myron.

– Verdade?

– Verdade.

– É formado em direito?

– Meu diploma está pendurado na parede, mas, se quiser, posso levá-lo para você ver.

Dimonte fez um barulho ao telefone. Poderia ter sido uma risadinha sarcástica.

– Ex-atleta. Ex-agente do FBI. E agora você vem me dizer que é advogado?

– Sou um homem de múltiplos talentos.

– Ah, é? Então me diga, Bolitar, que faculdade de direito aceitaria um cara como você?

– Harvard – respondeu Myron.

– Uau, alguém aí está se achando.

– Foi você quem perguntou.

– Bem, você tem meia hora para chegar. Ou então eu arrasto seu garotão aqui para a delegacia. Fui claro?

– Foi um prazer conversar com você, Rolly.

– Você tem 29 minutos. E não me chame de Rolly.

– Não quero que meu cliente seja interrogado sem a minha presença. Entendido?

Roland Dimonte não respondeu.

– Entendido? – repetiu Myron.

Silêncio. E então:

– Acho que a ligação está falhando, Bolitar.

Dimonte desligou.

Que sujeito agradável.

Myron devolveu o telefone para Esperanza.

– Você se importaria de despachar Ned para mim?

– Deixe comigo.

Myron pegou o elevador até o térreo e saiu em disparada em direção ao estacionamento. Alguém gritou "Corre, O. J. Simpson!". Em Nova York, todo mundo é humorista. Mario lhe jogou as chaves sem sequer erguer os olhos do jornal.

Seu carro estava no térreo. Ao contrário de Win, Myron não era do tipo fanático por carros. Para ele, um carro era um meio de transporte, só isso. Tinha um Ford Taurus cinza. Não era exatamente do tipo que fizesse as garotas parar para olhar.

Tinha dirigido por uns 20 quarteirões quando notou um Cadillac azul-claro com teto amarelo-canário. Algo o incomodou. A cor, talvez. Azul-claro com teto amarelo? Em Manhattan? Se o carro estivesse rodando em algum lugar como Boca Raton, em uma área com alta concentração de aposentados, e o motorista se chamasse Sid e sempre esquecesse o pisca-pisca ligado, tudo bem. Isso Myron conseguia imaginar. Mas não em Manhattan. E, para completar, Myron se lembrou de ter passado correndo por aquele mesmíssimo veículo a caminho do estacionamento.

Estaria sendo seguido?

Era uma possibilidade, mas remota. Myron estava descendo a Sétima Avenida, no centro de Manhattan. Cerca de um milhão de carros faziam o mesmo. Não devia ser nada. Provavelmente não era. Fez uma breve anotação mental e seguiu em frente.

Havia pouco tempo que Duane alugara um apartamento na esquina da Rua 20 com a Sexta Avenida. Ficava no edifício John Adams, perto de Greenwich Village. Myron estacionou em um local proibido na Sexta Avenida, em frente a um restaurante chinês, passou pelo porteiro do edifício e pegou o elevador até o apartamento 7G.

Um homem que só poderia ser o detetive Roland Dimonte atendeu a porta. Usava calça jeans, camisa verde estampada e um colete de couro preto. Suas botas – de couro de cobra branco com pontinhos roxos – eram as mais feias que Myron já havia visto. O cabelo era oleoso e vários fios estavam colados à testa como em um papel pega-mosca. Para completar a imagem, ele trazia um palito de dentes na boca. Seus olhos pareciam cravados fundo no rosto gordo, como se alguém tivesse enfiado duas pedrinhas marrons ali no último minuto.

Myron sorriu.

– Olá, Rolly.

– Vamos deixar uma coisa bem clara, Bolitar. Eu sei tudo sobre você. Sei sobre seu passado glorioso com os federais. Sobre como gosta de brincar de tira agora. Mas estou cagando pra isso. E também estou cagando se o seu cliente é uma celebridade ou não. Tenho um trabalho a fazer. Está me entendendo?

Myron levou a mão ao ouvido.

– Acho que a ligação está falhando.

Roland Dimonte cruzou os braços e lançou seu olhar mais intimidador para Myron. O salto da bota o deixava com mais de 1,80 metro. Mesmo assim, Myron ainda era uns 10 centímetros mais alto do que ele. Um minuto se passou. Roland continuou a encará-lo. Outro minuto. Roland mascava o palito de dentes. Mantinha o olhar firme, sem piscar.

– Por dentro – falou Myron – estou tremendo de medo.

– Vá à merda, Bolitar.

– Mascar o palito de dentes é um toque interessante. Um pouco clichê, talvez, mas funciona em você.

– Continue, espertinho.

– Se importa de me deixar entrar antes que eu molhe as calças? – disse Myron.

Dimonte abriu passagem. Lentamente. O olhar fulminante ainda no piloto automático.

Duane estava sentado no sofá usando seus óculos Ray-Ban – o que não era nenhuma surpresa. Passava a mão esquerda na barba rente. Wanda, sua namorada, estava à porta da cozinha. Era alta, devia ter quase 1,80 metro, com um corpo do tipo que as pessoas costumavam chamar de torneado em vez de musculoso. Era de cair o queixo. Os olhos dela não paravam quietos, como pássaros saltando de galho em galho.

Não era um apartamento grande e tinha a mobília típica de um imóvel alugado em Nova York. Duane e Wanda haviam se mudado para lá fazia poucas semanas. O contrato era mensal e não havia motivo para se preocuparem em decorar os cômodos. Com o dinheiro que Duane estava prestes a começar a ganhar, em breve eles poderiam sair dali e morar onde bem entendessem.

– Você disse alguma coisa a eles? – perguntou Myron.

Duane balançou a cabeça.

– Ainda não.

– Quer me contar o que está havendo?

Duane tornou a balançar a cabeça.

– Não sei.

Havia outro policial na sala. Um rapaz mais novo. Muito mais novo. Parecia ter uns 12 anos. Provavelmente acabara de se tornar detetive. Estava com seu bloco na mão e a caneta a postos.

Myron se virou para Roland Dimonte, que estava com as mãos no quadril, exalando arrogância por todos os poros.

– O que está acontecendo aqui? – perguntou Myron.

– Só queremos fazer algumas perguntas ao seu cliente.

– Sobre o quê?

– Sobre o assassinato de Valerie Simpson.

Myron olhou para Duane.

– Eu não sei de nada – falou o tenista.

Dimonte se sentou com movimentos teatrais. Rei Lear.

– Então não se importaria em responder algumas perguntas?

– Não – respondeu Duane, mas sem parecer muito confiante.

– Onde você estava quando o tiro foi dado?

Duane olhou para Myron, que assentiu.
– Na quadra do estádio.
– O que estava fazendo?
– Jogando tênis.
– Quem era seu adversário?
Myron meneou a cabeça.
– Você é bom mesmo, Rolly.
– Cale a boca, Bolitar.
– Ivan Restovich – respondeu Duane.
– A partida continuou depois do tiro?
– Continuou. Já estava no match point, de qualquer forma.
– Você ouviu o disparo?
– Ouvi.
– E o que fez?
– Como assim o que eu fiz?
– Quando ouviu o disparo.
Duane encolheu os ombros.
– Nada. Fiquei parado ali até o juiz mandar a gente continuar o jogo.
– Não deixou a quadra em nenhum momento?
– Não.
O policial mais jovem escrevia o tempo todo, sem erguer os olhos do papel.
– E depois, o que você fez? – perguntou Dimonte.
– Quando?
– Depois da partida.
– Dei uma entrevista.
– Para quem?
– Bud Collins e Tim Mayotte.
O policial mais jovem levantou a cabeça por um instante, confuso.
– Mayotte – falou Myron. – M-A-Y-O-T-T-E.
O rapaz assentiu e voltou a escrever.
– Sobre o que vocês falaram? – perguntou Roland ao tenista.
– Hã?
– Durante a entrevista. O que eles lhe perguntaram?
Dimonte lançou um olhar desafiador para Myron, que em resposta meneou a cabeça com todo o entusiasmo e apontou os polegares para cima.
– Não vou avisar de novo, Bolitar. Pare de gracinhas.
– Só estou admirando sua técnica.
– Mais um pouco e você vai admirá-la dentro de uma cela.

– Ai, que medo!

Outro olhar fulminante de Roland Dimonte antes de ele se voltar novamente para Duane.

– Você conhecia Valerie Simpson?

– Se conhecia pessoalmente?

– É.

Duane balançou a cabeça.

– Não – respondeu.

– Mas já haviam se encontrado em alguma ocasião?

– Não.

– Você não a conhecia de lugar algum?

– Exatamente.

– Nunca teve nenhum contato com ela?

– Nunca.

Roland Dimonte cruzou as pernas, descansando uma de suas botas sobre o joelho. Seus dedos acariciaram – acariciaram *mesmo* – a pele de cobra branca e roxa. Como se fosse um cachorro de estimação.

– E quanto à senhorita?

Wanda pareceu surpresa.

– Perdão?

– Você conhecia Valerie Simpson?

– Não – respondeu, a voz quase inaudível.

Dimonte tornou a se voltar para Duane.

– Já tinha ouvido falar de Valerie Simpson antes do dia de hoje?

Myron revirou os olhos. Mas dessa vez não falou nada. Não queria abusar da sorte. Dimonte não era tão burro quanto parecia. Ninguém era. Ele estava tentando amansar Duane antes da grande cartada. A função de Myron era atrapalhar seu ritmo com algumas interrupções bem colocadas. Mas não muitas.

Myron Bolitar, o mestre da corda bamba.

Dando de ombros, Duane falou:

– Sim, já tinha ouvido falar dela.

– Em que sentido?

– Ela fez parte do circuito. Alguns anos atrás, se não me engano.

– O circuito do tênis?

– Não, o circuito de casas noturnas – exclamou Myron. – Ela costumava abrir os show do Anthony Newley em Las Vegas!

E lá se foi o mestre da corda bamba.

O olhar fulminante estava de volta.

– Bolitar, você está começando a me tirar do sério.
– Dá para ir direto ao ponto ou está difícil?
– Eu levo o tempo que for preciso nos meus interrogatórios. Não gosto de apressar as coisas.
– Devia fazer o mesmo quando vai comprar sapatos – falou Myron.

O rosto de Dimonte ficou vermelho. Ainda fuzilando Myron com os olhos, ele disse:

– Sr. Richwood, há quanto tempo está no circuito?
– Seis meses.
– E nesses seis meses nunca encontrou Valerie Simpson?
– Isso mesmo.
– Certo. Agora, deixe-me ver se entendi direito: você estava no meio de uma partida quando uma arma foi disparada. Terminou de jogar. Cumprimentou seu adversário. Suponho que tenha apertado a mão dele, certo?

Duane assentiu.

– Então deu uma entrevista.
– Isso.
– Tomou banho antes ou depois dela?

Myron jogou as mãos para o alto.

– OK, agora já chega.
– Algum problema, Bolitar?
– Sim. As suas perguntas são mais que imbecis. Estou aconselhando meu cliente a parar de respondê-las.
– Por quê? Seu cliente tem algo a esconder?
– Exatamente, Rolly, você é esperto demais para nós. Duane matou Valerie. Milhões de pessoas estavam assistindo à partida em rede nacional quando o tiro foi dado. Outras tantas mil o viam ao vivo. Mas não era ele quem estava jogando. Na verdade, era o seu irmão gêmeo idêntico, desaparecido desde o nascimento. Você é mesmo esperto demais para nós, Rolly. Nós confessamos.
– Ainda não descartei essa hipótese – rebateu Dimonte.
– Do que você está falando?
– Da hipótese do "nós". Talvez você tenha tido alguma coisa a ver com isso. Você e aquele seu amigo riquinho psicopata.

Ele se referia a Win. Vários policiais conheciam Win. Nenhum gostava dele. O sentimento era mútuo.

– Nós estávamos no estádio no momento do disparo – falou Myron. – Dezenas de testemunhas podem confirmar isso. E, se você realmente conhecesse um pouco Win, deveria saber que ele jamais usaria uma arma tão de perto.

Isso fez Dimonte hesitar. Ele assentiu. Concordando, finalmente.

– Já terminou seu assunto com o Sr. Richwood? – perguntou Myron.

Dimonte sorriu de repente. Era um sorriso feliz, esperançoso, como o de uma criança sentada diante do rádio em um dia de chuva. Myron não gostou daquele sorriso.

– Se eu puder contar com a sua bondade só por mais um instante – disse ele com uma falsidade melosa. Então se levantou e andou até seu parceiro, o Bloquinho, que continuava escrevendo. – Seu cliente afirmou não conhecer Valerie Simpson.

– E daí?

Bloquinho finalmente ergueu a cabeça. Seus olhos eram tão vazios quanto os de um estenógrafo de tribunal. Dimonte assentiu para ele. Bloquinho lhe entregou um pequeno livro de couro dentro de um saco plástico.

– Esta é a agenda de Valerie – indicou Dimonte. – O último registro é de ontem – completou, o sorriso se alargando. Ergueu a cabeça e estufou o peito como um galo.

– OK, mestre do suspense – ironizou Myron. – O que tem nela?

Ele entregou uma fotocópia para Myron. O registro do dia anterior era bem simples. O texto ocupava uma página inteira:

>   D.R. 555-8705. Ligar!

D.R. Duane Richwood. 555-8705. O número do telefone dele.

Dimonte parecia radiante.

– Preciso conversar com meu cliente – disse Myron. – Sozinho.

– Não.

– Como é que é?

– Vocês não vão sair de fininho agora que estão na palma da minha mão.

– Eu sou o advogado dele...

– Pouco me importa! Você poderia ser o presidente da Suprema Corte. Se o tirar daqui, ele vai algemado para o centro da cidade.

– Você não tem nada – disse Myron. – O telefone dele estava na agenda de Valerie. O que isso significa?

Dimonte assentiu.

– Mas o que ficaria parecendo? Para a imprensa, por exemplo. Ou para o público. Duane Richwood, o mais novo herói do tênis, sendo arrastado até a delegacia algemado. Aposto que seria difícil de explicar para os patrocinadores.

– Isso é uma ameaça?

Dimonte levou uma das mãos ao peito.
— Deus do céu! Não! Eu seria capaz de fazer uma coisa dessas, Krinsky?
Bloquinho não ergueu o olhar.
— De jeito nenhum.
— Viu só?
— Vou processar você por prisão indevida — falou Myron.
— E talvez até ganhe, Bolitar. Daqui a anos, quando os tribunais finalmente julgarem seu caso. Não vai adiantar muita coisa para você.
A essa altura, Dimonte parecia bem menos burro.
Duane se levantou rapidamente e atravessou a sala. Arrancou os óculos Ray--Ban do rosto e então, pensando melhor, os colocou de volta.
— Olha só, cara, não sei por que meu número está na agenda dela. Eu não a conheço. Nunca falei com ela por telefone.
— O seu telefone não está na lista. Correto, Sr. Richwood?
— Correto.
— E você acabou de se mudar para cá. Seu telefone só foi instalado há... o quê, duas semanas?
— Três — corrigiu Wanda. Ela abraçava o próprio corpo, como se estivesse com frio.
— Três — repetiu Roland Dimonte. — Então como Valerie conseguiu seu número, Duane? Como uma mulher que você não conhece tem na agenda dela seu telefone novo em folha, que não está na lista?
— Não sei.
Roland pulou o ceticismo e partiu direto para a descrença total. Ao longo de mais uma hora, continuou castigando Duane, que se manteve fiel à sua história. Ele nunca a havia encontrado na vida, disse. Não a conhecia. Nunca tinha falado com ela. Não fazia ideia de como conseguira seu número. Myron ficou observando a cena em silêncio. Os óculos de sol tornavam mais difícil analisar a sinceridade de Duane, mas sua linguagem corporal estava toda errada. E a de Wanda também.
Com um suspiro irritado, Roland Dimonte finalmente se levantou.
— Krinsky?
Bloquinho ergueu os olhos.
— Vamos dar o fora daqui.
Bloquinho fechou seu bloquinho e acompanhou o parceiro.
— Eu vou voltar — anunciou Dimonte. Então, apontando para todos e para ninguém especificamente, acrescentou: — Está me ouvindo, Bolitar?
— Você vai voltar — disse Myron.

– Pode apostar que sim, otário.

– Não vai nos alertar para não sairmos da cidade? Adoro quando vocês fazem isso.

Dimonte fez uma arma com a mão. Ele a apontou para Myron e a engatilhou. Então ele e Bloquinho desapareceram porta afora.

Durante vários minutos, ninguém falou nada. Myron estava prestes a romper o silêncio quando Duane começou a rir.

– Puxa, você botou pra quebrar, Myron. Arrasou com ele...

– Duane, nós precisamos...

– Estou cansado, Myron – disse ele, fingindo um bocejo. – Preciso dormir um pouco.

– Temos que conversar sobre isso.

– Sobre o quê?

Myron o encarou.

– Que coincidência bizarra, não é? – comentou Duane.

Myron se voltou para Wanda. Ela desviou o olhar, ainda abraçando o próprio corpo.

– Duane, se você estiver com algum problema...

– E aí, me conte sobre o comercial – cortou Duane. – Como é que ficou?

– Bom.

Duane sorriu.

– Eu fiquei bem?

– Bem até demais. Vou ter muito trabalho recusando ofertas do cinema.

Duane soltou uma risada exagerada. Exagerada demais. Wanda não riu. Myron também não. Então Duane fingiu outro bocejo, se espreguiçou e levantou-se.

– Preciso mesmo descansar – falou. – Tenho um jogo importante pela frente. Não posso deixar essa palhaçada toda me distrair.

Ele acompanhou Myron até a porta. Wanda ainda não tinha saído do seu lugar diante da porta da cozinha. Ela finalmente encarou Myron.

– Até logo, Myron – despediu-se.

A porta se fechou. Myron pegou o elevador até o térreo e seguiu rumo a seu carro. Havia uma multa presa no limpador do para-brisa. Ele a apanhou e deu partida no carro.

Três quarteirões adiante, Myron viu o mesmo Cadillac azul-claro com teto amarelo-canário.

4

A CIDADELA DOS JOVENS e bem-sucedidos.

O 14º andar do prédio, sede da Lock-Horne Seguros e Investimentos, lembrava a Myron uma fortaleza medieval. Havia um amplo espaço aberto no meio e uma imponente muralha – os escritórios dos grandes líderes – protegendo a área. A área central abrigava centenas de pessoas, a maioria homens jovens: soldados de infantaria facilmente sacrificados e substituídos. Parecia haver um mar deles, digladiando-se e misturando-se ao carpete cinza impessoal, às mesas e cadeiras com rodinhas idênticas, aos computadores, telefones e aparelhos de fax. Como soldados, eles usavam uniformes – camisas sociais brancas, suspensórios, gravatas berrantes que os enforcavam, paletós que ficavam pendurados nos encostos das cadeiras com rodinhas idênticas. Ouviam-se barulhos altos, berros, telefones tocando e até mesmo algo parecido com gritos de agonia. Todos estavam em movimento. Todos corriam de um lado para outro, em pânico, constantemente sob ataque.

Sim, pois esse era um dos últimos bastiões da verdadeira ideologia yuppie, um lugar onde se era livre para seguir a religião da ganância a qualquer custo, sem fingimentos. Não havia lugar para hipocrisia ali. Bancos de investimentos não eram instituições interessadas em ajudar o mundo. Não tinham como meta prestar um serviço para a humanidade ou fazer o que era melhor para todos. Aquele lugar tinha um objetivo simples, claro e fundamental: ganhar dinheiro. Ponto.

Win ocupava uma sala espaçosa que dava para a Park Avenue e a Rua 52. Uma vista privilegiada digna do melhor funcionário da empresa. Myron bateu à porta.

– Entre – falou Win.

Ele estava sentado em posição de lótus no chão, com uma expressão serena e os polegares e os indicadores formando círculos em cada uma das mãos. Meditação. Win fazia todos os dias, sem falta. Geralmente, mais de uma vez.

Mas, como quase sempre era o caso em se tratando de Win, seus momentos de meditação eram um tanto peculiares. Para começar, ele gostava de manter os olhos abertos. Além do mais, não ficava imaginando cenas idílicas de cachoeiras ou animais na floresta. Em vez disso, preferia assistir a vídeos caseiros – filmagens dele próprio e um pot-pourri de namoradas nos mais variados momentos de prazer.

Myron fez uma careta.

– Você se importa de desligar isso?

– Lisa Goldstein – falou Win, apontando as curvas que se contorciam na tela.

– Encantado.

– Acho que você não chegou a conhecê-la.

– É difícil saber – falou Myron. – Quero dizer, nem sei direito onde está a cara dela.

– Uma garota encantadora. Judia, sabe?

– Pelo nome, nem suspeitei.

Win sorriu. Ele descruzou as pernas e se levantou com um só movimento gracioso. Desligou a TV, pressionou o botão EJECT e colocou a fita em uma caixa com as letras *L.G.* Então a guardou na gaveta de um arquivo de carvalho, na letra *G*. Havia várias outras fitas ali.

– Você tem noção de que é um depravado, não tem? – falou Myron.

Win trancou o arquivo. Era mesmo uma pessoa que prezava a discrição.

– Todo homem precisa de um hobby.

– Você joga golfe e é campeão de artes marciais. Esses são hobbies. Mas isso aí é doentio. Hobbies *versus* doença. Percebe a diferença?

– Uma lição de moral – falou Win. – Que simpático.

Myron não retrucou. Eles já haviam tido essa discussão várias vezes, desde que eram calouros na Universidade Duke. Nunca chegavam a lugar nenhum.

O escritório era tudo o que se podia esperar de um norte-americano da elite branca e protestante. Pinturas de caça a raposas enfeitavam as paredes revestidas de madeira. Poltronas de couro vinho complementavam perfeitamente o tapete verde-floresta. Um globo de madeira antigo ficava ao lado de uma mesa de carvalho do tamanho de uma quadra de squash. O efeito – que não era nada sutil, por sinal – poderia ser resumido em duas palavras. Grana. Preta.

Myron se sentou em uma das poltronas de couro.

– Você tem um minuto?

– Claro. – Win abriu uma porta do bar atrás da sua mesa, revelando uma pequena geladeira. Pegou um achocolatado e o jogou para o amigo. Myron chacoalhou a caixinha conforme as instruções (*Agite! É uma delícia!*) enquanto Win preparava para si um martíni com bastante vermute.

Myron começou contando a Win sobre a visita que a polícia havia feito a Duane Richwood. Win se manteve impassível, permitindo-se um sorrisinho ao ouvir como Dimonte o chamara de riquinho psicopata. Então Myron lhe contou sobre o Cadillac azul-claro. Win se recostou e postou as mãos em pirâmide. Ficou ouvindo sem interromper. Quando o amigo terminou, ele se levantou da cadeira e pegou um taco de golfe.

– Então nosso amigo, o Sr. Richwood, está escondendo alguma coisa.

– Não temos como saber.

Win ergueu uma sobrancelha com incredulidade.

– Você tem alguma ideia de como Duane Richwood e Valerie Simpson possam estar relacionados?

– Não. Estava esperando que você tivesse.

– *Moi?*

– Você a conhecia – disse Myron.

– Não éramos íntimos.

– Mas você tem um palpite.

– Sobre a ligação entre Duane e Valerie? Não.

– O que a gente faz, então?

Win foi até um canto, onde havia diversas bolas de golfe alinhadas. Começou a dar tacadas de leve.

– Você está mesmo disposto a ir fundo nisso? Quero dizer, no assassinato de Valerie?

– Estou.

– Pode não ser da sua conta.

– Talvez.

– Ou pode trazer à tona algo desagradável. Algo que você preferiria não descobrir.

– É uma possibilidade.

Win assentiu, analisando o curso da bola.

– Não seria a primeira vez.

– Não. Não seria. Você está dentro?

– Não vamos ganhar nada com isso – refletiu Win.

– É provável que não – concordou Myron.

– Nenhum retorno financeiro.

– Nem um centavo.

– Na verdade, suas cruzadas nunca dão o menor lucro.

Myron ficou esperando.

Win deu outra tacada.

– Pare de fazer essa cara – pediu Win. – Eu estou dentro.

– Ótimo. Agora me diga o que sabe sobre o assunto.

– Nada, na verdade. É só um palpite.

– Sou todo ouvidos.

– Você já sabe, naturalmente, do colapso nervoso de Valerie – falou Win.

– Sim.

– Foi há seis anos. Valerie tinha apenas 18 anos. A versão oficial é que ela não suportou a pressão.

– A versão oficial?

– Pode até ser verdade. A pressão em cima dela era mesmo enorme. A ascensão de Valerie foi simplesmente meteórica, mas nem de longe tanto quanto as expectativas que depositavam nela. A queda de Valerie, pelo menos até a época do colapso, foi lenta e dolorosa. Nada parecida com a sua. A sua queda, se você não se importa que eu use essa palavra, foi muito mais rápida. Como uma guilhotina. Em um minuto você era a primeira opção do Boston Celtics para a temporada seguinte da NBA. No outro, você já era. Fim da história. Mas, ao contrário de Valerie, você sofreu uma lesão bizarra e, portanto, não tem culpa. Seu caso despertou compaixão. As pessoas simpatizam com você. A derrocada de Valerie, por outro lado, parecia ter sido causada por ela mesma. Ela virou um fracasso, foi ridicularizada, mas ainda não passava de uma criança. Para o mundo, o destino havia colocado um ponto final na carreira de Myron Bolitar, mas, no caso de Valerie Simpson, ela era a única culpada. Aos olhos do público, ela se tornou uma pessoa de mente fraca. Então a queda foi lenta, torturante, brutal.

– Mas o que isso tem a ver com o assassinato?

– Talvez nada. Mas sempre achei um tanto perturbadoras as circunstâncias do colapso nervoso de Valerie.

– Por quê?

– Ela já não era a mesma nas quadras, isso é bem verdade. O técnico dela, aquele que treina todas as celebridades...

– Pavel Menansi.

– Que seja. Ele ainda acreditava que Valerie fosse dar a volta por cima. Ficava repetindo isso o tempo todo.

– O que só colocava mais pressão em cima dela.

Win hesitou.

– Talvez – falou devagar. – Mas tem outro fator. Você se lembra do assassinato de Alexander Cross?

– O filho do senador?

– Isso, o senador da Pensilvânia – acrescentou Win.

– Ele foi morto por ladrões no clube que frequentava. Coisa de cinco, seis anos atrás.

– Seis. E era um clube de tênis.

– Você o conhecia.

– Claro – confirmou Win. – A família Horne conhece cada político importante da Pensilvânia desde o século XVIII. Eu cresci com Alexander Cross. Estudamos juntos na Exeter.

– Sim, mas o que ele tem a ver com Valerie Simpson?
– Digamos que Alexander e Valerie tinham um relacionamento.
– Um relacionamento sério?
– Bastante. Quando Alexander foi morto, eles estavam prestes a anunciar o noivado. Seria na noite do crime, por sinal.

Myron fez alguns cálculos rápidos. Seis anos atrás. Valerie teria 18 anos.

– Deixe-me adivinhar. O colapso nervoso de Valerie aconteceu logo depois desse assassinato.
– Exatamente.
– Mas tem uma coisa que eu não estou entendendo. O assassinato de Cross foi noticiado todos os dias, por semanas. Como nunca ouvi nenhuma menção ao nome de Valerie?
– É por isso – falou Win, dando outra tacada – que acho as circunstâncias perturbadoras.

Silêncio.

– Precisamos conversar com a família de Valerie – disse Myron. – E talvez com a do senador também.
– É.
– Você faz parte desse mundo. É um deles. É mais provável que falem com você.

Win balançou a cabeça.

– Eles nunca falarão comigo. Ser "um deles", como você diz, é uma grande desvantagem. Eles iriam manter a guarda levantada com alguém como eu. Mas, com você, não ficariam tão preocupados com as aparências. Para eles, você será alguém sem importância, inferior. Um zé-ninguém.
– Puxa, desse jeito eu fico até lisonjeado.

Win sorriu.

– O mundo é assim, meu caro. Muitas coisas mudam, mas essas pessoas ainda se consideram a nata, os verdadeiros americanos. Você e os outros da sua classe não passam de subalternos, enviados da Rússia ou do Leste Europeu ou de qualquer outro gulag ou gueto de onde seu povo possa ter saído.
– Espero que eles não me magoem – brincou Myron.
– Vou marcar um encontro para você com a mãe de Valerie amanhã de manhã.
– Acha que ela vai me receber?
– Se eu pedir, sim.
– Beleza!
– Eu não diria melhor – disse Win, largando o taco. – Nesse meio-tempo, o que sugere que a gente faça?

Myron conferiu as horas.

– Uma das alunas de Pavel Menansi vai jogar na quadra principal daqui a uma hora. Pensei em fazer uma visita a ele.

– E eu?

– Valerie ficou hospedada no Plaza Hotel a semana passada inteira – falou Myron. – Você poderia ir lá, para ver se alguém se lembra de alguma coisa. Descubra para quem ela telefonou.

– Quer que eu veja se ela ligou mesmo para Duane Richwood?

– Isso.

– E se ela tiver ligado?

– Então vamos ter que investigar isso também – respondeu Myron.

5

O CENTRO NACIONAL da Associação Norte-americana de Tênis fica aninhado bem no coração de algumas das maiores atrações do Queens: o Shea Stadium (famoso por ser o estádio do time de beisebol New York Mets), o Flushing Meadows Park (famoso por ter abrigado a Feira Mundial de 1964-65) e o aeroporto La Guardia (famoso por... hã... seus atrasos).

Os tenistas costumavam reclamar dos aviões, porque o barulho repercutia na quadra de tal forma que parecia que um foguete estava decolando dali. O então prefeito David Dinkins, que jamais fazia ouvidos moucos a uma injustiça, logo entrou em ação. Usando todo o seu poder de fogo, o político – que, por enorme coincidência, também era um grande fã de tênis – mandou que o espaço aéreo do aeroporto fosse interditado durante o torneio. Os magnatas do tênis ficaram agradecidos. E, em uma demonstração de respeito e admiração mútuos, o prefeito David Dinkins retribuiu essa gratidão assistindo diariamente às partidas do torneio ao longo de suas duas semanas, exceto – o que foi outra enorme coincidência – nos anos de eleição.

Somente duas quadras eram usadas para as partidas noturnas: a principal e a adjacente. Myron achava as partidas diurnas muito mais divertidas, com 15 ou 16 jogos acontecendo ao mesmo tempo. Era possível zanzar pelo complexo, assistir a um grande jogo em alguma quadra escondida, descobrir um tenista promissor, ver as partidas individuais, as duplas e as duplas mistas, todas sob a gloriosa luz do sol. Já à noite você basicamente ficava sentado no mesmo lugar assistindo a uma só partida sob a luz de holofotes. Se fosse uma partida dos primeiros dias do torneio, provavelmente veria um cabeça de chave de alto nível massacrando um tenista iniciante.

Myron parou o carro no estacionamento do Shea Stadium e atravessou a pé a passarela que levava ao local dos jogos do Aberto dos Estados Unidos. Alguém montara um estande em que as pessoas podiam avaliar a velocidade dos próprios saques graças a um radar. Os negócios iam de vento em popa. Os cambistas também não podiam reclamar. E nem os sujeitos que vendiam camisas falsificadas. Elas saíam por 5 dólares, enquanto as de dentro do estádio custavam 25. Parecia um bom negócio. É claro que, após uma lavagem, a camisa falsificada só poderia ser usada por uma boneca Barbie. Mas, mesmo assim...

Pavel Menansi estava em um dos camarotes, o mesmo que Myron e Win tinham ocupado no início do dia. O relógio marcava 18h45. A última partida diurna havia acabado. A primeira da noite, protagonizada por Janet Koffman, de 14 anos, a mais recente estrela do grupo de Pavel, só começaria às 19h15. As pessoas andavam pelos arredores durante o intervalo. Myron então avistou um funcionário da organização do evento que costumava trabalhar de dia.

– Como vai, Sr. Bolitar? – perguntou o funcionário.

– Tudo bem, Bill. Só queria dar um alô para um amigo.

– Claro, sem problemas.

Myron desceu os degraus. Do nada, um homem de blazer azul e óculos de sol modelo aviador surgiu na sua frente. Era um sujeito grande – cerca de 1,95 metro e uns 100 quilos –, mais ou menos do tamanho de Myron. Seu cabelo bem penteado adornava um rosto simpático, porém inflexível. Ele estufou o peito, bloqueando o caminho de Myron como se fosse um muro.

– Em que posso ajudá-lo, senhor? – perguntou, num tom que significava *Caia fora, otário*.

Myron o encarou.

– Já lhe disseram que você se parece com o Jack Lord?

Nenhuma reação.

– Sabe de quem estou falando, não sabe? – perguntou Myron. – Jack Lord? Do seriado *Havaí 5-0*?

– Vou ter que pedir para o senhor se retirar.

– Não é um insulto. As pessoas costumam achar Jack Lord muito atraente.

– Senhor, esta é a última vez que vou pedir com educação.

Myron analisou o rosto do homem...

– Você tem até o mesmo sorriso rabugento de Jack Lord. Lembra?

Myron imitou o sorriso, caso ele nunca tivesse visto a série.

O rosto do segurança se contorceu.

– Certo, camarada, pode ir sumindo daqui.
– Só quero falar com o Sr. Menansi um instante.
– Infelizmente isso não vai ser possível no momento.
– Ah, está bem – disse, elevando um pouco o tom de voz. – Então diga para o Sr. Menansi que o agente de Duane Richwood queria conversar sobre algo muito importante com ele. Mas, se ele não estiver interessado, posso falar com outra pessoa.

A cabeça de Pavel Menansi se virou como se tivesse sido puxada por um fio. Seu sorriso se acendeu como um isqueiro. Ele se levantou, os olhos semicerrados, tudo nele exalando aquele charme estrangeiro que algumas mulheres acham irresistível, enquanto outras acham extremamente repugnante. Pavel era romeno, fora um dos primeiros bad boys do tênis, ex-parceiro de duplas do irreverente Ilie Nastase. Beirava os 50 e tinha o rosto bronzeado a ponto de parecer couro curtido. Quando sorria, quase dava para ouvir sua pele estalar.

– Com licença – disse ele numa voz suave, parte romena, parte americana, parte Ricardo Montalbán falando dos bancos de couro do Chrysler Cordoba naquele comercial da década de 1970. – O senhor é Myron Bolitar, não?

– Ele mesmo.

Pavel fez um gesto com a cabeça para despachar Jack Lord. O grandalhão não ficou muito feliz, mas saiu do caminho. Seu corpo deslizou para o lado como um portão de aço, abrindo passagem para Myron. Pavel Menansi estendeu a mão. Por um instante, Myron achou que sua intenção fosse que ele a beijasse, mas tudo terminou em um breve aperto de mãos.

– Por favor – falou Pavel –, sente-se aqui ao meu lado.

A pessoa que ocupava o lugar saiu imediatamente. Myron se sentou. Pavel fez o mesmo.

– Peço desculpas pelo excesso de zelo do meu segurança, mas o senhor deve entender. As pessoas vêm pedir autógrafos. Os pais querem conversar sobre como seus filhos estão jogando. Mas aqui – ele espalmou as mãos –, aqui não é nem o lugar nem a hora para isso.

– Eu entendo – disse Myron.

– Já ouvi falar bastante sobre o senhor, Sr. Bolitar.

– Por favor, me chame de Myron.

Pavel tinha o sorriso de um fumante de longa data, *sem* a higiene bucal adequada.

– Só se me chamar de Pavel.

– Combinado.

– Então está certo. Você descobriu Duane Richwood, não foi?

– Alguém chamou minha atenção para ele.

– Mas você foi o primeiro a enxergar seu potencial – insistiu Pavel. – Ele nunca jogou na liga juvenil, não fez faculdade. Foi por isso que as grandes agências não o notaram, estou certo?

– Creio que sim.

– Então agora você tem um tenista de primeira linha. Vai passar a competir com os grandes, não é verdade?

Myron sabia que Pavel Menansi trabalhava para a TruPro, uma das maiores agências esportivas do país. Estar envolvido com eles não transformava a pessoa automaticamente em canalha, mas já era meio caminho andado. Pavel valia milhões de dólares para a companhia – mais pelos jovens talentos que trazia do que pelo que ele próprio fazia. O ex-tenista exercia um fascínio hipnótico sobre os prodígios de 8 ou 10 anos, o que dava à TruPro uma vantagem e tanto na hora de contratá-los. A TruPro nunca tinha sido uma agência respeitável – bem, "agência" e "respeitável" eram quase antônimos, de qualquer forma –, mas, no decorrer dos últimos anos, passara a ser controlada pela máfia e administrada pelos irmãos Ache, de Nova York, que estavam envolvidos em todos os negócios ilegais possíveis: drogas, fraudes contábeis, prostituição, extorsão, jogatina. Um doce, essa família Ache.

– Duane Richwood – prosseguiu Pavel – jogou uma bela partida hoje. Põe bela nisso. O potencial dele é quase ilimitado. Concorda?

– Ele se dedica muito – falou Myron.

– Tenho certeza que sim. Diga-me, Myron, quem é o atual treinador de Duane? Ele disse "atual", mas foi como se tivesse dito "ex".

– Henry Hobson.

– Ah...

Pavel balançou a cabeça vigorosamente, como se a resposta explicasse algo muito complexo. Claro que ele já sabia quem era o treinador de Duane. Era provável que Pavel soubesse quem treinava cada jogador do circuito.

– Henry Hobson é um bom homem – falou Pavel. – Um treinador competente.

O "competente" soou como "péssimo".

– Mas creio que eu poderia ajudá-lo, Myron.

– Não vim aqui para falar de Duane – anunciou Myron.

O rosto de Pavel se fechou por um instante.

– Ah, não?

– Quero falar sobre outro cliente. Ou talvez seja melhor dizer uma ex-cliente em potencial.

– E quem seria essa pessoa?

– Valerie Simpson.

Myron esperou uma reação. Ela veio. Pavel enterrou a cabeça nas mãos.

– Ah, meu Deus.

Um burburinho exagerado de preocupação percorreu o camarote. Mãos consoladoras foram pousadas sobre os ombros de Pavel, enquanto vozes diziam seu nome baixinho. Mas Pavel as afastou. Que homem forte.

– Valerie veio me procurar alguns dias atrás – prosseguiu Myron. – Ela queria voltar.

Pavel respirou fundo. Fez uma cena, como se estivesse se recompondo aos poucos. Quando pôde continuar, disse:

– Pobre menina. É inacreditável. É simplesmente... – Ele se interrompeu, tomado pela emoção outra vez. Então: – Fui treinador dela, sabia? Durante seu período de ouro.

Myron assentiu.

– Morrer com um tiro desse jeito. Como um cachorro – disse, balançando a cabeça de forma dramática.

– Qual foi a última vez que você viu Valerie?

– Vários anos atrás – respondeu ele.

– Chegou a encontrá-la alguma vez depois do colapso?

– Não. Não a vi desde que foi internada.

– Falou com ela em algum momento? Ao telefone, talvez?

Pavel tornou a balançar a cabeça, baixando-a em seguida.

– Eu me culpo pelo que aconteceu com Valerie. Deveria ter cuidado melhor dela.

– O que quer dizer com isso?

– Quando você treina alguém tão jovem, assume responsabilidades que vão além das quadras. Ela era uma criança e estava crescendo sob holofotes. A mídia, eles são uns selvagens, você não acha? Não têm noção do que fazem para vender jornais. Eu tentei amortecer alguns dos golpes que eles davam. Tentei protegê-la, não permitir que aquilo a consumisse. No fim das contas, fracassei.

Ele parecia sincero, mas Myron sabia que aquilo não significava nada. As pessoas mentiam incrivelmente bem. Quanto mais sinceras soavam, quanto mais olhavam nos olhos e pareciam dizer a verdade, mais sociopatas eram.

– Tem alguma ideia de quem poderia querer vê-la morta?

Ele pareceu intrigado com a pergunta.

– Por que está fazendo essas perguntas, Myron?

– Estou investigando algo.

– O quê? Se não se importa que eu pergunte.

– É um assunto meio pessoal.

Ele analisou Myron por alguns segundos. O fedor de tabaco em seu hálito era forte. Myron se viu forçado a respirar pela boca.

– Vou lhe dizer a mesma coisa que disse à polícia – falou Pavel. – Em minha opinião, o colapso de Valerie não foi causado pelas pressões habituais do mundo do tênis.

Myron assentiu, incentivando-o a continuar.

Pavel virou as palmas das mãos para o céu, como se esperasse por alguma intervenção divina.

– Mas posso estar enganado. Talvez queira acreditar nisso para... Como se diz? Aliviar minha própria culpa. Não sei. Mas já treinei muitos jovens e nunca vi nada parecido com o que aconteceu a Valerie. Não, Myron, os problemas dela eram causados por algo mais do que a pressão de estar no grupo de elite do tênis.

– E que algo seria esse?

– Não sou médico, entende? Não posso dizer ao certo. Mas você deve lembrar que Valerie estava sendo perseguida.

Myron esperou o outro desenvolver seu argumento. Quando ele não o fez, disse:

– Perseguida?

Técnica de interrogatório, um dos pontos fortes de Myron.

– Assediada – disse ele, estalando os dedos. – Esta é a palavra que usam hoje em dia. Valerie estava sendo assediada.

– Por quem?

– Por um homem muito doentio, Myron. Um homem terrível. Mesmo depois de todos esses anos, ainda me lembro do nome dele. Roger Quincy. Um louco. Ele lhe escrevia cartas de amor. Telefonava para ela sem parar. Rondava a casa dela, os hotéis em que ficava, ia a todas as partidas.

– Quando foi isso?

– Na época em que ela estava fazendo o circuito dos torneios, é claro. Começou... Quando foi mesmo? Uns seis meses antes de ela ser internada.

– Vocês tentaram impedi-lo?

– Claro que sim. Nós fomos à polícia. Eles não puderam fazer nada. Tentamos conseguir um mandado judicial, mas esse Quincy nunca chegou a ameaçá-la. Ele dizia "eu te amo, quero ficar com você", esse tipo de coisa. Fizemos todo o possível. Mudávamos de hotel, nos registrávamos com nomes falsos. Mas você não pode se esquecer de que Valerie não passava de uma criança. Ela ficou paranoica. A pressão em cima dela já era imensa. Mas, depois disso, passou a olhar por cima do ombro o tempo todo. Esse Roger Quincy, ele era um maluco, isso sim. Ele é quem deveria ter levado um tiro.

Myron assentiu, fazendo uma pausa.

– Como Alexander Cross reagiu a Roger Quincy?

A pergunta deixou Pavel tão pasmo quanto se tivesse levado um gancho de esquerda do nada. Lennox Lewis *versus* Frank Bruno. Ele hesitou, tentando se recobrar. Os tenistas saíram do túnel. Os aplausos começaram. A distração deu a Pavel tempo para se recuperar, como um boxeador no chão enquanto o juiz faz a contagem até oito.

– Por que pergunta?

– Alexander Cross e Valerie Simpson não tiveram um relacionamento?

– Acho que se poderia dizer que sim.

– Foi um namoro sério?

– Ela passava muito tempo fora, viajando. Mas eles pareciam se gostar.

– E suponho que os dois estivessem juntos na época em que Quincy assediava Valerie, não?

– Creio que tenha sido durante o mesmo período, sim.

– Então é uma pergunta natural – falou Myron. – Como o namorado de Valerie reagiu?

– Natural, talvez – disse o outro. – Mas você deve admitir que também é uma pergunta estranha. Alexander Cross morreu há anos. Como a reação dele pode ser relevante quanto ao que aconteceu a Valerie agora?

– Para começar, os dois foram assassinados.

– Está dizendo que pode haver alguma relação?

– Não estou dizendo nada – respondeu Myron. – Mas não entendo por que você não quer responder à minha pergunta.

– Não é uma questão de querer ou não – respondeu Pavel. – É uma questão de fazer a coisa certa. Você está se metendo onde não é chamado. Em assuntos pessoais. Assuntos que não têm qualquer relevância hoje. Tenho a sensação de estar traindo a confiança das pessoas envolvidas. Entende?

– Não.

Pavel olhou de volta para Jack Lord. A boca de Jack se contraiu e ele tornou a se levantar. Seu peito se inflou automaticamente.

– A partida já vai começar – anunciou Pavel. – Detesto ser grosseiro, mas tenho que pedir que se retire.

– Toquei na ferida, por acaso?

– Sim. Eu gostava muito de Valerie.

– Não foi minha intenção.
– Por favor, vá embora. Preciso me concentrar nesta partida.
Myron não se moveu. Jack Lord colocou a manzorra em seu ombro.
– Você ouviu o que ele disse – anunciou. – Fora daqui.
– Tire a mão do meu ombro – ordenou Myron.
Jack balançou a cabeça.
– Chega de brincadeira, camarada. Está na hora de você se mandar.
– Se não tirar a mão de mim – explicou Myron com calma –, vou machucar você. Talvez gravemente.
De trás de seus óculos de sol, o grandalhão enfim sorriu. Ele apertou o ombro de Myron com mais força. Myron ergueu rapidamente a mão direita e agarrou o polegar do segurança. Então prendeu a articulação e a puxou de um jeito que fez o homem cair de joelhos.
Myron levou a boca até a orelha de Jack.
– Não quero fazer uma cena aqui, então vou soltar você – sussurrou ele. – Se fizer qualquer coisa que não seja sorrir, eu vou machucá-lo. De verdade. Faça que sim com a cabeça se tiver entendido.
Ele assentiu, o rosto pálido.
Myron soltou o polegar do homem.
– Até logo, Pavel.
Pavel não respondeu nada.
Myron passou pelo segurança. Conforme ordenado, o brutamontes sorriu.
– Cuide-se, Jack.

6

Um fã obcecado.
Será que era tão simples assim? Um admirador louco teria atirado em Valerie Simpson porque uma voz em sua cabeça ordenara? Isso não explicaria o envolvimento de Duane. Mas talvez não existisse ligação nenhuma entre os dois. Ou existisse, mas não tivesse nada a ver com o assassinato e, o que era mais importante, não fosse da conta de Myron.
Myron entrou na Hobart Gap Road. Estava a menos de dois quilômetros de sua casa em Livingston, Nova Jersey. Foi quando o Cadillac azul-claro com o teto amarelo-canário finalmente saiu de sua cola, pegando a JFK Parkway. Quem quer que estivesse ao volante devia ter percebido que Myron estava indo para

casa e, portanto, não havia motivo para continuar a segui-lo. Mas, se o Cadillac aparecesse no dia seguinte, ele não poderia permanecer ignorando-o – teria que desvendar a identidade de seu perseguidor.

Agora, precisava se concentrar na hipótese do fã obcecado.

Se Valerie havia sido morta por Roger Quincy, então por que Pavel ficara tão melindrado quando Myron mencionara Alexander Cross? Ou será que Pavel tinha dito a verdade e simplesmente não queria trair a confiança alheia? Pensando bem, não parecia mais provável que Pavel simplesmente achasse melhor ficar quieto? O senador Cross ainda era um homem poderoso. Espalhar histórias sobre seu filho morto não era uma atitude das mais sensatas. Poderia não haver nada ali. Mas, por outro lado, poderia haver algo grande. Ou algo pequeno.

Com uma linha de pensamento tão clara, não era de espantar que Myron fosse um detetive brilhante.

Ele estacionou na entrada para carros. O carro da mãe estava na garagem. Não havia sinal do carro do pai. Abriu a porta com sua chave.

– Myron? – perguntou alguém lá dentro.

Myron. Deus do céu, que nome. A essa altura era de esperar que ele já estivesse acostumado, mas de vez em quando ainda se assustava. O nome havia sido uma escolha de última hora, segundo seus pais. A mãe tivera a ideia no hospital. Mas chamar uma criança de Myron Bolitar? Isso lá era justo? Isso lá era ético?

Quando mais jovem, Myron tentara se dar alguns apelidos: Mike, Mickey, até Tiro e Queda, por causa da quantidade de vezes que conseguia converter pontos usando seu arremesso com salto. OK, talvez fosse melhor que o último apelido não tivesse pegado. Mas ainda assim...

Um aviso aos pais que estão escolhendo um nome para seus filhos: pensem com cuidado.

– Myron, é você?

– Sim, mãe.

– Estou na sala.

Ela estava usando roupa de ginástica e assistindo a um vídeo de malhação. Equilibrava-se em uma perna só, em uma pose à la *Karatê Kid*. Na televisão, uma voz conhecida entoava: "Agora, leve a perna suavemente para a esquerda..."

Ginástica em estilo tai chi chuan com o astro de cinema David Carradine. Que maravilha.

– Oi, mãe.

– Você está atrasado – disse ela.

– Não sabia que eu tinha hora para chegar.

– Você disse que estaria em casa às sete. Já passa das nove.

– E...?

– Estava preocupada. Vi no noticiário que uma garota foi morta no torneio. Como ia saber que você não tinha sido morto também?

Myron se controlou para não bufar.

– O noticiário disse que eu estava morto? Falou alguma coisa sobre corpos não identificados? Ou falou apenas que uma garota chamada Valerie Simpson foi morta a tiros?

– Podiam estar mentindo.

– Como é que é?

– Acontece o tempo todo. A polícia mente aos repórteres até avisar o parente mais próximo.

– Mas a senhora não passou o dia inteiro em casa?

– E por acaso a polícia tem o meu número?

– Mas eles teriam... – Myron se interrompeu. De que adiantava? – Da próxima vez que matarem alguém num raio de cinco quilômetros de onde eu esteja, pode deixar que ligo para casa.

– Ótimo – falou ela, desligando a TV. Então colocou um travesseiro em um canto e plantou bananeira.

– Mãe?

– O quê?

– O que você está fazendo?

– O que parece que estou fazendo? Estou plantando bananeira. Ativa a circulação. É um santo remédio para a pele. Sabe quem costumava plantar bananeira todos os dias?

Myron fez que não com a cabeça.

– David Ben-Gurion.

– Vai dizer que a senhora o achava bonito?

– Engraçadinho.

Sua mãe era a contradição em pessoa. Por um lado, tinha uma carreira de 20 anos como advogada. Filha de imigrantes que tinham vindo de Minsk ou de algum lugar parecido – e tiveram uma vida que, até onde Myron sabia, poderia ser comparada ao filme *Um violinista no telhado* –, fazia parte da primeira geração da família nascida nos Estados Unidos. Na década de 1960, tinha sido uma radical, das primeiras a queimar sutiãs, e havia experimentado diversas drogas psicotrópicas (o que explicava o fato de ter escolhido aquele nome para o filho). Não cozinhava. Nunca. Não fazia ideia de onde ficava o aspirador de pó. Não sabia o que era um ferro de passar, nem sequer se tinha ou não um em casa. Seus embates nos tribunais eram lendários. Ela arrancava tudo das testemunhas. Era inteligente, assustadoramente perspicaz e muito moderna.

Por outro lado, tudo isso ia pelos ares quando o assunto era o filho. Ela se transformava. Virava a mãe-padrão da geração anterior. Ou da anterior à anterior. Só que potencializada. A mulher moderninha virava a matrona que voltaria até do além para proteger seus descendentes.

– Seu pai foi comprar comida chinesa. Pedi para você também.

– Não estou com fome, obrigado.

– Costelinha de porco, Myron. Frango com gergelim – disse, fazendo uma pausa dramática. – Camarão com molho de lagosta.

– Não estou com fome, sério.

– Camarão com molho de lagosta – repetiu ela.

– Mãe...

– Do Fong's Dragon House.

– Não, obrigado.

– Como assim? Você adora o camarão com molho de lagosta do Fong. É doido por esse prato.

– Talvez eu coma um pouquinho, então – disse. Concordar era mais fácil.

Ela ainda estava plantando bananeira. Começou a assobiar. De forma bastante casual.

– E então – comentou ela naquela voz "estou me esforçando para parecer desinteressada" –, como vai Jessica?

– Não se meta, mãe.

– Quem está se metendo? Só fiz uma simples pergunta.

– E eu dei uma simples resposta. Não se meta.

– Então tá. Mas depois não venha chorar no meu ombro se alguma coisa der errado.

Como se isso acontecesse.

– Por que ela está fora há tanto tempo, afinal? O que anda fazendo?

– Obrigado por não se meter.

– Estou preocupada – anunciou sua mãe. – Espero que não esteja inventando moda.

– Não se meta.

– É só isso que você sabe dizer? Não se meta? O que você é, um papagaio? Onde ela está, afinal?

Myron abriu a boca, então se obrigou a fechá-la de volta e desceu furioso até o porão. Seus aposentos. Ele tinha quase 32 anos e ainda morava com os pais. Não havia ficado muito tempo ali nos últimos meses. Passara a maioria das noites na casa de Jessica na cidade. Os dois tinham até conversado sobre morarem juntos, mas decidiram ir com calma. Com bastante calma. Falar era mais fácil do que fazer. O coração não quer saber de calma. Pelo menos não o de Myron. Como sempre, sua mãe havia metido o dedo na ferida. Jessica estava na Europa naquele momento, porém Myron não fazia ideia de onde. Não tinha notícias dela havia semanas. Sentia saudade. E estava com uma pulga atrás da orelha, também.

A campainha tocou.

– Seu pai – gritou a mãe lá de cima – deve ter esquecido a chave outra vez. Esse homem só pode estar ficando gagá.

Alguns segundos depois, ele ouviu a porta do porão se abrir. Os pés de sua mãe apareceram. Depois o restante dela. Ela o chamou para perto com um gesto.

– Que foi?

– Tem uma jovem aqui procurando por você – anunciou a mãe. – Ela é negra.

– Ah, meu Deus! – exclamou Myron, levando a mão ao peito. – Espero que os vizinhos não chamem a polícia.

– Você sabe que não é disso que estou falando, engraçadinho. Há famílias negras aqui agora. Como os Wilson, por exemplo. Eles são uns amores. Moram na Coventry Drive. Na casa que antes era do velho Dechtman.

– Eu sei, mãe.

– Só estava descrevendo a moça para você. Como se dissesse que ela é loura. Ou que tem um sorriso bonito. Ou um lábio leporino.

– A-hã.

– Ou que fosse manca. Ou alta. Baixa. Gorda. Ou...

– Acho que já entendi o espírito da coisa, mãe. Você perguntou o nome dela?

Ela balançou a cabeça negativamente.

– Não quis ser intrometida.

Ah, tá.

Myron subiu as escadas. Era Wanda, a namorada de Duane. Por algum motivo, ele não ficou surpreso. Ela sorriu com nervosismo, acenando depressa.

– Desculpe incomodá-lo em casa – disse ela.

– Não tem importância. Por favor, entre.

Desceram até o porão. Myron o dividira em dois cômodos. Um deles era uma pequena sala de estar que ele praticamente não usava. Portanto, estava apresentável e limpo. O quarto, onde ele ficava, parecia um alojamento de faculdade depois de uma festa regada a cerveja.

Da mesma forma como mais cedo naquele dia, quando a polícia estava no apartamento de Duane, os olhos de Wanda não paravam quietos.

– Você dorme aqui embaixo?

– Desde os 16 anos.

– Acho isso fofo. Morar com os pais.

– Você nem imagina – gritou uma voz lá de cima.

– Feche a porta, mãe.

Bam.

– Por favor – disse Myron –, sente-se.

Wanda pareceu indecisa, mas por fim se acomodou em uma cadeira. Ela torcia as mãos sem parar.

– Estou me sentindo um pouco tola – disse ela.

Myron abriu seu melhor sorriso incentivador e compreensivo, ao estilo apresentador de talk show.

– Duane gosta de você – disse ela. – Muito.

– Também gosto dele.

– Outros agentes ligam para Duane o tempo todo. Os grandes. Dizem que sua agência é pequena demais para representá-lo. Que podem ajudá-lo a ganhar muito mais dinheiro.

– É bem provável que tenham razão – disse Myron.

Ela negou com um gesto de cabeça.

– Duane não acha. Eu também não.

– É bondade sua dizer isso.

– Sabe por que Duane até hoje não marcou uma reunião com nenhum desses outros agentes?

– Porque ele não quer me ver chorar?

Dessa vez ela sorriu. O Mestre da Autodepreciação e da Conversa Fiada contra-ataca.

– Não – disse ela. – Porque Duane confia em você.

– Fico feliz.

– Você não está nessa só pelo dinheiro.

– É bondade sua dizer isso, Wanda, mas Duane está me rendendo uma bela grana. Isso eu não posso negar.

– Eu sei – falou ela. – Não quero parecer ingênua, mas você coloca Duane em primeiro lugar. Na frente do dinheiro. Você cuida do ser humano Duane Richwood, se importa com ele.

Myron ficou calado.

– Não há muitas pessoas importantes na vida de Duane – prosseguiu ela. – Ele não tem família. Morou nas ruas desde os 15 anos, tinha só o suficiente para sobreviver. Não foi um anjo o tempo todo. Fez algumas coisas que preferiria esquecer. Mas nunca machucou ninguém, nunca fez nada grave. Passou a vida inteira sem ter com quem contar. Precisou se virar sozinho.

Silêncio.

– Duane sabe que você está aqui? – perguntou Myron.

– Não.

– Onde ele está?

– Não sei. Simplesmente saiu. Às vezes ele faz isso.

Mais silêncio.

– Enfim, como falei, Duane não tem mais ninguém. Ele confia em você. Confia em Win, também, mas só porque ele é seu melhor amigo.

– Wanda, você está sendo um amor em dizer isso, mas não sou exatamente motivado pelo altruísmo. Sou bem pago pelo que faço.

– Mas você se importa.

– O treinador Hobson também se importa.

– Talvez. Mas está pegando carona no sucesso de Duane. Duane é o passaporte dele para voltar à elite do tênis.

– Muitos diriam o mesmo de mim – rebateu Myron. – Exceto pela parte do "voltar", já que eu nunca fiz parte dessa elite. Duane é meu único tenista de peso. Na verdade, ele é meu único cliente no Aberto dos Estados Unidos.

Ela refletiu sobre o assunto por um instante, assentindo.

– Talvez tudo isso seja verdade – falou. – Mas, quando as coisas se complicaram, quando os problemas bateram à porta hoje, foi você quem Duane procurou. E, quando as coisas se complicaram para mim hoje à noite, eu procurei você também. É isso que importa.

A porta do porão se abriu.

– Querem alguma coisa para beber, crianças?

– Tem refrigerante, mãe?

Wanda riu.

– Ouça aqui, espertinho, talvez sua amiga esteja com fome.

– Não, obrigada, Sra. Bolitar – gritou Wanda em direção à porta.

– Tem certeza, querida? Um café, talvez? Uma Coca?

– Nada mesmo, obrigada.

– Que tal um bolinho? Acabei de comprar. É o favorito de Myron.

– Mãe...

– OK, OK, eu entendo indiretas.

Sei. A sensatez. A porta se fechou.

– Ela é um doce – falou Wanda.

– É, um amor – concordou Myron e então se inclinou para ela. – Por que veio até aqui?

Ela começou a torcer as mãos novamente.

– Estou preocupada com Duane.

– Se for por causa da visita do detetive Dimonte, não precisa ficar tão impressionada. Ser babaca é parte do trabalho dele.

– Não é isso – falou ela. – Duane nunca faria mal a ninguém. Disso eu tenho certeza. Mas tem algo de errado com ele. Ele está tenso. Fica andando de um lado para outro no apartamento o tempo todo. Perde a cabeça sem o menor motivo.

– Ele está sob muita pressão. Talvez só esteja estressado.

Ela balançou a cabeça negativamente.

– Duane lida muito bem com a pressão. Ele adora competir, você sabe disso. Mas está diferente nos últimos dias. Tem alguma coisa incomodando-o de verdade.

– Alguma ideia do que possa ser?

– Não.

Myron tornou a se inclinar para ela.

– Preciso fazer a pergunta óbvia. Duane recebeu alguma ligação de Valerie Simpson?

Ela pensou por um instante.

– Não sei dizer.

– Ele a conhecia?

– Também não sei. Mas conheço Duane. Já estamos juntos faz três anos, desde que tínhamos 18. Ele ainda morava nas ruas quando nos conhecemos. Meu pai ficou uma fera quando eu contei. Ele é médico. Ganha bem, trabalhou duro para nos manter longe das más influências. E lá estava eu, namorando um garoto de rua, um menino que tinha fugido de casa.

A lembrança fez com que ela sorrisse. Myron ficou sentado, esperando.

– Ninguém achava que fosse durar – prosseguiu Wanda. – Eu larguei a faculdade e arranjei um emprego para ele poder se dedicar ao tênis. Agora eu vou para a Universidade de Nova York e é ele quem vai me manter. Nós nos amamos. Já nos amávamos antes dessa história toda de tênis e ainda nos amaremos depois que ele pendurar as raquetes. Mas, pela primeira vez, ele está escondendo algo de mim.

– E você acha que tem alguma coisa a ver com Valerie Simpson?

Ela hesitou.

– Acho que sim.

– Como?

– Não tenho ideia.
– E o que quer que eu faça?
Ela se levantou e começou a dar voltas pelo pequeno espaço do cômodo.
– Ouvi aqueles policiais conversando. Eles disseram que você costumava fazer algo importante para o governo. Você e Win. Algo secreto relacionado ao FBI... depois que você se recuperou da lesão no joelho. Isso é verdade?
– É.
– Daí fiquei pensando se você não poderia, bem, tentar descobrir alguma coisa...
– Você quer que eu investigue Duane?
– Ele está escondendo alguma coisa, Myron. Preciso saber o quê.
– Posso acabar descobrindo algo que será desagradável para você – avisou ele, ecoando as palavras que Win dissera antes.
– Tenho mais medo de continuar assim – refletiu, erguendo o olhar para ele. – Você pode ajudá-lo?
Myron assentiu.
– Vou fazer o possível.

7

O TELEFONE TOCOU.
Myron tateou às cegas, retornando aos poucos à consciência. Puxou o fone e falou com a voz rouca:
– Alô?
– Alô. É do Disque Garanhão?
A voz o atingiu como um raio.
– Jess?
– Ai, merda – exclamou Jessica. – Você estava dormindo, não estava?
– Dormindo? – respondeu Myron, apertando os olhos para enxergar os números em seu radiorrelógio. – Às 4h30 da manhã? O Capitão Meia-Noite? Você só pode estar brincando.
– Desculpe, me esqueci do fuso horário.
Ele se sentou na cama.
– Onde você está?
– Na Grécia – informou ela. – Estou com saudades.
– Está é com tesão, isso sim.

– Bem, isso também.
– O Capitão Meia-Noite está aqui para ajudar – brincou ele.
– Meu herói destemido. Imagino que você não esteja nem um pouco com tesão.
– O Capitão Meia-Noite vive na castidade.
– Faz parte da reputação dele?
– Exatamente.
– Não tem a menor graça – disse ela. – Ficar longe de você.
O coração dele foi até as nuvens.
– Então volte pra casa.
– Vou voltar.
– Quando?
– Logo.
Jessica Culver, rainha dos mistérios.
– Me conte o que tem acontecido por aí – pediu ela.
– Você ficou sabendo da tenista que foi baleada no Aberto dos Estados Unidos?
– Claro. O hotel tem CNN.
Myron lhe contou sobre Valerie Simpson. Quando terminou, o primeiro comentário de Jessica foi:
– Você não precisava ter torcido o polegar daquele imbecil.
– Mas foi uma coisa muito viril – disse Myron.
– Nossa, me deixou excitada.
– É, acho que contando perde um pouco a graça – refletiu ele.
– É, acho que sim. Então, vai encontrar o assassino?
– Vou tentar.
– Pela Valerie? Ou por Wanda e Duane?
– Por todos eles, acho. Mas principalmente por Valerie. Você deveria ter visto aquela menina, Jess. Ela realmente se esforçava para ser mal-humorada e desagradável. Uma garota tão jovem não deveria precisar fazer isso.
– Você já tem um plano?
– Claro que sim. Primeiro, vou visitar a mãe de Valerie amanhã de manhã. Na Filadélfia.
– E depois?
– O plano ainda não está tão bem traçado assim. Mas estou trabalhando nisso.
– Por favor, tome cuidado.
– O Capitão Meia-Noite sempre toma cuidado.
– Não estou preocupada só com o Capitão Meia-Noite, mas com o alter ego dele também.

– E quem seria essa pessoa?
– Meu docinho de coco.

Myron sorriu ao telefone.

– Ei, Jess, você sabe que Joan Collins atuou no seriado do Batman?
– Claro – respondeu Jessica. – Ela foi a Sereia.
– Ah, é? Então tá. E quem Liberace fez?

8

Myron passou o resto da noite sonhando com Jessica, mas, como sempre, pela manhã só conseguiu se lembrar de fragmentos sem sentido. Jessica voltara para sua vida, porém tudo ainda era muito recente. Recente demais. Ele precisava baixar a bola, ir com cuidado. Tinha medo de que ela fizesse gato-sapato dele novamente, de que seu coração desse com a cara na porta do amor.

Porta do amor. Deus que me livre. Parecia trecho de música sertaneja ruim.

Ele seguia rumo ao sul pela New Jersey Turnpike. O Cadillac azul-claro com teto amarelo-canário estava quatro carros atrás dele. Aquele trecho da rodovia tornara Nova Jersey motivo de muitas piadas. Myron passou pelo aeroporto de Newark. Era feioso, mas qual aeroporto não era? Depois passou pela maior atração da estrada, ou seu marco mais controverso, se preferir: uma usina elétrica gigantesca que ficava entre as saídas 12 e 13 e se parecia muito com o mundo futurista assustador das cenas iniciais dos filmes *O exterminador do futuro*. Cada buraco daquela construção exalava fumaça espessa. Mesmo sob a forte luz do sol, o lugar parecia sombrio, metálico, ameaçador, sinistro.

No rádio, um grupo chamado The Motels cantava sem parar seus versos sofríveis. The Motels. Que fim teriam levado?

Myron pegou o celular e discou um número. Uma voz conhecida atendeu.

– Xerife Courter falando.
– E aí, Jake? É o Myron.
– Você dever ter ligado para o número errado. Tchau.
– Boa, essa – falou Myron. – Parece que aqueles cursos noturnos para humoristas estão finalmente dando resultado.
– O que você quer, Myron?
– Um amigo não pode simplesmente ligar para dar um alô?
– Então esta é só uma ligação para um amigo? – perguntou Jake.
– Isso.

– Sou mesmo um homem de sorte.
– E ainda vai melhorar. Vou estar por aí em no máximo duas horas.
– Assim meu coração não aguenta.
– Achei que talvez pudéssemos almoçar juntos. Eu pago.
– A-hã. Você vai trazer Win?
– Não.
– Então tudo bem. Aquele cara me dá arrepios.
– Você nem conhece Win.
– E nem preciso. Agora me diga logo o que você quer, Myron. Talvez isto o surpreenda, mas eu preciso trabalhar para viver.
– Você ainda tem amigos na polícia da Filadélfia?
– Claro.
– Pode pedir para alguém lhe mandar por fax o arquivo de um homicídio?
– O homicídio é recente?
– Hã... não muito.
– Faz quanto tempo?
– Seis anos – disse Myron.
– Você está de sacanagem, né?
– Ainda não falei a pior parte. A vítima se chama Alexander Cross.
– O filho do senador?
– Exato.
– E por que você iria querer uma coisa dessas?
– Conto quando chegar aí.
– Vão querer saber o motivo.
– Invente alguma coisa.
Jake mascou algo que soou como casca de árvore.
– Tá, tudo bem. Que horas você vai chegar?
– Por volta de uma da tarde. Eu ligo.
– Você vai ficar me devendo uma, Myron. Pra valer.
– Eu não falei que vou pagar o almoço?
Jake desligou.
Myron pegou a saída 6. O pedágio custava quase quatro dólares. Ele ficou tentado a deixar pago o do Cadillac, mas o preço era um pouco alto demais. Myron entregou o dinheiro ao atendente.
– Só quero dirigir na estrada – falou. – Não comprá-la.
Nem mesmo um sorriso simpático. Reclamar sobre o preço do pedágio. Um daqueles sinais de que você está se tornando o seu pai. Daqui a pouco, Myron, você vai gritar só porque alguém aumentou a temperatura do termostato.

Ao todo, a viagem para o bairro mais rico da Filadélfia levou duas horas. O dinheiro que circulava em Gladwynne remontava à época em que os peregrinos ingleses desembarcaram em Plymouth Rock. Fortunas antigas. Ali, a ascendência de alguém era tão importante quanto sua linha de crédito.

A casa em que Valerie Simpson havia sido criada era uma mansão ao estilo *O grande Gatsby*, porém com sinais de desgaste. O gramado não era exatamente bem cuidado. Os arbustos estavam um pouco maiores do que deviam. A pintura descascava em algumas partes. As trepadeiras que cobriam os muros pareciam espessas demais.

Ainda assim, a propriedade era imensa. Myron precisou estacionar tão longe que quase esperou que alguém viesse buscá-lo num carrinho de golfe. Quando estava chegando à porta da frente, os detetives Dimonte e Krinsky saíram da casa. Dimonte pareceu surpreso e nada feliz em vê-lo. Levou as mãos ao quadril, numa pose que deixou claras sua importância e impaciência.

– Quer merda é esta? O que você está fazendo aqui? – estourou ele.

– Você sabe o que aconteceu com os caras do Motels?

– Quem?

Myron balançou a cabeça.

– Como as pessoas esquecem rápido...

– Eu lhe fiz uma pergunta, Bolitar. O que você está fazendo aqui?

– Você deixou sua cueca lá em casa ontem à noite – falou Myron. – Samba-canção. Tamanho 38. Com estampa de coelhinhos.

O rosto de Dimonte ficou vermelho. Muitos policiais são homofóbicos. Mexer com isso é uma maneira infalível de provocá-los.

– É melhor não estar dando uma de detetive no meu caso, seu babaca. Tanto você quanto aquele riquinho psicopata amigo seu.

Krinsky achou graça. Riquinho psicopata. Ele não perdia a chance quando o velho Rolly dava uma dentro.

– Tanto faz – prosseguiu Dimonte. – O caso está praticamente resolvido.

– E aí eu vou poder dizer que o conheci antes da fama.

– Você vai ficar feliz em saber que seu cliente não é mais meu principal suspeito.

Myron assentiu.

– Agora é Roger Quincy, o fã obcecado.

Dimonte não gostou do que ouviu.

– Como você sabia disso, porra?

– Eu sou onisciente e onipresente.

– Isso não significa que seu garoto esteja totalmente liberado. Ele ainda está mentindo sobre alguma coisa. Você sabe disso. Eu sei disso. O Krinsky aqui também sabe.

Krinsky meio que acenou com a cabeça. Sempre o segundo em cena.

– Mas agora nós achamos que seu garoto estava dando umazinha com ela. Sabe como é, pulando a cerca.

– Você tem alguma prova?

– Não preciso ter. Além do mais, estou me lixando. Quero pegar o assassino, não o sujeito pra quem ela dava.

– Que poético, Rolly.

– Vá se ferrar, não tenho tempo pras suas gracinhas.

Enquanto os dois passavam, Myron lhes deu um tchauzinho.

– Foi um prazer conversar com você, Krinsky.

Krinsky assentiu.

Myron tocou a campainha. Tinha um som dramático. Parecia uma orquestra. Tchaikovski, talvez. Ou não. Um homem de uns 30 anos atendeu a porta. Usava camisa social Ralph Lauren rosa desabotoada no colarinho. O queixo tinha uma covinha bem marcada. O cabelo era tão preto que parecia azul, como o do Super-Homem.

Olhou para Myron como se ele fosse um vagabundo urinando nos degraus da entrada.

– Sim?

– Estou aqui para ver a Sra. Van Slyke – explicou, usando o sobrenome que a mãe de Valerie adotara depois do novo casamento.

– Agora não é um bom momento – avisou ele.

– Tenho uma reunião marcada com ela.

– Acho que o senhor não me ouviu direito – insistiu com seu sotaque esnobe, semelhante ao de Win. – Agora não é um bom momento.

– Por favor, diga à Sra. Van Slyke que Myron Bolitar está aqui – insistiu Myron. – Ela está me aguardando. Windsor Lockwood falou com ela ontem à noite.

– A Sra. Van Slyke não irá receber ninguém hoje. A filha dela foi assassinada ontem.

– Estou ciente disso.

– Então o senhor deve entender...

– Kenneth? – disse uma voz de mulher.

– Está tudo bem, Helen – respondeu o homem. – Deixe que eu resolvo isso.

– Quem é, Kenneth?

– Ninguém.

– Myron Bolitar – ele se anunciou.

Kenneth o fuzilou com os olhos. Myron reprimiu a tentação de lhe mostrar a língua. Não foi fácil.

Ela surgiu no saguão. Toda de preto. Os olhos estavam vermelhos, com olheiras da mesma cor. Cabelos louros, levemente pintados. Não muito descoloridos e penteados com esmero. Beirava os 50. Era uma mulher atraente, embora Myron imaginasse que, 24 horas antes, tivesse sido muito mais.

– Por favor, entre, Sr. Bolitar.

– Não acho que isso seja uma boa ideia, Helen – disse o homem.

– Não tem problema, Kenneth.

– Você precisa descansar.

Ela tomou o braço de Myron.

– Por favor, perdoe meu marido, Sr. Bolitar. Ele só quer me proteger.

Marido? Ela falou marido?

– Tenha a bondade de me acompanhar.

Ela o conduziu até uma sala um pouco maior do que a Acrópole de Atenas. Sobre a lareira havia um quadro gigantesco de um homem com costeletas longas e um bigode de morsa. Meio assustador. A luz do ambiente vinha de algumas luminárias que imitavam velas. A mobília, embora de um bom gosto que remetia ao Velho Mundo, parecia um pouco gasta. Não havia um conjunto de chá de prata, mas deveria haver. Myron sentou-se em uma poltrona antiga tão confortável quanto um pulmão de ferro. Kenneth ficou de olho nele. Certificando-se de que não iria roubar um cinzeiro ou algo do tipo.

Helen sentou-se de frente para ele no sofá. Kenneth ficou de pé atrás dela, com as mãos em seus ombros. Teria dado uma bela fotografia. Muito aristocrática. Uma menininha, com no máximo 3 ou 4 anos, entrou de repente.

– Esta é Cassie – indicou Helen van Slyke. – Irmã de Valerie.

Myron abriu um sorriso largo e se inclinou na direção da menininha.

– Olá, Cassie.

A menininha reagiu soltando um berro, como se tivesse sido apunhalada.

Helen van Slyke consolou a filha e, depois de mais alguns gritos, Cassie sossegou. De vez em quando, espiava por detrás das mãos para analisar Myron. Talvez também temesse pela segurança dos cinzeiros da casa.

– Windsor me informou que o senhor é um agente esportivo – disse Helen van Slyke.

– Isso mesmo.

– O senhor iria representar minha filha?

– Estávamos conversando sobre essa possibilidade.

– Não vejo por que essa conversa não possa esperar, Helen – disse Kenneth.

Ela o ignorou.
– Então, por que o senhor quer falar comigo, Sr. Bolitar?
– Gostaria apenas de lhe fazer algumas perguntas.
– Que tipo de perguntas? – interrompeu Kenneth em um tom desconfiado e cheio de desdém.
Helen o silenciou com um gesto.
– Por favor, prossiga, Sr. Bolitar.
– Pelas minhas informações, Valerie foi hospitalizada cerca de seis anos atrás.
– O que isso tem a ver com o assunto? – Kenneth novamente.
– Kenneth, por favor, nos deixe a sós.
– Mas, Helen...
– Por favor. Leve Cassie para passear.
– Tem certeza?
– Tenho.
Ele protestou, mas não era páreo para a esposa. Ela fechou os olhos, sinalizando que a discussão havia acabado. A contragosto, Kenneth pegou a mão da filha. Quando os dois já estavam longe demais para ouvir, Helen disse:
– Ele é um pouco superprotetor.
– É compreensível – falou Myron. – Dadas as circunstâncias.
– Por que o senhor quer saber sobre a internação de Valerie?
– Estou tentando ligar alguns pontos.
Ela analisou seu rosto por um momento.
– Está tentando descobrir quem assassinou minha filha, não está?
– Estou.
– Posso saber por quê?
– Por vários motivos.
– Um só basta para mim.
– Valerie tentou entrar em contato comigo antes de ser assassinada – contou Myron. – Ela telefonou três vezes para o meu escritório.
– Isso não o torna responsável por nada.
Myron ficou calado.
Helen van Slyke respirou fundo.
– E o senhor acha que o assassinato da minha filha tem algo a ver com o colapso nervoso que ela sofreu?
– Não sei ao certo.
– A polícia está bastante convencida de que o assassino é o homem que perseguia Valerie.
– O que a senhora acha?

Ela não mexia um só músculo.

– Não sei. Roger Quincy parecia bastante inofensivo. Mas, por outro lado, imagino que esse tipo de pessoa pareça inofensiva até algo assim acontecer. Ele costumava escrever cartas de amor para Valerie o tempo todo. Elas eram até meigas, de um jeito meio estranho.

– A senhora ainda tem essas cartas?

– Acabei de entregá-las à polícia.

– Consegue se lembrar do que elas diziam?

– Elas oscilavam entre palavras de amor quase normais e obsessão pura e simples. Às vezes ele simplesmente a convidava para um encontro. Em outras, escrevia sobre amor eterno e sobre como eles estavam destinados a ficarem juntos para sempre.

– Qual era a reação da sua filha?

– Às vezes ela ficava assustada. Outras, achava divertido. Mas, no geral, ignorava. Todos nós ignorávamos. Ninguém levava muito a sério.

– E quanto a Pavel? Ele ficou preocupado?

– Não mais do que devia.

– Ele contratou um guarda-costas para Valerie?

– Não. Era terminantemente contra a ideia. Achava que um guarda-costas poderia assustá-la.

Myron fez uma pausa. Valerie não precisava de um guarda-costas para protegê-la de um fã obsessivo, mas Pavel precisava de um para evitar pais inconvenientes e caçadores de autógrafos. Era algo em que se pensar.

– Gostaria de conversar sobre o colapso nervoso de Valerie, se a senhora não se importar.

Helen van Slyke retesou um pouco o corpo.

– Eu preferiria que não entrássemos nesse assunto, Sr. Bolitar.

– Por quê?

– Foi doloroso. O senhor não faz ideia de quanto. Minha filha teve um colapso, Sr. Bolitar. Tinha apenas 18 anos. Era linda. Talentosa. Uma atleta profissional. Bem-sucedida de todas as maneiras que se possa imaginar. E teve um colapso. Foi muito duro para todos nós. Fizemos de tudo para ajudá-la a se recuperar, para evitar que o assunto chegasse aos jornais e se tornasse público. Tentamos ao máximo abafar o caso.

Ela então se deteve e fechou os olhos.

– Sra. Van Slyke?

– Eu estou bem – informou ela.

Silêncio.

– A senhora estava falando sobre como tentou abafar o caso – incentivou Myron.

Ela reabriu os olhos. Sorriu e fez como se alisasse a saia.

– Sim, bem, eu não queria que esse episódio arruinasse a vida dela. O senhor não sabe como as pessoas falam. Elas passariam o resto da vida apontando para minha filha e sussurrando coisas a seu respeito. Eu não queria isso. E, admito, também fiquei envergonhada. Eu era mais jovem, Sr. Bolitar. Tive medo por não saber como o colapso de Valerie poderia afetar o nome da família Brentman.

– Brentman?

– Meu nome de solteira. Esta propriedade é conhecida como Brentman Hall. O sobrenome do meu primeiro marido era Simpson. Um erro. Um alpinista social. Kenneth é meu segundo. Sei o que dizem as más línguas sobre a nossa diferença de idade, mas a família Van Slyke é muito tradicional. O trisavô dele e o meu bisavô foram sócios.

Ótimo motivo para se casar.

– Há quanto tempo a senhora e Kenneth estão casados?

– Fizemos seis anos em abril.

– Entendo. Então a senhora se casou mais ou menos na mesma época em que Valerie foi internada.

Ela apertou os olhos e pronunciou as palavras mais devagar:

– O que exatamente está insinuando, Sr. Bolitar?

– Nada – disse Myron. – Não estou insinuando nada. De verdade.

Bem, talvez um pouquinho.

– Gostaria que a senhora me falasse sobre Alexander Cross.

Seu corpo se retesou novamente, quase em um espasmo.

– O que tem ele?

Desta vez ela pareceu incomodada.

– O namoro entre ele e Valerie era sério?

– Sr. Bolitar – falou ela, sua impaciência transparecendo –, Windsor Lockwood é um velho amigo da família. Foi por respeito a ele que concordei em recebê-lo. No começo da nossa conversa, o senhor se apresentou como um homem que estava interessado em encontrar o assassino da minha filha.

– E estou.

– Então, por favor, diga-me o que Alexander Cross, ou o colapso de Valerie, ou meu casamento têm a ver com sua tarefa.

– Estou partindo de uma suposição, Sra. Van Slyke. Estou supondo que não se trata de um crime aleatório, que a pessoa que matou sua filha não era um estranho. Isso significa que preciso saber sobre a vida dela. Tudo mesmo. Não faço essas perguntas por prazer. Preciso descobrir se alguém se sentia ameaçado por Valerie, ou então a odiava, ou teria muito a ganhar com sua morte. Isso significa revirar todos os aspectos desagradáveis da vida dela.

A Sra. Van Slyke fitou seus olhos um tanto demoradamente, então desviou o olhar.

– O que exatamente o senhor sabe sobre a minha filha, Sr. Bolitar?

– O básico – disse Myron. – Valerie foi considerada o mais novo prodígio do tênis no Aberto da França, quando tinha apenas 16 anos. A expectativa em relação a ela foi descomunal, mas ela logo deixou de evoluir como tenista. Então as coisas pioraram. Ela começou a ser perseguida por um fã obsessivo chamado Roger Quincy. Teve um relacionamento com o filho de um político famoso, que algum tempo depois foi assassinado. Aí teve um colapso nervoso. Preciso encaixar e esclarecer outras peças desse quebra-cabeça.

– É muito difícil para mim falar sobre tudo isso.

– Eu compreendo – falou Myron, gentil.

Desta vez, no lugar do sorriso do apresentador de TV, ele optou pelo de bom-moço de Hollywood. Mais dentes à mostra, olhos marejados.

– Não tenho mais nada a lhe dizer, Sr. Bolitar. Não sei por que alguém iria querer matar minha família.

– Talvez possa me falar sobre os últimos meses de vida dela – disse Myron. – Como Valerie estava se sentindo? Aconteceu algo de incomum nesse período?

Helen mexeu em seu colar de pérolas, retorcendo-o em volta dos dedos até ele fazer uma marca vermelha em seu pescoço.

– Minha filha tinha finalmente começado a melhorar – disse, sua voz mais embargada. – Acho que o tênis ajudou. Há anos que ela não tocava em uma raquete. Então recomeçou a jogar. Pouco, a princípio. Só para se distrair.

Foi quando a fachada desmoronou. Helen van Slyke perdeu o controle. As lágrimas vieram com força. Myron pegou sua mão. Ela a segurou com força, trêmula.

– Sinto muito – falou Myron.

Ela balançou a cabeça, obrigando-se a falar.

– Valerie voltou a jogar todos os dias. Isso começou a deixá-la mais forte. Física e emocionalmente. Parecia finalmente estar deixando tudo para trás. E então... – Ela se deteve outra vez, seus olhos ficando frios de repente. – Aquele desgraçado.

Ela poderia estar falando sobre o assassino desconhecido. Mas, de alguma forma, a raiva parecia mais específica.

– Quem? – arriscou Myron.

– Helen?

Kenneth estava de volta. Ele atravessou a sala a passos largos e tomou a esposa nos braços. Myron achou ter visto Helen recuar ao ser tocada pelo marido, mas não teve certeza.

Kenneth olhou para Myron por sobre o ombro da mulher.

– Está vendo o que fez? – sibilou ele. – Saia daqui.

– Sra. Van Slyke?

Ela assentiu.

– Por favor, vá embora, Sr. Bolitar. É melhor assim.

– A senhora tem certeza?

– Saia! Agora! – Kenneth urrou. – Antes que eu jogue você na rua!

Myron o encarou. Não era a hora nem o lugar para briga.

– Sinto muito pela intromissão, Sra. Van Slyke. Meus mais sinceros pêsames.

Myron se encaminhou sozinho para a saída.

9

QUANDO MYRON ENTROU na pequena delegacia, o queixo de Jake estava coberto com algo vermelho e grudento. Poderia ser a cobertura de geleia de uma rosquinha. Poderiam ser os vestígios de alguma carne. Em se tratando de Jake, era difícil saber.

Jake Courter fora eleito xerife de Reston, Nova Jersey, dois anos atrás. Sendo ele negro em uma comunidade quase inteiramente branca, a maioria das pessoas considerava o resultado uma zebra. Mas não Jake. Reston era uma cidade universitária. Cidades universitárias eram cheias de intelectuais liberais loucos para pôr um negro no poder. Jake sabia que sua cor de pele já havia lhe rendido muitas desvantagens no decorrer dos anos. Por que não virar a mesa? Culpa branca, dissera ele a Myron, era a melhor maneira de ganhar votos por aqueles lados.

Jake tinha uns 50 e poucos anos e fora policial em algumas cidades grandes antes – Nova York, Filadélfia, Boston, entre outras. Cansado de perseguir a escória desses lugares, mudara-se para uma área mais residencial para perseguir a escória de lá. Myron e Jake haviam se conhecido um ano antes, enquanto investigavam o desaparecimento de Kathy Culver, irmã de Jessica, que estudava na Universidade Reston.

– E aí, Myron.

– E aí, Jake.

Como sempre, Jake estava desarrumado. Dos pés à cabeça. Seu cabelo. Suas roupas. Até sua mesa parecia uma camisa esquecida no fundo de um cesto de roupa suja: em cima dela havia uma grande variedade de porcarias. Uma caixa de pizza. Um saco de papel de uma lanchonete. Um potinho de sorvete. Meio sanduíche. E, é claro, uma lata de mistura diet para milk-shake. Jake estava beirando os 125 quilos. Suas calças nunca serviam direito. Elas eram ou pequenas demais para sua barriga ou grandes demais para seu quadril. Ele tentava ajeitá-las o tempo todo, procurando uma forma de posicioná-las no lugar adequado. Essa busca era tão desafiadora que poderia justificar a convocação de uma equipe de renomados cientistas e o uso de um microscópio ultrapotente.

– Vamos comer uns hambúrgueres – falou Jake, secando o rosto com uma toalhinha úmida. – Estou faminto.

Myron pegou a lata com a mistura diet e sorriu com doçura.

– "Um delicioso milk-shake no café da manhã. Outro no almoço. E então um jantar leve."

– É mentira. Já tentei isso. Essa merda não funciona.

– Você tomou por quanto tempo?

– Quase um dia inteiro. Não deu em nada. Não perdi nem um quilo.

– Você devia processar esses caras.

– Além do mais, o negócio tem gosto de pólvora.

– Conseguiu o arquivo sobre Alexander Cross?

– Consegui, está bem aqui. Vamos.

Myron seguiu Jake pela rua. Pararam em um lugar chamado Restaurante Royal Court – era muita bondade da parte de alguém chamar aquela espelunca de restaurante. Talvez ele pudesse alcançar o status de banheiro público de beira de estrada se passasse por uma reforma completa.

Jake sorriu.

– Beleza de lugar, hein?

– Minhas artérias estão entupindo só com o cheiro – disse Myron.

– Pelo amor de Deus, homem, não respire fundo aqui.

A mesa ficava ao lado de um daqueles jukeboxes de lanchonete. Os discos não eram trocados havia bastante tempo. A música que liderava as paradas da máquina, de acordo com o pequeno anúncio que havia nela, era "Crocodile Rock", do Elton John.

A garçonete era exatamente o que você esperaria de um estabelecimento como aquele. Mal-humorada, cinquentona e com cabelos pintados de um roxo que não pode ser encontrado na natureza.

– Olá, Millie – cumprimentou Jake.

A garçonete jogou os cardápios para eles, sem abrir a boca e mal parando de andar.

– Essa é a Millie – disse Jake.

– Ela parece um amor – falou Myron. – Posso ver o arquivo?

– Vamos pedir antes.

Myron pegou o cardápio. Era de plástico. E grudento. Muito grudento. Como se alguém tivesse derramado melado em cima dele. Havia também pedacinhos de ovos mexidos agarrados nas dobras. Myron estava perdendo o apetite.

Três segundos depois, Millie retornou com um suspiro.

– Qual o pedido?

– Eu quero um cheesebúrguer especial – Jake começou a enumerar. – Duas batatas em vez de salada de repolho. E uma Coca diet.

Millie olhou para Myron. Sem a menor paciência.

– Você tem um cardápio vegetariano? – perguntou Myron, sorrindo.

– Um o quê?

– Deixe de ser babaca – cortou Jake.

– Um queijo quente está bom – pediu Myron.

– Acompanha batata?

– Não.

– E para beber?

– Uma Coca diet. Vou optar por baixas calorias como meu amigo aqui.

Millie encarou Myron, olhando-o dos pés à cabeça.

– Você até que é bonitinho.

Myron abriu seu sorriso de modéstia. Aquele que diz: *Ah, deixe disso*.

– Também não me é estranho.

– As pessoas costumam dizer isso – falou Myron. – Bonitinho, mas também familiar.

– Você já saiu com uma das minhas filhas alguma vez? Com a Gloria, quem sabe? Ela trabalha no turno da noite.

– Acho que não.

Ela tornou a analisá-lo.

– Você é casado?

– Estou envolvido com uma pessoa.

– Não foi o que eu perguntei – retrucou ela. – Você é casado?

– Não.

– Então está bem.

Ela se virou e foi embora.

– O que foi isso?

Jake encolheu os ombros.

– Espero que ela não tenha ido buscar a Gloria.

– Por quê?

– Ela é tipo uma versão branca de mim – falou Jake. – Só que com uma barba mais cerrada.

– Parece encantadora.

– Você ainda está com Jessica Culver?

– Acho que sim.

Jake balançou a cabeça.

– Cara, ela não está no gibi. Nunca vi coisa tão bonita assim na vida real.

Myron tentou não sorrir.

– Difícil discordar.

– Ela também colocou você na palma da mão.

– Difícil discordar.

– Claro que existem muitos lugares piores para um homem estar.

– Difícil discordar.

Millie voltou com as duas Cocas diet. Desta vez, quase conseguiu sorrir para Myron.

– Um homem bonito como você não deveria estar solteiro – refletiu.

– Sou procurado em vários estados – falou Myron.

Millie não pareceu intimidada. Apenas deu de ombros e foi embora. Myron se voltou para Jake.

– Então, cadê o arquivo?

Jake abriu a pasta. Entregou a Myron uma foto de um homem bonito com ar saudável. Bronzeado, em forma, usando short de tenista. Myron tinha visto aquela fotografia no jornal logo após o assassinato.

– Este é Alexander Cross – começou a falar Jake. – Tinha 24 anos na época do assassinato. Formado pela Wharton. Filho do senador Bradley Cross, da Pensilvânia. Na noite de 24 de julho, seis anos atrás, ele estava em uma festa num clube de tênis chamado Old Oaks, em Wayne, na Pensilvânia. O prestigioso senador também estava presente. É um lugar bem grã-fino: comida extravagante, quadras abertas e fechadas, de cimento, de saibro, com luz artificial, sem luz artificial, o pacote completo. Tem até quadra de grama.

– Já entendi.

– O que aconteceu depois é um pouco nebuloso, mas o que temos é o seguinte: Alexander Cross e três amigos estavam dando uma volta pela propriedade.

– À noite? No meio de uma festa?

– Não é a coisa mais estranha do mundo.
– Também não é comum.
Jake deu de ombros.
– Seja como for, eles ouviram um barulho vindo da ala oeste do clube. Foram até lá dar uma olhada. Então toparam com dois rapazes de aparência suspeita.
– De aparência suspeita?
– Os rapazes eram... Como é mesmo que nos chamam hoje em dia? Afrodescendentes.
– Ah! – disse Myron. – Imagino que o Old Oaks não tenha muitos sócios afrodescendentes.
– Nenhum. É um clube exclusivo.
– Então você e eu jamais poderíamos ser sócios.
– Não é uma pena? – falou Jake. – Aposto que teríamos adorado aquela festa.
– Mas, então, o que aconteceu em seguida?
– De acordo com as testemunhas, os rapazes brancos abordaram os rapazes negros. Um dos rapazes negros, posteriormente identificado como Errol Swade, reagiu sacando um canivete.
Myron fez uma careta.
– Um canivete?
– É, eu sei. Que baita clichê, não? Imaginação zero. Enfim, houve um incidente. Alexander Cross foi apunhalado. Os dois penetras saíram correndo. Algumas horas depois, a polícia os encontrou no norte da Filadélfia, perto de onde os dois moravam. Durante a abordagem, um dos malandros sacou uma arma. Curtis Yeller, 16 anos. Foi baleado por um policial. A mãe do rapaz estava no local, pelo que entendi. O garoto morreu nos braços dela.
– Ela viu o filho ser baleado?
Jake deu de ombros.
– Não diz aqui.
– Então o que aconteceu com Errol Swade?
– Ele fugiu. O que resultou em uma caçada por todo o país. A foto da ficha dele apareceu em todos os jornais, foi enviada para todos os canais de TV. Policiais à beça participaram da busca, é claro, já que a vítima era o filho de um senador e tudo o mais. Mas é aí que a coisa fica interessante.
Myron deu um gole na sua Coca diet. Estava sem gás.
– Errol Swade nunca foi encontrado – falou Jake.
Myron sentiu um aperto no coração.
– Nunca?
Jake balançou a cabeça.

– Está me dizendo que Swade fugiu?
– É o que parece.
– Quantos anos ele tinha?
– Na época, 19.

Myron remoeu a informação por um instante.

– Então agora ele teria 25.
– Uau! Você estudou matemática?

Myron não sorriu. Millie trouxe a comida. Fez outro comentário, mas ele nem sequer ouviu. Vinte e cinco anos. Myron ficou inevitavelmente intrigado. Era uma ideia idiota. Imperdoável. E talvez até racista. Mas lá estava ela. Vinte e cinco anos. Duane afirmava ter 21, mas quem poderia garantir?

Não. Não podia ser.

Myron deu outro gole em seu refrigerante sem gás.

– O que você sabe sobre Errol Swade? – perguntou.
– Um marginal de carteirinha. Já havia sido preso três vezes. Na primeira, por ter roubado um carro. Tinha 12 anos na época. Depois cometeu vários tipos de delito. Roubos, assaltos seguidos de agressão, mais roubos de carro, assaltos à mão armada, drogas. Também era membro de uma gangue. Adivinha só o nome dela...

Myron deu de ombros.

– Josie e as Gatinhas?
– Quase isso. Os Manchas. Diminutivo de Manchas de Sangue. Eles sempre usavam uma camisa banhada no sangue da vítima. Como se fosse a insígnia de um escoteiro.
– Que simpático.
– Errol Swade e Curtis Yeller também eram primos. Swade estava morando com a família de Yeller havia um mês, desde que tinha sido libertado. Vamos ver o que mais. Swade tinha abandonado a escola. Que surpresa. Era viciado em cocaína. Por essa você também não esperava. Além de tudo, era um completo imbecil.
– Então como ele enganou a polícia todo esse tempo?

Jake apanhou seu sanduíche e deu uma mordida. Das grandes. Metade do cheesebúrguer desapareceu.

– Ele não pode ter feito isso.
– Como assim?
– Não tem como ele ter andado na linha por tanto tempo. É impossível.
– Espere um instante. Acho que tem alguma coisa que não entendi.
– Oficialmente, a polícia ainda está à procura dele – falou Jake. – Mas, extraoficialmente, eles têm certeza de que o rapaz está morto. O garoto não passava de

um marginal burro. Não conseguiria encontrar a própria bunda usando as duas mãos, quanto mais fugir de uma busca nacional.

– Então o que aconteceu?

– Dizem que o senador pediu um favor à máfia. E eles apagaram o moleque.

– O senador Cross mandou matá-lo?

– O quê, vai dizer que está surpreso? O cara é político. Isso o coloca só um grau abaixo de pedófilo.

– Você não foi *eleito* xerife?

Jake assentiu.

– Lá vem você – comentou.

Myron arriscou dar uma mordida em seu sanduíche. Tinha gosto de esponja de lavar louça.

– Você tem alguma descrição física de Errol Swade? – perguntou ele, quase torcendo para que a resposta fosse não.

– Tenho coisa melhor. A foto da ficha de Swade.

Jake limpou as mãos uma na outra, esfregando-as na camisa para garantir. Então enfiou uma delas na pasta e puxou uma fotografia. Ele a entregou para Myron, que tentou não parecer muito ansioso.

Não era Duane.

Nem de longe. Nem mesmo depois de uma cirurgia plástica. Para começar, Errol Swade tinha a pele muito mais clara. Sua cabeça era quadrada, muito diferente da de Duane. Os olhos eram bem separados. Tudo diferente. A altura registrada na ficha era 1,93 metro, quase oito centímetros mais alto do que Duane. Ninguém conseguiria fingir ser mais baixo.

Myron quase suspirou de alívio.

– O nome Valerie Simpson aparece em algum lugar desse arquivo? – perguntou.

Uma pequena chama se acendeu nos olhos de Jake.

– Quem?

– Você ouviu.

– Puxa, Myron, você não está falando da mesma Valerie Simpson que foi assassinada ontem, está?

– Por coincidência, estou. O nome dela está aí?

Ele entregou metade do arquivo a Myron.

– Como vou saber? Me ajude a procurar.

Eles vasculharam os papéis. O nome de Valerie estava em uma folha apenas, a lista de convidados. O nome dela e o de mais uma centena de outras pessoas. Myron anotou os nomes e endereços das testemunhas do assassinato – três amigos de Alexander Cross. Não havia mais nada de muito interessante no arquivo.

— Então — disse Jake —, o que a linda e morta Valerie Simpson tem a ver com isso?

— Não sei.

— Deus do céu — resmungou Jake, balançando a cabeça. — Você ainda está de sacanagem comigo?

— Não estou de sacanagem nenhuma.

— O que descobriu até agora?

— Menos que nada.

— Você disse a mesma coisa sobre Kathy Culver.

— Mas esse caso não é seu, Jake.

— Talvez eu possa ajudar.

— Eu realmente não tenho nada. Valerie Simpson apareceu no meu escritório alguns dias atrás. Ela queria voltar às quadras, mas alguém a matou antes. Quero saber quem foi, só isso.

— Você só faz merda.

Myron deu de ombros.

— Falaram alguma coisa na TV sobre um fã obsessivo ser o culpado — falou Jake.

— Pode ter sido ele. Provavelmente foi.

Silêncio.

— Você está escondendo alguma coisa outra vez — continuou Jake. — Igual ao caso de Kathy Culver.

— É confidencial.

— Não vai me contar?

— Não. É confidencial.

— Está protegendo alguém de novo?

— Confidencial — repetiu Myron. — No sentido de não poder ser divulgado. Uma informação que não deve ser compartilhada de forma alguma. Um segredo.

— Está bem, que seja — falou Jake. — Então, está gostando do seu sanduíche?

Myron assentiu.

— Talvez o ambiente não seja dos melhores, mas pelo menos a comida é uma porcaria — disse ele.

Jake riu.

— Ei, você tem ingressos para o Aberto de Tênis?

— Tenho.

— Que tal arranjar dois para mim?

— Para quando?

— O último sábado.

As semifinais dos homens e as finais das mulheres.
– É um dia complicado – disse Myron.
– Mas não para um agente fodão como você.
– Se eu conseguir, estaremos quites?
– Claro.
– Vou deixá-los na bilheteria.
– É melhor que os lugares sejam bons.
– Quem você vai levar?
– Meu filho, Gerard.

Myron tinha jogado basquete contra Gerard na faculdade. O cara era um touro. Seu estilo na quadra não tinha nada de delicado.
– Ele ainda está trabalhando na Homicídios em Nova York?
– Está.
– Será que ele pode me fazer um favor?
– Merda. Tipo o quê?
– O policial encarregado do assassinato de Valerie é um babaca de carteirinha.
– E você quer saber o que eles descobriram.
– Isso.
– Está bem. Vou pedir para Gerard ligar pra você.

10

– A<small>LGUM RECADO</small>?

Esperanza assentiu com um gesto de cabeça.
– Mais ou menos um milhão.

Myron correu os dedos pela pilha de papel.
– Alguma notícia de Eddie Crane?
– Você vai jantar com ele e os pais dele.

Myron ergueu os olhos.
– Quando?
– Hoje à noite. Às 19h30. No La Reserve. Já liguei para lá. Não se esqueça de usar o nome de Win.

O nome de Win tinha peso em vários dos melhores restaurantes de Nova York.
– Você sabe quanto é genial, não sabe?

Ela assentiu.
– Claro.

– Quero que você vá comigo também.
– Não posso. Tenho aula.
Esperanza fazia faculdade de direito à noite.
– Eddie ainda está sendo treinado por Pavel Menansi? – perguntou Myron.
– Está, por quê?
– Tive uma conversa com ele no Aberto de Tênis ontem à noite.
– Sobre?
– Ele treinou Valerie.
– E vocês dois "conversaram" sobre isso?
Myron assentiu.
– Suponho que você o tenha surpreendido com seu charme habitual.
– Algo do tipo.
– Então não temos chance com Eddie – disse ela.
– Não necessariamente. Se Eddie gostasse muito de Pavel, a esta altura a Tru-Pro já teria fechado um contrato com ele. Talvez haja algum atrito entre os dois.
– Quase me esqueci – disse Esperanza, apanhando uma pequena pilha de papéis. – Isto acabou de chegar por fax. Querem que devolvamos assinado imediatamente.
O contrato de um cliente, um jogador de beisebol chamado Sandy Repo. Arremessador. O Houston Astros o selecionara na primeira rodada de contratações. Myron correu os olhos pelo texto. Fora negociado verbalmente na manhã do dia anterior, mas Myron logo percebeu um novo parágrafo. Acrescentado de forma sorrateira na penúltima página.
– Que gracinha – disse ele.
– Que foi?
– O Astros. Ligue para Bob Wasson.
Wasson era o diretor-geral da equipe.
Esperanza pegou o telefone.
– Você tem uma reunião com o pessoal da Burger City amanhã à tarde.
– Vai coincidir com a partida de Duane?
Ela fez que sim com cabeça.
– Você se importa de ir em meu lugar?
– Eles não vão gostar de negociar com a recepcionista – retrucou ela.
– Você é meu braço direito – corrigiu Myron. – Um braço direito muito valioso.
– Mas não sou a mandachuva. Não sou Myron Bolitar.
– Ora, mas quem é?
Ela revirou os olhos, levou o fone à orelha e começou a discar. Fez questão de não olhar para ele.

– Acha mesmo que estou pronta?

O tom das palavras foi difícil de interpretar. Myron não conseguiu saber se fora de sarcasmo ou insegurança. Provavelmente os dois.

– Vão querer Duane na próxima campanha deles – disse Myron. – Mas Duane prefere esperar por algo de âmbito nacional. Tente empurrar alguma outra pessoa.

– OK.

Myron foi para seu escritório. Seu lar. Ele tinha uma bela vista do horizonte de Manhattan. Não era um escritório de esquina, como o de Win, mas também não era de se jogar fora. Em uma parede, havia pôsteres de filmes. De Humphrey Bogart e Lauren Bacall a Woody Allen e Diane Keaton. Outra parede era coberta por cartazes de peças da Broadway. Musicais em sua maioria. De Richard Rodgers e Oscar Hammerstein a Andrew Lloyd Webber. A última parede era dedicada aos clientes. Fotografias de cada jogador seu em ação. Ele analisou a foto de Duane, o corpo arqueado durante um saque.

– O que está havendo, Duane? – falou Myron em voz alta. – O que você está escondendo?

A foto não respondeu. Fotos dificilmente respondiam.

Seu telefone tocou. A voz de Esperanza surgiu:

– Estou com Bob Wasson na linha.

– OK.

– Posso colocá-lo na espera. Até você acabar de falar com a parede.

– Não, acho que vou atendê-lo agora mesmo.

Espertinha. Ele apertou o botão do viva voz.

– Que droga, Bolitar, me tire do viva voz. Você não é tão importante assim.

Myron pegou o fone.

– Melhor assim?

– Sim, muito. O que você quer?

– Recebi o contrato hoje.

– Puxa, que bacana. Vou explicar o que fazer agora. Passo um: assine onde está o X. Isso você sabe fazer, não sabe? Mandei colocar seu nome debaixo do X, caso você precise confirmar como se soletra. E use uma caneta, Myron. Tinta azul ou preta, por gentileza. Nada de lápis de cor. Passo dois: coloque o contrato no envelope em anexo, que já está com nosso endereço. Umedeça a dobra. Está me entendendo até aqui?

O bom e velho Bob. Tão engraçado quanto uma infestação de piolhos.

– Tem um problema no contrato – disse Myron.

– O quê?

– Um problema.
– Olhe, Bolitar, se você estiver tentando tirar mais dinheiro de mim, pode tomar no cu.
– Cláusula 37. Parágrafo C.
– O que tem?
Myron leu em voz alta.
– "O jogador concorda em não praticar esportes que coloquem sua saúde ou segurança em risco, incluindo, mas não se limitando a, boxe profissional ou luta livre, motociclismo, ciclismo radical, automobilismo, paraquedismo, voo livre, caça, etc., etc."
– Sim, e daí? É uma cláusula de atividades proibidas. Nós pegamos da NBA.
– O contrato da NBA não diz nada sobre caça.
– Como?
– Por favor, Bob, vamos tentar fingir que não sou retardado. Você incluiu a palavra "caça". Sorrateiramente, digamos.
– E o que isso tem de mais? O seu rapaz gosta de caçar. Dois anos atrás, ele se machucou enquanto caçava e perdeu metade do último ano na escola. Queremos garantir que isso não vá acontecer de novo.
– Então você vai precisar compensá-lo de alguma forma – disse Myron.
– O quê? Deixa de sacanagem, Bolitar. Você quer que a gente pague ao garoto se ele se machucar, certo?
– Certo.
– Então nós não queremos que ele fique caçando. E se ele der um tiro no próprio pé? E se algum outro imbecil o confundir com um veado e atirar nele? Você sabe quanto isso vai nos custar?
– Sua preocupação é comovente – ironizou Myron.
– Ah, me desculpe. Mil perdões. Acho que eu deveria me importar mais e pagar menos.
– Bem colocado. Risque minha última frase.
– Já está riscada. Estamos conversados?
– Meu cliente gosta de caçar. É muito importante para ele.
– E o braço esquerdo dele é muito importante pra gente.
– Então eu sugiro um meio-termo justo para ambas as partes.
– Que seria...?
– Um bônus. Se Sandy não caçar, você pagará a ele mais 20 mil dólares no final do ano.
Gargalhadas.
– Você está louco.

– Então tire a cláusula. Não é de praxe e nós não concordamos com ela.
Pausa.
– Cinco mil. E nem um centavo a mais.
– Quinze.
– Vá à merda, Myron. Oito.
– Quinze – disse Myron.
– Acho que você esqueceu as regras desse jogo – falou Bob. – Eu digo um número um pouco mais baixo. Você diz um número um pouco mais alto. Então nós concordamos com algum valor intermediário.
– Quinze, Bob. É pegar ou largar.
Win abriu a porta e entrou. Ele se sentou sem falar nada, pousou o calcanhar direito sobre a coxa esquerda e analisou suas unhas bem cuidadas.
– Dez – disse Bob.
– Quinze.
A negociação continuou. Win se levantou, conferiu seu reflexo no espelho atrás da porta. Ainda estava ajeitando o cabelo cinco minutos depois, quando Myron desligou. Não havia um só cacho louro fora do lugar, mas isso nunca impedia Win de fazer um último ajuste.
– Qual foi o valor final? – perguntou Win.
– Treze mil e quinhentos.
Win assentiu. Então sorriu para seu reflexo.
– Sabe o que eu estava pensando?
– O quê?
– Deve ser uma droga ser feio.
– A-hã. Será que você consegue se desgrudar do seu reflexo por um instante?
Win suspirou.
– Não vai ser fácil.
– Seja forte.
– Bem, acho que sempre posso voltar a me olhar mais tarde.
– Isso aí. Pense na expectativa que isso vai causar.
Com uma última ajeitada no cabelo, Win deu as costas ao espelho e se sentou.
– Então, o que está havendo?
– O Cadillac azul-claro ainda está me seguindo.
Win pareceu gostar da notícia.
– E você quer que eu descubra quem está ao volante?
– É por aí – falou Myron.
– Maravilha.
– Mas não quero que você parta para cima deles sem a minha presença.

– Não confia em mim?
– Só faça o que estou pedindo, OK?
Win deu de ombros.
– Então, como foi sua visita à propriedade da família Van Slyke?
– Conheci Kenneth. Nos demos muito bem.
– Imagino.
– Você conhece a peça? – perguntou Myron.
– Ah, conheço.
– Ele é tão babaca quanto estou pensando?
Win separou bastante as mãos.
– De proporções bíblicas.
– Sabe algo mais a respeito dele?
– Nada de importante.
– Pode investigar?
– Mas é claro. O que mais você descobriu?
Myron lhe contou sobre as visitas que fez tanto aos Van Slyke quanto a Jake.
– Isso está ficando cada vez mais curioso – refletiu Win quando ele terminou de falar.
– Pois é.
– Então qual o próximo passo? – perguntou Win.
– Quero atacar isso por vários ângulos.
– E quais seriam eles?
– O psiquiatra de Valerie, para começar.
– Que vai encher você de termos como "sigilo médico-paciente", etc. – falou Win, descartando a hipótese com um gesto. – Perda de tempo. Quem mais?
– A mãe de Curtis Yeller viu o filho ser baleado pela polícia. Ela também é tia de Errol Swade. Talvez tenha algo a dizer sobre isso tudo.
– Como, por exemplo...?
– Pode ser que saiba o que aconteceu com Errol.
– E daí? Está achando que ela vai contar para você?
– Nunca se sabe.
Win fez uma careta.
– Então, trocando em miúdos, seu plano é sair atirando para todos os lados.
– Algo assim. Também vou precisar falar com o senador Cross. Você acha que consegue providenciar?
– Posso tentar – falou Win. – Mas você também não vai descobrir nada com ele.
– Puxa, você está um poço de otimismo hoje.
– Só estou sendo realista.

– Descobriu alguma coisa no Plaza?

– Para dizer a verdade, descobri – respondeu Win, recostando-se e fazendo uma pirâmide com as mãos. – Valerie fez apenas quatro ligações nos últimos três dias. Todas foram para o seu escritório.

– Uma para marcar uma reunião comigo – completou Myron. – As outras três no dia em que ela morreu.

Win deu um assobio curto.

– Muito impressionante. Primeiro você descobre que Kenneth é um babaca, agora isso.

– É, às vezes até eu me surpreendo comigo mesmo. Mais alguma coisa?

– Um dos porteiros do Plaza se lembrava muito bem de Valerie – prosseguiu Win. – Depois que eu lhe dei uma gorjeta de 20 dólares, recordou inclusive que ela costumava fazer muitos passeios curtos. Ele achou curioso, já que os hóspedes geralmente ficavam fora por horas a fio, em vez de apenas alguns minutos.

Myron sentiu uma onda de adrenalina.

– Ela estava usando um telefone público.

Win assentiu.

– Liguei para Lisa, que trabalha na companhia telefônica. Aliás, você está devendo a ela dois ingressos para o Aberto de Tênis.

Que ótimo.

– O que ela descobriu?

– Um dia antes do assassinato de Valerie, duas ligações foram feitas de um telefone público na esquina da Rua 50 com a 59 para a residência de um certo Sr. Duane Richwood.

Myron sentiu um aperto no estômago.

– Merda.

– Definitivamente.

– Então não só Valerie telefonou para Duane – concluiu Myron – como também fez questão de garantir que ninguém ficasse sabendo.

– É o que parece.

Silêncio.

– Você precisa conversar com ele – disse Win.

– Eu sei.

– Espere até o final do torneio – acrescentou Win. – Não há motivo para distrair Duane agora, durante o Aberto dos Estados Unidos e com a grande campanha da Nike prestes a ser lançada. Vai dar na mesma.

Myron balançou a cabeça.

– Vou conversar com Duane amanhã. Depois da partida dele.

11

FRANÇOIS, O CHEFE DOS GARÇONS do La Reserve, pairava ao redor da mesa como um abutre esperando a morte – ou pior, como um *maître* nova-iorquino aguardando uma gorjeta gorda. Desde que descobrira que Myron era amigo íntimo de Windsor Horne Lockwood III, François se apegara a ele da mesma forma como um cachorro se apegaria a um homem que tivesse um pedaço de carne no bolso.

Ele recomendou *carpaccio* de salmão como aperitivo e o bacalhau especial do chef como entrada. Myron aceitou as duas sugestões. Assim como a Sra. Crane, que não falara nada até então. O Sr. Crane pediu sopa de cebola e fígado. De forma alguma Myron o cumprimentaria de perto pelas próximas horas. Eddie pediu escargot e lagosta. O garoto estava aprendendo rápido.

– Posso recomendar um vinho, Sr. Bolitar? – disse François.

– Sim, por favor.

Oitenta e cinco pratas descendo pelo ralo.

O Sr. Crane tomou um gole. Fez um gesto de aprovação com a cabeça. Ainda não tinha sorrido e mal trocara amenidades. Para sorte de Myron, Eddie era um bom rapaz. Inteligente. Educado. Bom de papo. Mas sempre que o Sr. Crane pigarreava, como agora, ele ficava quieto.

– Eu me lembro do senhor jogando basquete na Universidade Duke, Sr. Bolitar – começou Crane.

– Por favor, me chame de Myron.

– Está bem.

Em vez de lhe oferecer a mesma informalidade, Crane ergueu as sobrancelhas. Elas eram seu traço mais distintivo: muito espessas e arqueadas numa expressão carrancuda, ondulavam constantemente sobre seus olhos. Pareciam pequenos furões se contorcendo em sua testa.

– O senhor foi capitão do time na universidade? – perguntou.

– Por três anos – respondeu Myron.

– E conquistou dois títulos da liga universitária, não?

– Meu time os conquistou, sim.

– Eu o vi jogar várias vezes. O senhor era muito bom.

– Obrigado.

Ele se inclinou. De alguma maneira, suas sobrancelhas ficaram ainda mais juntas.

– Se bem me lembro – prosseguiu Crane –, o Boston Celtics o selecionou na primeira rodada de contratações.

Myron assentiu.

– Por quanto tempo o senhor jogou para eles? Não foi muito, se não me engano.

– Machuquei o joelho durante um jogo de pré-temporada no meu ano de estreia.

– E nunca mais voltou a jogar? – perguntou Eddie, os olhos jovens arregalados.

– Nunca – falou Myron com a voz firme.

Era uma lição mais eficiente do que qualquer sermão que ele pudesse dar. Como o funeral de um colega de turma que tivesse morrido por dirigir embriagado.

– Então o que o senhor fez da vida? – perguntou Crane. – Depois da lesão?

A entrevista. Fazia parte do processo. As coisas eram mais difíceis quando você era um ex-atleta. As pessoas naturalmente partiam do princípio de que você era burro.

– Passei um bom tempo tentando me recuperar – respondeu Myron. – Achei que podia superar as estatísticas, desafiar os médicos, voltar para as quadras. Quando consegui encarar a realidade, entrei para uma faculdade de direito.

– Onde?

– Harvard.

– Muito impressionante.

Myron tentou aparentar modéstia. Quase piscou como se estivesse acanhado.

– Entrou para a equipe editorial da universidade?

– Não.

– Tem um MBA?

– Não.

– O que fez depois que terminou a faculdade?

– Virei agente.

O Sr. Crane franziu o cenho.

– Quanto tempo o senhor levou para se formar?

– Cinco anos.

– Por que demorou tanto?

– Estava trabalhando na época.

– Em quê?

– Eu trabalhava para o governo.

Uma resposta aceitável e vaga. Esperava que Crane não forçasse mais a barra.

– Entendo – disse Crane, tornando a mover as sobrancelhas. Não só as sobrancelhas como todo o corpo. A boca, a testa, até as orelhas se contorceram. – Por que o senhor entrou para o ramo da representação esportiva?

– Porque achei que fosse gostar. E achei que poderia ser bom nisso.

– Sua agência é pequena.
– Verdade.
– O senhor não tem os contatos que outras agências maiores possuem.
– Verdade.
– Certamente não conta com o poder de fogo da ICM, da TruPro ou da Advantage.
– Verdade.
– E não representa muitos tenistas de sucesso.
– Verdade.

Crane fez uma careta de desaprovação.

– Então me diga, Sr. Bolitar, por que deveríamos escolher o senhor?
– Sou ótima companhia nas festas.

O Sr. Crane não sorriu. Eddie, sim. Então percebeu o que estava fazendo e cobriu a boca com a mão.

– Isso era para ser engraçado? – disse Crane.
– Deixe-me fazer uma pergunta, Sr. Crane. O senhor mora na Flórida, certo?
– Sim, em St. Petersburg.
– Como o senhor veio para Nova York?
– Nós pegamos um avião.
– Sim, mas o que quero saber é: quem pagou as passagens?

A família Crane trocou olhares desconfiados.

– Foi a TruPro, não foi?

O Sr. Crane assentiu, hesitante.

– Eles mandaram uma limusine para recebê-los no aeroporto? – prosseguiu Myron.

Ele assentiu novamente.

– O seu casaco, Sra. Crane, ele é novo?
– É.

Era a primeira vez que ela falava.

– Foi alguma das grandes agências que o comprou para a senhora?
– Foi.
– As grandes agências mandam funcionárias ou esposas de funcionários para acompanhá-la em passeios pela cidade, mostrar os pontos turísticos, fazer umas comprinhas e coisas do gênero, não?
– Sim.
– Aonde o senhor quer chegar? – interrompeu Crane.
– Esse tipo de coisa não é minha praia – falou Myron.
– Que tipo de coisa?

– Puxar saco. Não sou muito bom em puxar o saco dos meus clientes. E sou péssimo em puxar o saco dos pais deles. Eddie?

– Sim?

– As grandes agências prometeram mandar alguém a cada partida sua?

Ele assentiu.

– Eu não vou fazer isso – disse Myron. – Se precisar de mim, estarei disponível 24 horas por dia, sete dias por semana. Mas não estarei fisicamente presente 24 horas por dia, sete dias por semana. Se quiser alguém segurando sua mão em todas as partidas só porque é isso que Andre Agassi ou Michael Chang têm, escolha alguma das agências grandes. Eles são melhores nisso do que eu. Se precisar de alguém que lave suas roupas ou seja seu garoto de recados, também não sirvo.

A família Crane se entreolhou novamente.

– Bem – refletiu o Sr. Crane. – Já ouvimos o que o senhor tem a dizer, Sr. Bolitar. Parece que é mesmo tudo o que falam a seu respeito.

– O senhor pediu que eu me comparasse às outras agências.

– Sim, pedi.

Myron se concentrou em Eddie.

– Minha agência é pequena e simples. Ficarei encarregado de todas as suas negociações: cachê para participar dos torneios, aparições públicas, partidas de exibição, campanhas publicitárias, o que for. Mas não vou assinar nada que você não queira. Nada será fechado sem que você mesmo veja, compreenda e aprove antes. Está me entendendo até agora?

Eddie assentiu.

– Como seu pai ressaltou, eu não tenho um MBA. Mas meu sócio, sim. O nome dele é Win Lockwood. É considerado um dos melhores consultores financeiros do país. O método de Win é parecido com o meu: ele quer que você entenda e aprove cada investimento que ele faz. Vou insistir que você se reúna com ele pelo menos cinco vezes por ano, de preferência mais que isso, para que possa fazer um planejamento financeiro e tributário sólido, de longo prazo. Quero que saiba o que está acontecendo com seu dinheiro o tempo todo. Muitos atletas acabam caindo nas mãos de aproveitadores e fazendo maus investimentos, confiando nas pessoas erradas, esse tipo de coisa. Isso não vai acontecer aqui porque *você*, não só eu, não só Win, não só seus pais, mas *você* não vai deixar.

François chegou com os aperitivos. Ele ostentava um sorriso radiante enquanto os garçons serviam os pratos. Então começou a apontar e lhes dar ordens em um francês que esbanjava impaciência, como se, sem aqueles chiliques, eles fossem incapazes de colocar um prato diante de um ser humano.

– Isso é tudo? – perguntou François.

– Acho que sim.

François baixou ligeiramente a cabeça.

– Se houver alguma maneira de eu tornar seu jantar mais agradável, Sr. Bolitar, por favor, não hesite em solicitar.

Myron olhou para o salmão.

– Vocês têm ketchup?

François ficou lívido.

– Perdão?

– Foi uma piada, François.

– E muito engraçada, por sinal, Sr. Bolitar.

François se afastou. Myron, a figuraça, ataca novamente.

– E quanto à jovem que providenciou este jantar? – perguntou o Sr. Crane. – A Srta. Diaz. Qual a função dela na agência do senhor?

– Esperanza é minha assistente. Meu braço direito.

– Qual a experiência profissional dela?

– Atualmente faz faculdade de direito à noite. É por isso que não pôde estar conosco hoje. Também já foi lutadora profissional.

Isso despertou o interesse de Eddie.

– Sério? Qual era o nome artístico dela?

– Pequena Pocahontas.

– A Princesa Indígena? Ela e a Grande Chefe-mãe foram campeãs de luta em equipe.

– Exatamente.

– Cara, ela é a maior gostosa.

– É mesmo.

A Sra. Crane beliscou seu salmão. Por um momento, o Sr. Crane deixou sua sopa de cebola de lado.

– Então me diga – pediu ele. – Que estratégia o senhor adotaria em relação à carreira de Eddie?

– Depende – disse Myron. – Não existe uma fórmula pronta. Há dois fatores conflitantes no que diz respeito ao seu filho. Por um lado, Eddie tem apenas 17 anos. Ainda é um garoto. O tênis não deve consumir seu tempo a ponto de ele passar a odiar o esporte. Seu filho não pode deixar de se divertir, deve tentar fazer as coisas que os garotos fazem nessa idade. Por outro lado, seria ingenuidade pensar que o tênis vai ser somente um jogo para ele. Ou que ele vai ser um menino "normal". Estamos falando de dinheiro. Muito dinheiro. Se Eddie agir do jeito certo, se fizer alguns sacrifícios agora e trabalhar junto com Win, pode conquistar sua segurança financeira para toda a vida. É um equilíbrio delicado:

de quantos torneios ele deve participar, quantas partidas de exibição deve jogar, quantas aparições públicas e quantas campanhas publicitárias deve fazer...

As sobrancelhas de Crane assentiram. Elas pareciam concordar.

Myron voltou sua atenção para Eddie.

– O melhor a fazer é conseguir bastante dinheiro logo no início, porque nunca se sabe o que pode acontecer. Eu sou a prova viva disso. Mas também não quero que você se acabe por causa disso. Às vezes a coisa mais difícil do mundo é dizer não para uma quantidade exorbitante de grana. Mas, no fim das contas, a decisão é sua, não minha. O dinheiro é seu. Se quiser participar de todos os torneios e jogar todas as partidas de exibição que aparecerem, não cabe a mim impedir. Mas você não vai conseguir fazer isso, Eddie. Ninguém consegue. Você é um bom rapaz. Tem a cabeça no lugar. Foi bem-criado pelos seus pais. Mas, se forçar demais a barra, não vai aguentar o rojão. Eu já vi isso acontecer mais vezes do que gostaria.

Depois de uma pausa, Myron prosseguiu:

– Quero que você ganhe muito dinheiro. Mas não cada centavo que oferecerem. Não quero que se torne um caça-níqueis. Quero que se divirta um pouco, que tenha prazer nisso tudo. Quero que perceba a sorte que tem.

A família Crane o ouvia absorta.

– Essa é minha teoria, Eddie, seja qual for o valor dela. Você pode ganhar mais dinheiro com as grandes agências. Não tenho como negar isso. Mas, a longo prazo, com uma carreira duradoura, mantendo sua saúde e tendo um planejamento cauteloso, acredito que será mais bem-sucedido e estará melhor com a MB Representações Esportivas.

Myron olhou para o Sr. Crane.

– Há mais alguma coisa que o senhor gostaria de me perguntar?

Crane bebericou seu vinho, analisou a cor da bebida, apoiou a taça na mesa. Suas sobrancelhas dançaram outra vez.

– O senhor nos foi muito bem recomendado, Sr. Bolitar. Ou melhor, foi muito bem recomendado para Eddie.

– É mesmo? – disse Myron. – Por quem?

Eddie desviou o olhar. A Sra. Crane pousou a mão no braço do filho. O Sr. Crane deu a resposta:

– Valerie Simpson.

Myron ficou surpreso.

– Valerie me recomendou?

– Ela achou que o senhor seria bom para Eddie.

– Ela disse isso?

– Sim.

Myron se voltou para Eddie. O rapaz não estava chorando, mas parecia à beira das lágrimas.

– O que mais ela falou, Eddie?

Ele deu de ombros.

– Ela achava o senhor honesto. Achava que o senhor cuidaria bem de mim.

– Como você conheceu Valerie?

– Eles se conheceram na escola de tênis de Pavel, na Flórida – respondeu Crane. – Valerie tinha 16 anos quando Eddie chegou. Ele, apenas 9. Acho que ela tomou conta do meu filho um pouco.

– Eles eram muito amigos – acrescentou a Sra. Crane. – O que aconteceu foi uma tragédia terrível.

– Ela disse mais alguma coisa, Eddie?

Eddie tornou a dar de ombros. Então finalmente ergueu o olhar. Myron o encarou fixamente.

– É importante – acrescentou ele.

– Ela me disse para não trabalhar com a TruPro – respondeu Eddie.

– Por quê?

– Não quis dizer.

– Minha teoria – acrescentou Crane – é que ela os culpava pelo rumo que sua carreira tomou.

– O que você acha, Eddie? – perguntou Myron.

Ele deu de ombros uma terceira vez.

– Pode ser isso. Não sei.

– Mas não é o que você acha.

Nada.

– Acho que já chega desse assunto – a Sra. Crane os interrompeu. – O assassinato de Valerie foi muito difícil para Eddie.

A conversa aos poucos foi voltando para os negócios. Mas Eddie permaneceu calado. De vez em quando abria a boca, mas a fechava em seguida. Quando todos se levantaram para ir embora, Eddie se aproximou de Myron e sussurrou:

– Por que o senhor quer saber tanta coisa sobre Valerie?

Myron escolheu dizer a verdade:

– Estou tentando descobrir quem a matou.

Isso fez Eddie arregalar os olhos. Ele olhou para trás. Seus pais estavam ocupados se despedindo de François, que beijou a mão da Sra. Crane.

– Acho que você pode ajudar – falou Myron.

– Eu? – espantou-se Eddie. – Mas não sei de nada.

– Ela era sua amiga. Você era próximo dela.
– Eddie?

Era a voz do Sr. Crane.

– Tenho que ir, Sr. Bolitar. Obrigado por tudo.
– Sim, obrigado – acrescentou Crane. – Ainda temos mais algumas agências para visitar, mas entraremos em contato.

Depois que eles foram embora, François apareceu com a conta.

– Essa gravata lhe cai muito bem, Sr. Bolitar.

Aquele homem realmente sabia puxar saco.

– Você deveria ser agente esportivo, François.
– Obrigado, senhor.

Myron lhe entregou o cartão de crédito e ficou aguardando. Ligou o celular. Uma mensagem de Win. Retornou a ligação.

– Onde você está? – perguntou.
– Na Rua 26, perto da Oitava Avenida – respondeu Win. – Havia dois cavalheiros, e estou usando o termo no sentido mais figurado possível, dentro do Cadillac. Eles seguiram você até o La Reserve, esperaram um tempo em frente ao restaurante e foram embora cerca de meia hora atrás. Acabaram de entrar em um bar de reputação um tanto questionável.

– Reputação um tanto questionável?
– O nome do bar é A Perseguida. Preciso dizer mais?
– Fique de olho neles. Já estou a caminho.

12

WIN O ESPERAVA DO OUTRO lado da rua, em frente ao A Perseguida. O quarteirão estava silencioso, o único som era o da batida distante da música que vinha de dentro do bar. Uma placa de neon grande anunciava: TOPLESS!

– São dois – falou Win. – O motorista era branco, mais ou menos 1,90 metro. Acima do peso, mas musculoso. Acho que você vai apreciar o gosto dele para roupas.

– Como assim?
– Você vai ver. O outro é negro. Pouco mais de 1,80 metro. Cicatriz feia na bochecha direita. Imagino que você o descreveria como magro de musculatura bem definida.

Myron lançou um olhar ao longo da rua.

– Onde eles pararam o carro?

– Em um estacionamento na Oitava Avenida.

– Por que não na rua? Tem um monte de vagas.

– Acho que nosso amigo tem bastante apego por seu charmoso veículo – disse Win, abrindo um sorriso. – Aposto que ficaria muito aborrecido se algo acontecesse a ele.

– Vai ter alguma dificuldade para entrar no carro?

Win pareceu ofendido.

– Vou fingir que você não perguntou isso.

– Tudo bem. Então você confere o carro. Eu vou para o bar.

Win bateu continência.

– Entendido, chefe.

Os dois se separaram. Win seguiu para o estacionamento, Myron, para o bar. Myron teria preferido o contrário, sobretudo levando em conta que os dois homens o conheciam, mas era sempre recomendável explorar os pontos fortes de cada um. Win era muito melhor em arrombar carros ou lidar com qualquer coisa mecânica. Myron era melhor em... bem, nisso.

Por via das dúvidas, ele entrou no bar com a cabeça baixa. Mas não havia necessidade. Ninguém prestou atenção nele. Não se pagava couvert artístico ali. Três palavras lhe vieram à mente: fundo do poço. O tema da decoração era cervejas americanas. As paredes ostentavam propagandas de cerveja em neon. O balcão e as mesas estavam cobertos de marcas de copos. Atrás do balcão, viam-se pirâmides de garrafas de todos os lugares do país.

E havia, é claro, dançarinas de topless. Elas se empinavam languidamente em cima de pequenos palcos que lembravam os cenários de programas de auditório antigos. As dançarinas em geral não eram bonitas. Longe disso. A febre da malhação ainda não tinha chegado ao A Perseguida. Ali, a carne era do tipo que balançava. O bar parecia mais um centro de estudos da celulite do que um lugar aonde os homens iam realizar suas fantasias.

Myron se encaminhou para uma mesa no centro e sentou-se sozinho. Havia alguns homens engravatados, mas a maior parte da clientela era composta de trabalhadores comuns. Quem tinha dinheiro geralmente curtia peitos nus em clubes mais caros, onde as mulheres eram esteticamente mais agradáveis, embora certas partes de seus corpos fossem tão naturais quanto as de uma boneca inflável.

Dois homens se divertiam perto do palco central. Um negro, outro branco. Encaixavam-se na descrição de Win. Quando outra dançarina chegou para render a que estava no palco em frente a eles, a moça passou para a pista e os rapazes logo foram negociar com ela. Em lugares mais caros, o valor para uma dança na mesa girava entre 20 e 25 dólares. A garota tirava a parte superior do biquíni e dançava em cima da sua mesa por cerca de cinco minutos. Nada de tocar, nada de apalpar. No A Perseguida, a pedida do momento era a *lap dance*, que acontecia nos cantos mais discretos do bar. Também conhecida pelos pré-adolescentes como esfregação, consistia em uma dançarina fazer movimentos sensuais sentada no colo de um homem vestido até que ele, bem, atingisse o clímax. Fora a repugnância moral do ato, Myron tinha várias dúvidas quanto aos aspectos técnicos. Por exemplo: depois de terminado o "número", como o sujeito passava o restante da noite? Será que levava uma cueca extra para o bar?

Tantas perguntas, tão pouco tempo.

Os dois homens e a dançarina seguiram para perto de onde Myron estava. Foi quando ele entendeu o que Win havia falado. O branco realmente tinha braços fortes, mas também uma barriga volumosa e um peito flácido. Alguns desses pontos fracos poderiam ser escondidos com um pouco de bom senso estético, mas o homem estava usando uma camisa justa feita com tecido de redinha. De redinha. No sentido de "toda furada". No sentido de "estou praticamente sem camisa". Os pelos do peito dele – e eram muitos – saltavam de dentro dos buracos. Pareciam mais longos do que o normal, enrolando-se nas várias correntes de ouro que pendiam de seu pescoço e misturando-se a elas. Quando ele passou, Myron conseguiu ter uma boa visão das suas costas e (que privilégio!) percebeu que eram ainda mais peludas e sebosas do que o peito.

Ele ficou um pouco enjoado.

– Quinze dólares pelos primeiros 10 minutos – informou a garota. – Não posso baixar mais que isso.

– Não tente enrolar a gente, piranha – ameaçou Camisa de Redinha. – Nós somos dois. Queremos dois pelo preço de um.

– É – intrometeu-se o negro. – Dois pelo preço de um.

– Não vai dar – falou a garota.

Se ela se sentiu insultada pelo jeito como a chamaram, não deixou transparecer. Sua voz era cansada e indiferente, como a de uma garçonete do turno da noite em um restaurante barato.

Camisa de Redinha não gostou da resposta.

– Olha aqui, sua puta, não me irrite.

– Vou chamar o gerente – avisou ela.

– Vai é o caralho. Você não sai daqui antes de descabelar meu palhaço.

– É isso aí – acrescentou o negro. – E o meu também. Piranha.

– Eu cobro mais caro se for para ouvir sacanagem – disse a garota.

Camisa de Redinha olhou para ela, incrédulo.
– O que você disse?
– Tem uma taxa extra se for para eu ouvir sacanagem.
– Taxa extra? – gritou Camisa de Redinha, já furioso. – Talvez uma puta burra feito você não saiba, mas isso aqui são os Estados Unidos da América. Terra dos livres, lar dos bravos. Eu posso dizer o que quiser, sua piranha. Ou você nunca ouviu falar de liberdade de expressão?

Um especialista na Constituição, pensou Myron. Como era emocionante ver um homem defendendo a Primeira Emenda.

– Olha – prosseguiu a dançarina –, o preço é 12 dólares por cinco minutos ou 20 dólares por 10 minutos. Mais gorjeta. Fim de papo.
– Que tal o seguinte – propôs Camisa de Redinha –: você dança em nós dois ao mesmo tempo.
– Hã?
– Você dança em mim e toca punheta nele. O que acha, vadia?
– É – falou o negro. – Vadia.
– Vejam bem, não tem essa de dois por um – disse a dançarina. – Vou chamar outra menina. Vamos dar um bom trato em vocês.

Myron entrou no campo de visão dos três.
– Posso ser eu?
Ninguém se mexeu.
– Puxa – continuou Myron –, os dois são tão atraentes que nem consigo me decidir.

Camisa de Redinha olhou para o negro. O negro olhou de volta para Camisa de Redinha.

Myron se virou para a garota.
– Você tem alguma preferência?
Ela balançou a cabeça negativamente.
– Então eu fico com ele – disse Myron, apontando para Camisa de Redinha. – Ele gostou de mim. Dá pra notar pelos mamilos durinhos.
– Ei, o que ele está fazendo aqui? – perguntou o negro.
Camisa de Redinha o fuzilou com o olhar.
– Quero dizer, quem é esse cara?
Myron meneou a cabeça.
– Mandou bem na recuperação. Muito sutil.
– O que você quer? – perguntou Camisa de Redinha.
– Na verdade, eu estava mentindo.
– O quê?

– Sobre como descobri que você gosta de mim. Não foram só os mamilos durinhos... embora eles deem bastante bandeira.

– Posso saber que merda é essa que você está dizendo?

– Você vem me seguindo há dois dias, foi por isso que percebi. Da próxima vez, experimente a tática do admirador secreto. Mande flores com uma mensagem anônima. Um cartão bonito. Esse tipo de coisa.

– Vamos embora, Jim – falou Camisa de Redinha para o negro –, esse cara é maluco. Vamos sair daqui.

– Desistiram da *lap dance*? – perguntou a garota.

– É, desistimos. Temos que ir.

– Alguém vai ter que pagar por isso – falou a dançarina –, senão o gerente vai cair na minha pele.

– Dê o fora, piranha. A não ser que queira levar uma porrada.

– Calma, grandão – interrompeu Myron.

– Olha aqui, camarada, não tenho treta nenhuma contigo. Então vê se sai logo da minha frente.

– Também não vai querer experimentar minha *lap dance*?

– Você é doido.

– Posso oferecer um desconto especial – falou Myron.

Camisa de Redinha cerrou os punhos. Ele havia recebido ordens para seguir Myron, não para ser descoberto e se envolver em uma briga.

– Vamos embora, Jim.

– Por que você está me seguindo? – perguntou Myron.

– Não sei do que você está falando.

– São meus olhos azuis sedutores? Meus traços fortes? Minha bunda malhada? Aliás, o que você acha desta calça? Ela não é apertada demais, é?

– Maluco.

A dupla passou por Myron.

– Vamos fazer assim – propôs Myron –: vocês me dizem para quem estão trabalhando e eu prometo não contar para o seu chefe.

Eles continuaram andando.

– Juro – completou Myron.

Os dois seguiram rumo à porta. A cada dia, um novo amigo. Myron tinha esse dom.

Ele os seguiu até a rua. Camisa de Redinha e Jim foram às pressas na direção oeste.

Win surgiu das sombras do outro lado da rua.

– Por aqui – disse a Myron.

Eles cortaram caminho por um beco e chegaram ao estacionamento antes de Camisa de Redinha e Jim. Os carros ficavam parados ao ar livre. O manobrista estava em uma pequena cabine assistindo em uma tela minúscula com imagem em preto e branco à reprise de uma série de TV. Win apontou para o Cadillac. Ele e o amigo se agacharam atrás de um Oldsmobile estacionado a dois carros de distância e aguardaram.

Camisa de Redinha e Jim se aproximaram da cabine. Ainda olhavam para trás, em direção à rua. Jim estava em pânico.

– Como ele nos descobriu, Lee? Hein?

– Não sei.

– O que vamos fazer?

– Nada. Vamos mudar de carro. Tentar de novo.

– E você tem outro carro?

– Não – disse Camisa de Redinha. – Vamos alugar um.

Eles pagaram e o manobrista lhes entregou um recibo e as chaves. Camisa de Redinha havia insistido em estacionar ele mesmo o carro.

– Isso vai ser divertido – falou Win.

Quando chegaram ao Cadillac, Camisa de Redinha enfiou a chave na fechadura. Então se deteve, olhou para baixo e começou a gritar.

– Merda! Puta que pariu!

Myron e Win saíram de onde estavam escondidos.

– Olhe a boca... – disse Myron.

Camisa de Redinha ficou encarando o carro, sem conseguir acreditar no que via. Win havia usado uma broca para fazer um buraco sob a fechadura e arrombar o veículo. Não costumava usar esse método, principalmente quando o trabalho precisava ser limpo, mas, naquele caso, considerara que seria a melhor pedida. Além disso, a mão de Win tinha escorregado "por acidente", riscando as duas portas do lado do motorista.

– Você! – berrou Camisa de Redinha furioso, o rosto vermelho enquanto apontava para Myron. – Você!

Win se virou para o amigo.

– Vocabulário impressionante.

– É, mas foi o jeito de se vestir que me fez gamar.

– Você – repetiu Camisa de Redinha. – Você fez isso com o meu carro?

– Ele, não – falou Win. – Eu. E, se me permite dizer, o interior do seu carro estava mesmo impecável. Me senti muito mal ao derramar todo aquele melado em cima dos bancos.

Os olhos de Camisa de Redinha saltaram. Ele olhou para dentro do veículo, colocou a mão sobre os assentos e soltou um berro. O grito foi ensurdecedor. Tão alto que o manobrista quase se mexeu.

Myron olhou para Win.

– Melado?

– Da marca Log Cabin.

– Sempre gostei mais do Aunt Jemima – refletiu Myron.

– Cada doido com sua mania.

– Encontrou alguma coisa no veículo?

– Não muito – falou Win. – Havia um monte de tíquetes de estacionamento no porta-luvas – disse, entregando-os a Myron, que os olhou por um breve instante.

– Então – disse Myron –, para quem vocês estão trabalhando?

Camisa de Redinha veio na direção deles.

– Meu carro! – gritou, o rosto vermelho. – Você... meu carro! Meu carro!

Win suspirou.

– Será que podemos pular essa parte? Tediosa demais.

– Seu filho da puta! Seu...

Camisa de Redinha tornou a cerrar os punhos. Ele deu um passo à frente, agora sorrindo para Win. Era um sorriso feio em todos os aspectos.

– Vou quebrar essa sua cara de merda, bonitão – anunciou.

Win olhou para Myron.

– Bonitão?

Myron deu de ombros.

Jim se colocou ao lado de Camisa de Redinha. Myron podia ver que nenhum dos dois estava armado. Talvez tivessem um canivete escondido em algum lugar, mas isso não o preocupava.

Camisa de Redinha se aproximou até ficar a um metro de Win. Até aí, nenhuma novidade. Os bandidos sempre partiam primeiro para cima de Win. Ele era uns 15 centímetros mais baixo que Myron e cerca de 15 quilos mais leve. E, o que era melhor, Win parecia um riquinho frouxo que só sabia levantar o dedo para chamar o mordomo – tudo o que um valentão poderia desejar para saco de pancadas.

Camisa de Redinha deu mais um passo à frente e ergueu o punho. Quem quer que tivesse contratado aqueles caras não havia explicado muito bem com quem eles estavam lidado.

O soco veio zunindo em direção ao nariz de Win. Ele se esquivou. Myron às vezes comparava os movimentos de Win aos de um gato. Mas essa não era uma descrição precisa. Ele se movia mais como um fantasma. Em um nanossegundo estava ali e, no outro, estava a meio metro de distância. Camisa de Redinha tentou novamente. Desta vez, Win bloqueou o golpe. Ele agarrou o punho do homem com uma das mãos e, usando a lateral da outra, golpeou o pescoço dele. Camisa de Redinha recuou, desnorteado. Jim deu um passo à frente.

– Nem pense nisso – ordenou Myron.

O homem saiu correndo.

Myron Bolitar, o intimidador.

Assim que Camisa de Redinha recuperou o equilíbrio, partiu para cima de Win com a cabeça abaixada, tentando derrubá-lo. Péssima ideia. Win odiava quando um oponente tentava usar seu tamanho contra ele. Ele havia apresentado Myron ao tae kwon do quando os dois eram calouros na Universidade Duke, mas treinava aquela arte marcial desde criança. Chegara até a passar três anos no Extremo Oriente estudando com grandes mestres.

– Aaaarrrrhhhh! – gritou Camisa de Redinha.

Mais uma vez Win se esquivou, como o toureiro mais habilidoso do mundo enganando o touro mais desengonçado. Girando a perna, encaixou um chute no plexo solar do homem, seguido por um golpe de mão espalmada contra o nariz. Ouviu-se um estalo alto e o sangue começou a escorrer. Camisa de Redinha soltou um grito e caiu no chão. Não voltou a se levantar.

Win se agachou.

– Para quem você está trabalhando?

Camisa de Redinha olhou para o sangue em sua mão.

– Você quebrou meu nariz! – reclamou, a voz fanha.

– Resposta errada – falou Win. – Deixe-me repetir a pergunta. Para quem você está trabalhando?

– Não vou falar nada!

Win segurou com dois dedos o nariz quebrado. Os olhos do homem se arregalaram.

– Não – disse Myron.

Win ergueu os olhos para ele.

– Se não aguenta, vá embora.

Ele voltou sua atenção para Camisa de Redinha.

– Última chance. Ou você fala ou eu começo a torcer seu nariz. Quem contratou vocês?

Camisa de Redinha ficou calado. Win apertou o nariz por um instante. Os pequenos ossos rasparam uns contra os outros, produzindo o som da chuva caindo sobre uma clarabóia. O homem se contorceu de dor. Win abafou seu grito com a mão livre.

– Já chega – falou Myron.

– Ele ainda não contou nada.

– Nós somos os mocinhos, lembra?

Win fez uma careta.

– Você parece um daqueles advogados chatos que só falam em direitos humanos.

– Ele não precisa dizer nada.

– Como assim?

– Não passa de um vagabundo de meia-tigela. Venderia a própria mãe por um centavo.

– E daí?

– E daí que ele tem mais medo de abrir a boca do que da dor.

Win sorriu.

– Posso fazê-lo mudar de ideia.

Myron ergueu um dos canhotos de tíquete de estacionamento.

– Este estacionamento fica na Rua 44 com a Madison. Bem debaixo do prédio da TruPro. Nosso amigo aqui está trabalhando para os irmãos Ache. Eles são os únicos que poderiam fazer um cara se borrar desse jeito.

O rosto do homem ficou branco.

– Ou para Aaron – falou Win.

Aaron.

– O que tem ele? – perguntou Myron.

– Os irmãos Ache podem estar usando Aaron. Ele conseguiria fazer um cara se borrar desse jeito.

Aaron.

– Ele não está mais trabalhando para Frank Ache – disse Myron. – Pelo menos até onde eu saiba.

Win olhou para Camisa de Redinha.

– O nome Aaron significa alguma coisa para você?

– Não – gritou ele.

Foi uma resposta rápida. Rápida demais.

Myron se agachou perto do homem.

– Comece a falar ou vou contar a Frank Ache que você deu com a língua nos dentes.

– Eu não falei nada sobre Frank Ache nenhum!

– Tripla negação – disse Win. – Muito impressionante.

Os irmãos Ache eram dois. Herman e Frank. Herman, o mais velho, era o chefe, um sociopata responsável por uma quantidade descomunal de dor e morte. Mas, perto de Frank, seu irmão perturbado, Herman Ache era a Mary Poppins. Infelizmente, Frank controlava a TruPro.

– Eu não falei nada – repetiu Camisa de Redinha.

Ele alisava o nariz como se fosse um animal ferido.

– Nem uma droga de palavra – enfatizou.

– Mas como Frank vai saber? – perguntou Myron. – Entenda o seguinte: vou dizer a Frank que você abriu a boca como um baita dedo-duro. E sabe da maior? Ele vai acreditar em mim. Senão, como eu poderia saber que Frank contratou você?

O rosto do homem passou de branco para uma espécie de verde-alga.

– Mas, se você cooperar – continuou Myron –, nós todos vamos fingir que nada disso aconteceu. Que eu nunca percebi que você estava me seguindo. E você vai se safar. Frank não precisa saber da merda que você fez.

Camisa de Redinha não precisou pensar muito.

– O que você quer?

– Um dos homens dos Ache contratou vocês?

– Sim.

– Aaron?

– Não, um cara qualquer.

– O que ele pediu que vocês fizessem?

– Que a gente seguisse você. E relatasse todos os seus passos.

– Por quê?

– Não sei.

– Quando vocês foram contratados?

– Ontem à tarde.

– A que horas?

– Não me lembro. Duas, três da tarde. Disseram que você estava assistindo ao jogo de tênis e mandaram que eu fosse até lá na mesma hora.

Isso teria sido quase imediatamente após o assassinato de Valerie.

– Isso é tudo o que eu sei. Juro por Deus. É só isso.

– Conversa fiada – interrompeu Win.

Mas Myron fez um gesto, impedindo que ele prosseguisse. Aquele homem não sabia mais nada de importante.

– Deixe-o ir embora – falou Myron.

13

Myron acordou cedo. Pegou uma caixa de cereais na despensa. Algo chamado Nutri-Grain. Nomezinho mais sem graça. Leu no verso da caixa sobre a importância das fibras. Que empolgante.

Sentiu saudade dos cereais de sua infância: Cap'n Crunch, Froot Loops, Quisp. Ah, quem poderia se esquecer de Quisp, aquele alienígena bonitinho que competia na TV com um mineiro fracassado chamado Quake? Quisp *versus* Quake. Extraterrestre *versus* Sr. Mão de Obra. Conceito interessante. O que teria acontecido a esses dois rivais? Será que até mesmo o adorável Quisp seria esquecido, como as bandas de rock daquele tempo?

Suspirou. Era jovem demais para ter acessos de nostalgia.

Esperanza conseguira descobrir o endereço da mãe de Curtis Yeller. Deanna Yeller morava sozinha em uma casa recém-comprada em Cherry Hill, Nova Jersey, a uns 10 quilômetros da Filadélfia. Myron foi para o carro. Se saísse naquele instante, conseguiria ir até Cherry Hill, encontrar Deanna Yeller e voltar para Nova York a tempo de acompanhar a partida de Duane.

Mas será que Deanna Yeller estaria em casa? Melhor se certificar antes.

Myron pegou o telefone do carro e discou. Uma voz de mulher, provavelmente de Deanna, atendeu.

– Alô?

– Poderia falar com Orson? – perguntou Myron.

Alerta: técnica dedutiva inteligentíssima a seguir. Se você está interessado em dicas sobre este ofício, preste muita atenção.

– Quem? – perguntou a mulher.

– Orson.

– Foi engano.

– Desculpe – disse Myron, desligando.

Dedução: Deanna Yeller estava em casa.

Ele estacionou diante de uma casa simples porém nova em uma rua residencial típica de Nova Jersey. As casas eram mais ou menos iguais. De cores diferentes, talvez. As cozinhas podiam ficar umas do lado direito e outras do lado esquerdo. Mas, geneticamente, eram clones. Simpático. Algumas crianças na rua. Algumas bicicletas multicoloridas. Um casal de esquilos. O extremo oposto do oeste da Filadélfia. Era algo em que pensar.

Myron cruzou o pequeno caminho de tijolos e bateu à porta. Uma negra muito atraente atendeu, com um sorriso agradável já nos lábios. Seu cabelo estava preso em um coque firme, o que acentuava suas maçãs do rosto salientes. Algumas marcas de expressão ao redor dos olhos e da boca, mas nada excessivo. Estava bem-vestida, num estilo mais ou menos conservador. Perfume Anne Klein II. Suas joias se faziam notar, mas sem serem espalhafatosas. A impressão geral que transmitia era de classe.

Quando ela o viu, seu sorriso pareceu se apagar.

– Em que posso ajudá-lo?
– Sra. Yeller?
Ela assentiu lentamente, como se não tivesse certeza.
– Meu nome é Myron Bolitar. Gostaria de fazer algumas perguntas à senhora.
O sorriso desapareceu por completo.
– Sobre?
O tom de voz agora era diferente. Em vez de cordialidade suburbana, o que se ouvia nele era a desconfiança das ruas.
– Seu filho.
– Não tenho filho.
– Curtis – disse Myron.
Os olhos dela se apertaram.
– Você é policial?
– Não.
– Não tenho tempo agora. Estou de saída.
– Não vou demorar muito.
Ela colocou as mãos no quadril.
– O que eu ganho com isso?
– Como?
– Curtis está morto.
– Eu sei disso.
– Então de que adianta falar sobre isso? Ele vai continuar morto, não vai?
– Por favor, Sra. Yeller, se a senhora me permitir entrar só por um instante...
Ela refletiu por alguns segundos, olhou à sua volta e então deu de ombros, como se vencida pelo cansaço. Conferiu o relógio. Myron notou que era um Piaget. Poderia ser falso, mas ele duvidava.

A decoração era básica. Bastante branco. Bastante madeira. Luminárias de pé. Simples e elegante. Não havia fotografias nas prateleiras ou na mesinha de centro. Nenhum item pessoal. Deanna Yeller não se sentou. Tampouco convidou Myron a se sentar.

Myron ofereceu seu sorriso mais caloroso e digno de confiança. Um terço âncora de TV, dois terços guru espiritual.

Ela cruzou os braços.
– Posso saber por que esse raio de sorriso na cara?
Isso aí, mais um minuto e ela estaria se aninhando no seu colo.
– Quero lhe perguntar sobre a noite em que Curtis morreu – falou Myron.
– Por quê? O que você tem a ver com isso?
– Estou fazendo uma investigação.

– E o que está investigando?
– O que realmente aconteceu na noite da morte de seu filho.
– Você é detetive particular?
– Não.
Silêncio.
– Você tem dois minutos – sentenciou ela. – Não mais que isso.
– Segundo a polícia, seu filho apontou uma arma para um policial.
– É o que eles dizem.
– Ele fez isso?
A Sra. Yeller deu de ombros.
– Parece que sim.
– Curtis tinha uma arma?
Ela repetiu o gesto.
– Acho que tinha.
– A senhora a viu naquela noite?
– Não sei.
– Havia visto a arma antes daquela noite?
– Talvez. Não sei.
Puxa, quanta informação útil.
– Por que seu filho e Errol invadiriam o clube Old Oaks?
Ela fez uma careta.
– Você está falando sério?
– Estou.
– O que você acha? Para roubar o lugar.
– Curtis fazia isso com frequência?
– O quê?
– Roubar estabelecimentos.
Ela tornou a dar de ombros.
– Estabelecimentos, pessoas, o que desse.
O tom foi neutro. Nada de constrangimento, surpresa ou repulsa.
– Curtis não tinha ficha na polícia – falou Myron.
Deanna repetiu o mesmo gesto uma quarta vez. Logo seus ombros ficariam cansados.
– Parece que eu criei um rapaz esperto – disse ela. – Até aquela noite, pelo menos.
Ela voltou a olhar deliberadamente para o relógio.
– Preciso sair agora – anunciou.
– Sra. Yeller, a senhora teve alguma notícia do seu sobrinho, Errol Swade?

– Não.
– Sabe para onde ele foi depois que seu filho foi morto?
– Não.
– O que acha que aconteceu a Errol?
– Ele está morto.
O mesmo tom neutro.
– Não sei o que você veio fazer aqui, mas essa história toda já acabou – declarou ela. – E há muito tempo. Ninguém se importa mais.
– E quanto à senhora, Sra. Yeller. A senhora se importa?
– Está terminado. Acabou.
– A senhora estava presente quando a polícia baleou seu filho?
– Não, cheguei logo em seguida.
A voz dela foi sumindo aos poucos.
– E viu o corpo do seu filho caído no chão?
Ela assentiu com um gesto de cabeça.
Myron lhe entregou seu cartão de visita.
– Se a senhora se lembrar de mais alguma coisa...
Ela não o pegou.
– Não vou me lembrar.
– Mas, se por acaso...
– Curtis está morto. Nada do que você fizer pode mudar isso. O melhor é simplesmente esquecer.
– E é tão fácil assim?
– Já faz seis anos. As pessoas nem parecem sentir falta de Curtis.
– E quanto à senhora, Sra. Yeller? Sente falta dele?
Ela abriu a boca, fechou-a, então tornou a abri-la.
– Não vou dizer que Curtis era um bom rapaz nem nada. Ele só arrumava confusão.
– Não significa que deveria ter morrido por causa disso – falou Myron.
Ela ergueu os olhos e o encarou com severidade.
– Não importa. Os mortos não voltam. Não dá para mudar isso.
Myron ficou calado.
– Você pode mudar isso, Sr. Bolitar? – perguntou ela em tom desafiador.
– Não.
Deanna Yeller meneou a cabeça e se virou para pegar sua bolsa.
– Preciso mesmo sair – disse ela. – Seria melhor você ir embora também.

14

Henry Hobman era a única pessoa no camarote reservado aos jogadores.
– Oi, Henry – disse Myron.
Ainda não havia ninguém jogando, mas Henry estava parado em sua pose de treinador. Sem desviar a atenção da quadra, ele murmurou:
– Fiquei sabendo que você teve uma reunião com Pavel Menansi ontem à noite.
– E...?
– Está insatisfeito com o treinamento de Duane?
– Não.
Henry quase balançou a cabeça. Fim da conversa.
Duane e seu oponente, um finalista do Aberto da França chamado Jacques Potiline, entraram na quadra. Duane parecia o mesmo de sempre. Nenhum sinal de tensão. Abriu um sorriso largo para Myron e Henry e os cumprimentou com um aceno de cabeça. O clima estava perfeito para um jogo de tênis. Fazia sol, mas uma brisa fresca e suave soprava, aplacando a umidade.
Myron correu os olhos pelos arredores. Havia uma loura bastante voluptuosa no camarote ao lado. Seus peitos transbordavam de uma regata branca apertada. A palavra do dia, meninos e meninas, é decote. Vários homens a devoravam com os olhos. Não Myron, é claro. Ele era experiente demais para isso. De repente, a loura se virou e seu olhar encontrou o de Myron. Ela abriu um sorriso tímido e acenou. Myron acenou de volta. Não pretendia fazer nada além disso, mas... caramba!
Win se materializou na cadeira ao lado de Myron.
– Você sabe que ela está sorrindo é para mim, não sabe?
– Vai sonhando.
– As mulheres me acham irresistível – falou Win. – É só me verem que me querem. É uma maldição com a qual preciso conviver todos os dias da minha vida.
– Pare, por favor – pediu Myron. – Acabei de comer.
– Inveja. Existe algo mais repulsivo?
– Então vai fundo, garanhão.
Win olhou para ela.
– Não faz o meu tipo.
– Louras espetaculares não fazem o seu tipo?
– Os peitos dela são grandes demais. Tenho uma nova teoria sobre isso.
– Qual?

– Quanto maior o peito, pior a transa.

– Como é que é?

– Pense direito – disse Win. – Mulheres bem fornidas, e estou falando daquelas com a comissão de frente avantajada, têm o hábito de simplesmente ficarem deitadas na cama e confiarem no seu, hã, patrimônio. Nem sempre se esforçam tanto quanto deveriam. O que você acha?

Myron balançou a cabeça.

– Tenho várias opiniões quanto ao que você disse – respondeu –, mas acho que vou me ater à primeira de todas.

– Que é?

– Você é nojento.

Win sorriu e se recostou.

– Então, como foi sua visita à Sra. Yeller?

– Ela também está escondendo algo.

– Ora, ora. Eis que a trama se complica.

Myron concordou com um gesto de cabeça.

– Pela minha experiência – prosseguiu Win –, só existe uma coisa que pode silenciar a mãe de um garoto morto.

– E o que seria?

– Grana. Muita grana.

Win, a ternura em pessoa. Mas, na verdade, essa ideia já havia passado pela cabeça de Myron.

– Deanna Yeller mora em Cherry Hill atualmente. Em uma casa.

Essa informação surpreendeu Win.

– Uma mulher solteira e pobre que morava nos cafundós do oeste da Filadélfia de repente se muda para um lugar como Cherry Hill? Como é que ela conseguiu dinheiro para isso?

– Você acha mesmo que podem ter comprado o silêncio dela?

– Tem alguma outra explicação? Até onde sabemos, a mulher não tem meios sólidos para se manter. Passou a vida inteira em uma região pobre. Agora, de repente, ela é do tipo que assina revistas de decoração e paisagismo?

– Pode ter outra explicação.

– Como o quê?

– Um homem.

Win soltou um grunhido sarcástico.

– Uma mulher de 42 anos e que sempre foi pobre não encontra do nada um homem para bancá-la. Simplesmente não acontece.

Myron ficou calado.

– Agora – prosseguiu Win –, somem-se a isso Kenneth e Helen van Slyke, os pais enlutados de outra jovem morta.

– O que eles têm a ver com isso?

– Eu investiguei um pouco. Aparentemente, eles também não têm condições de se manter. A família de Kenneth já estava quebrada quando eles se casaram. Quanto a Helen, qualquer dinheiro que tivesse, Kenneth perdeu em seus empreendimentos malsucedidos.

– Quer dizer que eles estão falidos?

– Totalmente – respondeu Win. – Então diga-me, caro amigo: como eles conseguem se manter em Brentman Hall?

Myron balançou a cabeça.

– Tem que haver outra explicação.

– Por quê?

– Uma mãe vender seu silêncio sobre o assassino do filho eu *talvez* consiga engolir. Mas duas?

– Você tem uma visão muito alegrinha sobre a natureza humana.

– E a sua é bem sombria.

– E é por isso que eu geralmente tenho razão nesse tipo de assunto.

Myron franziu o cenho.

– E o que a TruPro tem a ver com tudo isso?

– O que tem ela?

– Camisa de Redinha foi contratado para me seguir imediatamente após o assassinato. Por quê?

– Os irmãos Ache conhecem você muito bem a esta altura. Talvez tenham ficado com medo de que fosse investigar o caso.

– E daí? Qual o interesse deles no assunto?

Win pensou por um instante.

– A TruPro não representou Valerie?

– Mas isso foi há seis anos – disse Myron. – Antes mesmo de os irmãos Ache assumirem o controle da agência.

– Hum. Talvez você esteja errado.

– Em quê? – perguntou Myron.

– Talvez não haja ligação nenhuma. A TruPro está interessada em contratar Eddie Crane, não está?

Myron fez que sim com a cabeça.

– E o mentor de Eddie, esse tal de Pavel, tem uma relação íntima com a TruPro. A agência talvez pense que você quer invadir o território deles.

– E os irmãos Ache não gostariam nem um pouco disso – acrescentou Myron.

– Exatamente.

Era uma possibilidade. Myron refletiu um pouco sobre isso, mas não conseguiu se convencer.

– Ah, outra coisa – interrompeu Win.
– O que foi?
– Aaron está na cidade.

Myron sentiu um breve calafrio.
– Pra quê?
– Não sei – respondeu Win.
– Deve ser só coincidência.
– Provavelmente.

Silêncio.

Win se recostou e apoiou as pontas dos dedos em pirâmide. A partida começou. O desempenho de Duane foi simplesmente espetacular. Ele ganhou o primeiro set de lavada: 6-2. Atrapalhou-se um pouco no segundo, mas acabou vencendo por 7-5. Jacques Potiline jogou a toalha. Duane acabou com ele no último set, que terminou em 6-1.

Outra vitória impressionante.

Enquanto os tenistas deixavam a quadra, Henry Hobman se levantou. Seu rosto continuava com a mesma expressão carrancuda. Ele mordia a parte interior da boca.

– Melhor – disse, tenso. – Mas não excelente.
– Não se empolgue tanto, Henry. É constrangedor.

Ned Tunwell desceu correndo a arquibancada em direção a Myron. Seus braços balançavam como os de uma criança brincando na neve. Vários outros executivos da Nike o seguiam. Lágrimas brotavam dos olhos de Ned.

– Eu sabia! – gritou Ned, extasiado.

Ele apertou a mão de Myron, o abraçou, virou-se para Win e sacudiu sua mão também. Win a puxou de volta para limpá-la nas calças.

– Eu sempre soube! – continuou.

Myron se limitou a menear a cabeça.

– Tão cedo! Tão cedo! – exclamou Ned. – É o começo da campanha do ano! Todo mundo vai saber quem é Duane Richwood! Ele é fantástico, simplesmente fantástico! Nem acredito. Acho que nunca fiquei tão excitado assim na vida, juro por Deus!

– Você não vai gozar de novo, vai, Ned?
– Myron! – exclamou, cutucando o ombro de Win num gesto brincalhão. – Ele é ou não é hilário?

– Um humorista nato – concordou Win.

Ned deu um tapa no ombro de Win, que estremeceu, mas, numa demonstração impressionante de autocontrole, não quebrou sua mão.

– Olha só, pessoal – falou Ned –, eu adoraria ficar aqui batendo papo com vocês o dia inteiro, mas preciso correr.

Win conseguiu esconder sua decepção.

– Até logo – despediu-se Ned. – Myron, a gente conversa depois, OK?

Myron assentiu.

– Tchau, gente.

Com isso, Ned subiu a arquibancada saltitando, literalmente.

Com algo muito parecido a horror estampado no rosto, Win o observou ir embora.

– O que foi isso? – perguntou.

– Um pesadelo. Encontro você mais tarde no escritório.

– Aonde você vai?

– Vou falar com Duane. Tenho que perguntar a ele sobre o telefonema de Valerie.

– Deixe isso para depois do torneio.

Myron balançou a cabeça.

– Não posso.

15

MYRON ESPEROU O FIM da coletiva de imprensa. Demorou. Duane estava sendo paparicado pelos bajuladores, sentindo-se à vontade naquele meio. A mídia tinha um novo queridinho. Duane Richwood. Convencido, mas não antipático. Confiante, mas agradável. Bonito. Norte-americano.

Quando as hordas da imprensa enfim ficaram sem perguntas, Myron acompanhou Duane de volta ao vestiário. Ele se sentou em uma cadeira ao lado do armário do tenista, que tirou os óculos de sol e os colocou na primeira prateleira.

– Bela partida, não? – comentou Duane.

Myron assentiu.

– Essa vitória vai deixar o pessoal da Nike feliz – continuou Duane.

– Eles vão ter orgasmos – concordou Myron.

– A campanha vai ao ar durante a minha próxima partida, não é?

– É.

Duane balançou a cabeça.

– Quartas de final do Aberto dos Estados Unidos – lembrou, admirado. – Mal consigo acreditar, Myron. Estamos chegando lá.

– Duane?

– Fala.

– Sei que Valerie telefonou para você – disse Myron.

Duane se deteve.

– O quê?

– Ela ligou duas vezes para o seu apartamento. De um telefone público próximo ao hotel dela.

– Não sei do que você está falando.

Duane apanhou rapidamente seus óculos de sol, se atrapalhou um pouco, mas conseguiu colocá-los.

– Eu quero ajudar você, Duane.

– Não preciso de ajuda nenhuma.

– Duane...

– Me deixe em paz, porra.

– Não posso fazer isso.

– Olhe, Myron, não preciso de distrações a esta altura do campeonato. Deixe isso pra lá.

– Ela está morta, Duane. Não é o tipo de coisa que se "deixa pra lá".

Duane tirou a camisa e começou a secar o peito.

– Algum fã maluco matou Valerie – disse ele. – Eu vi no noticiário. Não tem nada a ver comigo.

– Por que ela ligou para você, Duane?

Ele abria e fechava as mãos.

– Você trabalha para mim, certo?

– Certo.

– Então esqueça isso ou está despedido.

Myron o encarou.

– Não.

Duane afundou em uma cadeira e mergulhou a cabeça nas mãos.

– Droga! Desculpe, Myron. Não quis dizer isso. É muita pressão. Com este torneio, aquele tal de Dimonte me acusando e tudo o mais. Olhe, esqueça tudo o que eu disse, OK? Vamos passar uma borracha nessa conversa toda.

– Não.

– O quê?

– Por que ela telefonou para você, Duane?

– Você é surdo, cara?
– Quase.
– Deixe isso pra lá.
– Não.
– Não tem nada a ver com o assassinato.
– Então você admite que recebeu um telefonema dela?
Duane se levantou, ficou de costas para Myron e se apoiou no armário.
– Duane?
Desta vez o tom de voz foi suave:
– É, ela me ligou. E daí?
– Por quê?
– Digamos que a gente se conhecia. Intimamente, se é que você me entende.
– Você e Valerie...?
Myron completou as palavras gesticulando.
Duane meneou a cabeça devagar.
– Não foi nada de mais. Só aconteceu algumas vezes.
– Quando isso começou?
– Uns dois meses atrás.
– Onde vocês se conheceram?
Ele olhou para Myron, confuso.
– Em um torneio.
– Qual deles?
– Não me lembro. O de New Haven, talvez. Mas não durou muito.
– Então por que você mentiu para a polícia?
– Por que você acha? – rebateu ele. – Wanda estava lá. Eu amo aquela mulher, cara. Cometi um erro. Não queria magoá-la. Isso é tão errado assim?
– Então por que não contou para mim?
– Hã?
– Quando perguntei ainda agora. Por que não me disse a verdade?
– Pelo mesmo motivo.
– Mas Wanda não está aqui.
– Fiquei com vergonha, tá bom?
– Vergonha?
– Não me orgulho do que fiz.
Myron o observou. Com aqueles óculos, o rosto de Duane parecia rígido e robótico. Mas havia algo de errado ali. Por mais fiel que um atleta de 21 anos fosse à parceira, não ficaria com vergonha de confessar a seu agente que tinha pulado a cerca. A desculpa podia ser louvável, mas não era convincente.

– Se o caso tinha acabado, por que Valerie estava telefonando para você?
– Não sei. Ela queria me ver de novo. Pra uma última transa, imagino.
– Você concordou em vê-la?
– Não. Falei que nosso caso tinha acabado.
– O que mais você disse?
– Nada.
– O que mais ela disse?
– Nada.
– Tem certeza? Não se lembra de nada mesmo?
– Não. De nada.
– Ela pareceu abalada?
– Não que eu tenha percebido.

A porta se abriu. Tenistas começaram a entrar em fila, muitos deles parabenizando Duane friamente. Estrelas em ascensão não eram bem-vistas nos vestiários. Para que um rosto novo entrasse para o superexclusivo clube dos "10 Mais", alguém precisaria ser expulso. Era assim que a banda tocava. Nenhum conselho administrativo do mundo conseguia ser tão carrasco assim. Ali, todos eram rivais. Todos competiam pelos mesmos dólares e pela mesma fama. Todos eram inimigos.

De repente, Duane pareceu muito sozinho.
– Está com fome? – perguntou Myron.
– Faminto – respondeu Duane.
– A fim de alguma coisa em especial?
– Pizza. Com queijo extra e pepperoni.
– Então vá se vestir. Encontro você na saída.

16

– **M**YRON BOLITAR?

O telefone do carro. Ele havia acabado de deixar Duane em casa.
– Sim?
– Aqui é Gerard Courter, do Departamento de Polícia de Nova York. Filho de Jake.
– Ah, claro. Como vai, Gerard?
– Não tenho do que reclamar. Duvido que você se lembre, mas nós jogamos um contra o outro na faculdade uma vez.

– Eu me lembro. Você era da Michigan – falou Myron. – Ainda tenho as contusões para provar.

Gerard riu. A risada era igualzinha à do pai.

– Fico feliz de ter sido tão inesquecível.

– É um jeito muito sutil de dizer o que você foi.

Outra gargalhada igual à de Jake.

– Meu pai me disse que você precisava de informações sobre o caso Simpson.

– Se você tiver alguma, eu ficaria muito grato.

– Você já deve saber que existe um suspeito principal. Um cara chamado Roger Quincy.

– O fã que a perseguia.

– Isso.

– Existe algo específico que possa ligar Quincy ao assassinato? – perguntou Myron. – Além da obsessão por ela?

– Para começar, ele está foragido. Quando a polícia chegou ao apartamento de Quincy, ele já havia feito as malas e dado o fora. Ninguém sabe aonde ele foi.

– Talvez tenha apenas ficado com medo – refletiu Myron.

– Motivo é o que não falta.

– Por que você diz isso?

– Roger Quincy estava no estádio no dia do assassinato.

– Vocês têm testemunhas?

– Várias.

Isso fez Myron baixar um pouco a bola.

– O que mais?

– Ela foi baleada com uma 38. À queima-roupa. Encontramos a arma em uma lata de lixo a 10 metros do local do crime. Smith & Wesson. Estava dentro de uma sacola da Feron's que tinha um buraco de bala.

Feron's. Mais um dos patrocinadores do Aberto dos Estados Unidos. Era a empresa autorizada a vender os "produtos oficiais do torneio". A Feron's devia ter quase 10 estandes no evento e atendia zilhões de pessoas. Impossível rastrear a compra.

– Então o assassino se aproximou dela – intuiu Myron –, disparou com a arma dentro da bolsa, continuou andando, jogou a arma no lixo e saiu do estádio.

– Essa é a nossa conclusão – falou Gerard.

– Sujeito frio.

– Bastante.

– Alguma digital na arma? – perguntou Myron.

– Não.

– Alguma testemunha do crime propriamente dito?

– Centenas. Infelizmente, todas só se lembram do barulho do disparo e de Valerie caindo.

Myron balançou a cabeça.

– O assassino correu um risco enorme ao atirar nela em público desse jeito.

– Pois é. O cara tem colhões.

– Mais alguma coisa?

– Só uma pergunta – disse Gerard.

– Manda.

– Quais são os nossos lugares para sábado que vem?

17

Esperanza tinha organizado duas pilhas de recortes de jornal na mesa de Myron. A da direita, a mais alta, era composta de artigos sobre o assassinato de Alexander Cross. A menor era sobre a internação de Valerie Simpson.

Myron ignorou uma terceira pilha, a de recados, e começou a examinar os recortes sobre Valerie. Ele já conhecia a história. A família da tenista afirmara que ela estava "tirando um tempo para descansar", mas uma fonte bem informada acabou contando a verdade à imprensa: a estrela adolescente do tênis estava internada na famosa Clínica Psiquiátrica Dilworth. A família negou os fatos por alguns dias, até que uma fotografia de Valerie passeando pelos jardins da clínica apareceu nos jornais. A família então fez uma declaração tardia de que Valerie estava "repousando de um esgotamento causado por pressões externas", seja lá o que isso significasse.

A mídia se interessou, mas a cobertura não foi muito intensa. Valerie ainda era conhecida, mas na verdade já era página virada no mundo do tênis, portanto o caso não justificava muito esforço. Ainda assim surgiram boatos, principalmente nos jornais menores. Um deles disse que o colapso de Valerie fora resultado de um estupro. Outro, que havia sido atacada por um fã obsessivo. Um terceiro afirmou que a tenista tinha assassinado uma pessoa a sangue-frio, embora o artigo preferisse não aborrecer o leitor com trivialidades – como, por exemplo, o nome da vítima, a maneira como fora morta, por que a polícia não prendera Valerie e coisas desimportantes do gênero.

Porém o boato mais interessante, o que realmente chamou a atenção de Myron, surgiu em dois jornais diferentes. Segundo várias "fontes anônimas", Valerie Simpson se refugiara para esconder uma gravidez.

Poderia significar alguma coisa, poderia não significar nada. Quando uma jovem se esconde em algum lugar, sempre surge um boato sobre gravidez. Mas...

Ele passou para os artigos sobre o assassinato de Alexander Cross. Esperanza restringira sua busca aos periódicos da Filadélfia e arredores. Mesmo assim, a quantidade de material era imensa. As matérias basicamente seguiam a versão da polícia. Alexander Cross estava numa festa em um clube de tênis para grã--finos. Lá, topou com dois ladrões, Errol Swade e Curtis Yeller. Perseguiu a dupla, entrou em confronto com eles na quadra de grama principal e foi esfaqueado por Errol Swade. A lâmina perfurou o coração de Alexander. Ele morreu na hora.

O senador Cross e sua família não comentaram o caso. Segundo o porta-voz do senador, a família permaneceria "recolhida" e "confiando no trabalho da polícia e do sistema judiciário".

A imprensa se concentrou na caçada a Errol Swade. A polícia beirava a arrogância em sua certeza de que Swade seria capturado em questão de horas. Mas as horas se transformaram em dias. Editoriais começaram a criticar duramente a polícia por não ser capaz de prender um viciado de 19 anos, mas os Cross mantiveram o silêncio. A história provocou a indignação da opinião pública – as pessoas perguntavam nos jornais por que, para começo de conversa, um marginal como Errol Swade recebera liberdade condicional.

Mas a raiva passou, como sempre acontece em casos como esse. Outras histórias começaram a ter prioridade. A cobertura foi escorrendo da primeira página para a última e daí para o esquecimento.

Myron conferiu a pilha de recortes outra vez. O fato de a polícia ter matado Curtis Yeller a tiros foi atenuado com esmero. Não havia menção a nenhuma investigação interna sobre o incidente. Nenhum reacionário de plantão protestou contra a "brutalidade" da polícia, o que era estranho. Em geral, algum doido conseguia ir parar na TV, independentemente de quais fossem os fatos, sobretudo se a história envolvesse um adolescente negro morto por um policial branco. Mas não dessa vez. Ou pelo menos não saiu na imprensa.

Opa. Espere um instante.

Um artigo sobre Curtis Yeller. Myron não o percebera da primeira vez porque fora publicado no dia seguinte ao assassinato. Muito cedo para esse tipo de matéria. Provavelmente havia escapado antes de o senador Cross mexer seus pauzinhos – mas isso talvez fosse apenas paranoia de Myron. Difícil saber.

Era um artigo pequeno no canto inferior da página 12 do caderno Cidade. Myron o leu duas vezes. Depois uma terceira. Não era sobre o incidente no oeste da Filadélfia ou sobre o papel da polícia nele. Era sobre o próprio Curtis Yeller.

Começava como todos os artigos do gênero: Curtis Yeller era descrito como "um aluno que se destacava", o que não significava muita coisa, na verdade. Qualquer psicótico com Q.I. de ameba se destacaria se morresse jovem, de uma hora para outra. A matéria em questão, no entanto, ia um pouco além. A Sra. Lucinda Elright, professora de história de Curtis Yeller, o descrevia como seu "melhor aluno" e um rapaz que "jamais tinha sequer ficado de castigo na escola". O Sr. Bernard Johnson, professor de inglês, dizia que Curtis possuía "inteligência e curiosidade incomuns", que ele era "muito especial" e "como um filho para mim".

Seriam apenas os exageros póstumos de praxe?

Talvez. Mas o desempenho escolar de Curtis confirmava os relatos dos professores. Ele nunca fora citado por mau comportamento. Também tinha o melhor índice de frequência de sua turma. E, para completar, seu boletim trazia praticamente só conceitos A. O único B tinha sido em uma disciplina sobre saúde. Os dois professores acreditavam piamente que Curtis Yeller seria incapaz de cometer um ato de violência. A Sra. Elright culpava Errol Swade, o primo de Curtis, mas sem entrar em detalhes.

Myron se recostou na cadeira. Ficou olhando para o pôster de *Casablanca* na parede oposta. Dooley Wilson tocava seu piano para Humphrey Bogart e Ingrid Bergman enquanto os nazistas invadiam o país. Myron se perguntou se o jovem Curtis Yeller teria assistido ao filme, se tivera a oportunidade de ver Ingrid Bergman com lágrimas nos olhos em um aeroporto coberto pela neblina.

Ele pegou a bola de basquete atrás da sua mesa e começou a girá-la no dedo. Sem tirá-la do eixo, aumentou a velocidade do giro impulsionando-a com a outra mão. Ficou olhando para a bola de basquete como se fosse uma bola de cristal cigana. Viu um universo alternativo, no qual uma versão mais jovem de si mesmo acertava uma cesta de três pontos durante o apito final na quadra do Boston Garden. Tentou não se deter nessa imagem por muito tempo, mas ela continuou ali, bem na sua frente, recusando-se a ir embora.

Esperanza entrou na sala. Ela se sentou e aguardou em silêncio.

A bola parou de girar. Myron a deixou de lado e entregou o artigo a Esperanza. Ela o leu.

– Dois professores falaram bem de um garoto morto. E daí? O jornalista deve ter distorcido o que eles disseram, ainda por cima.

– Mas não se trata apenas de um ou outro comentário casual. Curtis Yeller não tinha passagem pela polícia, nenhum registro de mau comportamento na escola, tinha um índice de frequência quase perfeito e praticamente só A. Para a maioria dos alunos da idade dele, isso é um desempenho e tanto. Mas estamos falando de um garoto que vinha das piores partes da Filadélfia.

Esperanza deu de ombros.

– Não vejo a relevância disso. Que diferença faz se Yeller era um Einstein ou um idiota?

– Nenhuma. Só é mais uma coisa que não se encaixa. Por que a mãe de Curtis disse que ele era um ladrão imprestável?

– Talvez soubesse mais do que os professores.

Myron balançou a cabeça. Pensou em Deanna Yeller, a mulher orgulhosa e bonita que atendeu a porta. Então pensou na mulher subitamente hostil, que entrara na defensiva ao ouvir o nome do filho morto.

– Ela estava mentindo.

– Por quê?

– Não sei. Win acha que compraram o silêncio dela.

– Parece uma boa possibilidade – refletiu Esperanza.

– O quê? Uma mãe aceitar suborno para proteger o assassino do próprio filho?

Esperanza tornou a dar de ombros.

– Claro, por que não?

– Você acha mesmo que uma mãe...

Myron se interrompeu. O rosto de Esperanza estava totalmente impassível: mais uma que sempre acreditava no pior.

– Tente enxergar a situação como um todo por um instante – argumentou ele. – Curtis Yeller e Errol Swade invadem um clube de tênis metido a besta no meio da noite. Pra quê? Para roubar o lugar? Mas roubar o quê? Era noite. Eles não iriam encontrar carteiras nos armários do vestiário. Então o que pretendiam levar dali? Alguns sapatos de tênis? Umas raquetes? Quem viria de tão longe para roubar artigos esportivos?

– Eletrônicos, talvez – disse Esperanza. – A sede do clube poderia ter uma TV de tela grande.

– Está bem. Vamos supor que você tenha razão. O único problema é que os dois não foram de carro. Pegaram uma condução e andaram o resto do caminho. Como iriam carregar o que roubassem? Na mão?

– Talvez planejassem roubar um carro do clube.

– De um estacionamento cheio de manobristas?

Ela deu de ombros uma terceira vez.

– Pode ser – falou. E então: – Se importa se a gente mudar de assunto por um instante?

– Pode falar.

– Como foi com Eddie Crane ontem à noite?

– Ele é um grande fã da Pequena Pocahontas. Disse que ela era "a maior gostosa".

– Gostosa?

– É.

Ela repetiu o mesmo gesto de antes.

– O menino tem bom gosto.

– É gente boa, também. Gostei dele. É inteligente, tem a cabeça no lugar. Um garoto e tanto.

– Vai adotá-lo?

– Hã, não.

– E representá-lo, você vai?

– Eles disseram que vão entrar em contato.

– O que você acha?

– Difícil saber. O garoto gostou de mim. Os pais estão preocupados com o fato de a agência ser pequena. – Pausa. – Como foi com a Burger City?

Ela lhe entregou alguns papéis.

– Minuta do contrato de Phil Sorenson.

– Comercial de TV?

– É, mas ele tem que se fantasiar.

– De quê?

– Ketchup, se não me engano. Ainda estamos em negociação.

– Ótimo. Só não deixe ser maionese ou picles – comentou, olhando o contrato. – Belo trabalho. Bons números.

Esperanza o encarou.

– Muito bons, na verdade – completou Myron, abrindo um sorriso para ela. Dos grandes.

– Esta é a parte em que eu deveria ficar toda empolgada com o elogio? – perguntou ela.

– Esqueça o que eu disse.

Ela apontou para a pilha de recortes.

– Consegui descobrir quem era a psiquiatra de Valerie na época em que ela ficou internada na clínica. O nome dela é Julie Abramson. Tem um consultório particular na Rua 73. Não quer receber você, naturalmente. Ela se recusa a falar sobre sua paciente.

– Uma médica – refletiu Myron, colocando as mãos atrás da cabeça. – Talvez eu possa seduzi-la com minha inteligência afiada e meu corpo sarado.

– Provavelmente – disse Esperanza –, mas, já que ela não está em coma, lancei mão de um plano alternativo.

– Que seria?

– Tornei a ligar para o escritório dela, disfarcei a voz e fingi que você era um paciente. Marquei uma consulta para amanhã de manhã. Às nove.

– E qual é o meu problema?
– Priapismo crônico – disse ela. – Mas essa é só a minha opinião.
– Engraçadinha.
– Na verdade, você melhorou bastante desde que aquela fulana foi embora.

A fulana era Jessica, que Esperanza conhecia muito bem. Esperanza não era muito fã do amor da vida de Myron. Um desavisado talvez achasse que fosse ciúme, mas esse não era nem de longe o caso. Realmente Esperanza era lindíssima. E é claro que existiram momentos de atração entre eles, mas ambos sempre tinham sido prudentes o suficiente para abafar as chamas antes que qualquer dano real acontecesse. Também era fato que Esperanza gostava de um pouco de diversidade na seara amorosa – uma diversidade que não se limitava a altura, tipo físico ou cor de pele. A pessoa com quem ela estava saindo agora, por exemplo, era fotógrafa. Chamava-se Lucy. Ou seja, uma mulher, caso alguém ainda não tenha captado o espírito da coisa.

Não, o motivo da sua grande antipatia era bem mais simples: Esperanza estava lá quando Jessica o largara da primeira vez. Assistira a tudo de camarote. E ela era do tipo que guardava rancor.

Myron voltou à pergunta inicial:
– Então, que problema você disse a ela que eu tinha?
– Não fui muito específica – disse. – Você ouve vozes. Sofre de esquizofrenia paranoide, delírios, alucinações, coisas assim.
– E como conseguiu uma consulta tão rápido?
– Você é um astro de cinema muito conhecido.
– E meu nome é...?
– Não ousei dar nome nenhum – falou Esperanza. – Pra você ver como é famoso.

18

O CONSULTÓRIO DA DRA. JULIE Abramson ficava na esquina da Rua 73 com a Central Park West. Endereço chique. Um quarteirão ao norte, com vista para o parque, ficava o edifício San Remo, onde moravam Dustin Hoffman e Diane Keaton. Madonna havia tentado se mudar para lá, mas o conselho do condomínio decidira que ela não se enquadrava no perfil desejado. Win morava um quarteirão ao sul, no Dakota, onde John Lennon literalmente passara seus últimos dias. Sempre que alguém entrava no pátio do edifício, passava pelo local em que Lennon foi baleado. Myron passara por ali centenas de vezes desde o assassinato, mas ainda sentia necessidade de ficar em silêncio quando o fazia.

Havia uma bela porta de ferro batido por fora da porta principal da Dra. Abramson. Para fins de proteção ou decorativos? Myron não conseguiu se decidir.

Tocou a campainha. Ouviu o barulho da tranca sendo aberta e entrou. Estava usando seus melhores óculos de sol, embora o dia estivesse nublado. O astro de cinema em pessoa.

O recepcionista, um homem bem alinhado que usava óculos modernos, entrelaçou as mãos e disse um bom-dia num tom de voz supostamente tranquilizador que mais soou como um gato sendo torturado.

– Tenho consulta com a Dra. Abramson. Estou marcado para as nove.

– Entendo – disse o recepcionista, empertigando-se.

O homem analisava o rosto de Myron, tentando adivinhar qual grande astro de cinema ele era. Myron ajeitou os óculos, mas não os tirou. O recepcionista queria perguntar seu nome, mas no fim das contas foi vencido pela discrição. Teve medo de insultar a supercelebridade.

– O senhor poderia preencher este formulário enquanto espera?

Myron tentou parecer irritado com a inconveniência.

– É apenas uma formalidade – completou o recepcionista. – Estou certo de que o senhor entende como são essas coisas.

Myron suspirou.

– Então está bem.

Assim que terminou de preencher o papel, o recepcionista o pediu de volta.

– Prefiro entregá-lo pessoalmente à Dra. Abramson – disse Myron.

– Senhor, posso lhe garantir que...

– Talvez eu não tenha sido claro o bastante – continuou, bancando o difícil, como um astro de cinema de verdade. – Vou entregar o formulário pessoalmente à Dra. Abramson.

O recepcionista se calou, mal-humorado. Vários minutos depois, o interfone tocou. O recepcionista o atendeu, escutou por alguns instantes e então desligou.

– Acompanhe-me, por gentileza.

A Dra. Abramson era baixinha, 1,50 metro no máximo, e devia chegar a uns 30 quilos depois que engordasse. Tudo nela parecia pequeno e compacto. Com exceção dos olhos. Eles espiavam do seu rosto diminuto como dois grandes fachos de luz, radiantes e quentes, que não deixavam passar o menor detalhe.

Estendeu a mão para Myron, pequena como a de uma criança, e o surpreendeu com um aperto firme.

– Por favor, sente-se – disse.

Myron obedeceu. A Dra. Abramson sentou-se de frente para ele. Seus pés mal tocavam o chão.

– Pode me dar seu formulário? – pediu.

– Claro.

Myron lhe entregou o papel. Ela baixou os olhos por um instante.

– O senhor é Bruce Willis?

Myron abriu um sorriso torto arrogante. Muito *Duro de matar*.

– Não me reconheceu com os óculos escuros, hã?

– O senhor não se parece nem um pouco com Bruce Willis.

– Eu teria colocado Harrison Ford, mas ele é muito velho.

– Mesmo assim, teria sido melhor. – Então, analisando-o um pouco mais, acrescentou: – Liam Neeson seria mais adequado.

Não parecia irritada com o golpe de Myron. Por outro lado, era uma psiquiatra profissional e, portanto, acostumada a lidar com mentes anormais.

– Que tal me dizer seu nome verdadeiro? – pediu ela.

– Myron Bolitar.

O rosto pequeno se abriu num sorriso quase tão radiante quanto os olhos.

– Sabia que o conhecia de algum lugar. O senhor é o astro do basquete.

– Eu não diria exatamente "astro" – disse ele, ficando vermelho.

– Por favor, Sr. Bolitar, não seja tão modesto. Escolhido por três anos consecutivos para a seleção de melhores atletas amadores do país. Dois títulos da liga universitária. Eleito jogador do ano. Oitavo nome a ser chamado para a NBA.

– A senhora é fã de basquete?

– De carteirinha.

Ela se recostou. Como uma criança numa cadeira de balanço grande demais.

– Se não me engano, foi capa da *Sports Illustrated* duas vezes – continuou ela. – Isso não é comum para um jogador universitário. Também era bom aluno, premiado até, além de popular com a imprensa e considerado muito bonito. Estou correta?

– Sim – respondeu Myron. – Exceto pela parte em que disse "considerado".

Ela riu. Foi uma risada gostosa. Seu corpo inteiro pareceu acompanhá-la.

– Agora, que tal me contar o que veio fazer aqui, Sr. Bolitar?

– Por favor, me chame de Myron.

– Está bem. E você pode me chamar de Dra. Abramson. Bem, qual o problema?

– Nada, estou bem.

– Entendo.

Ela pareceu desconfiada, mas Myron notou que a médica estava se divertindo um pouco às suas custas.

– Então imagino que um "amigo" seu tenha um problema. Conte-me a respeito.
– Uma amiga – falou ele. – Valerie Simpson.
Isso chamou sua atenção.
– Como?
– Quero conversar sobre Valerie Simpson.
Seu rosto se fechou bruscamente.
– Você não é repórter, é?
– Não.
– Pensei ter lido em algum lugar que era agente esportivo.
– E sou. Valerie Simpson estava prestes a se tornar minha cliente.
– Entendo.
– Qual foi a última vez que viu Valerie? – perguntou Myron.
A Dra. Abramson balançou a cabeça.
– Não posso confirmar nem negar que Valerie Simpson tenha sido minha paciente.
– Não precisa fazer nenhuma das duas coisas. Eu sei que ela era.
– Repito: não posso confirmar nem negar que Valerie Simpson tenha sido minha paciente.
Ela o analisou por um instante.
– Talvez você possa me dizer qual seu interesse nesse assunto – finalizou ela.
– Como já contei, eu iria representá-la.
– Isso não explica por que veio me visitar usando um nome falso.
– Estou investigando o assassinato de Valerie.
– Investigando?
Myron assentiu.
– Quem o contratou?
– Ninguém.
– Então por que está fazendo isso?
– Tenho meus motivos.
Ela meneou a cabeça.
– E quais seriam esses motivos, Myron? Gostaria de saber mais a respeito deles. Psiquiatras.
– Também quer que eu conte sobre a vez em que peguei mamãe e papai transando?
– Se quiser.
– Não, obrigado. O que quero é saber o que causou o colapso nervoso de Valerie.
Sua resposta foi a de praxe.

– Não posso confirmar nem negar que Valerie Simpson tenha sido minha paciente.
– Sigilo médico?
– Exatamente.
– Mas Valerie está morta.
– Isso não altera nem um pouco minhas obrigações.
– Ela foi assassinada. A sangue-frio.
– Sei disso. Melodrama também não altera minhas obrigações.
– Mas talvez a senhora saiba algo que seja útil.
– Útil em que sentido?
– Em me ajudar a encontrar o assassino.
Ela apoiou as mãos minúsculas sobre o colo. Como uma garotinha na igreja.
– É isso que está tentando fazer? Encontrar o assassino dessa mulher?
– Sim.
– E quanto à polícia? Pelo que ouvi no noticiário, eles já têm um suspeito.
– Não confio em figuras de autoridade – pontuou Myron.
– É mesmo?
– É um dos motivos que me levaram a querer ajudar.
A Dra. Abramson o encarou com seus grandes olhos.
– Eu discordo, Myron.
– Discorda?
– Você me parece mais o tipo que sofre de complexo de salvador. O tipo de homem que gosta de bancar o herói o tempo todo, que se vê como o cavaleiro da armadura brilhante. O que acha?
– Acho que deveríamos deixar minha análise para outra ocasião.
Ela encolheu seus ombros pequenos.
– Só estou dando minha opinião. Não vou cobrar mais por isso.
– Que bom.
Cobrar *mais*?
– Não estou convencido de que a polícia esteja atrás do homem certo – disse Myron.
– Por que não?
– Esperava que a senhora me ajudasse nesse sentido. Valerie deve ter lhe contado que estava sendo perseguida por Roger Quincy. Ela o achava perigoso?
– Pela última vez, não vou confirmar nem negar...
– Não estou pedindo que faça isso. Minha pergunta é sobre Roger Quincy. A senhora não tem nenhuma relação com ele, tem?
– Também não o conheço.

– Então que tal me dar uma de suas opiniões instantâneas? Como fez comigo.
Ela balançou a cabeça negativamente.
– Sinto muito.
– Não há nenhuma maneira de eu convencê-la a falar comigo?
– Sobre uma possível paciente? Não.
– E se eu conseguir o consentimento dos pais?
– Não vai conseguir.
Myron esperou e observou. Ela era melhor naquilo do que ele. Seu rosto não entregava nada, mas as palavras já tinham sido ditas.
– Como sabe disso? – perguntou ele.
Ela permaneceu calada. Então baixou os olhos. Myron se perguntou se o deslize teria sido proposital.
– Eles já ligaram para cá, não foi? – questionou Myron.
– Não tenho liberdade para falar sobre nenhum contato que possa ter tido com...
– A família ligou. Eles a silenciaram.
– Não vou confirmar nem...
– O corpo ainda está quente e eles já estão cobrindo os rastros – prosseguiu Myron. – Não vê nada de errado nisso?
A Dra. Abramson pigarreou.
– Não sei do que está falando, mas posso lhe dizer o seguinte: parece-me comum que, em situações como a que me descreveu, os pais queiram proteger a reputação de sua filha.
– Proteger a reputação dela – refletiu Myron, enquanto se levantava com sua melhor carranca de advogado apresentando os argumentos finais – ou do assassino?
O rei do teatro.
– Agora você está sendo tolo – disse ela. – Não me diga que suspeita da família dela.
Myron voltou a se sentar e inclinou a cabeça em seu melhor gesto de "tudo é possível".
– A filha de Helen van Slyke é morta. Poucas horas depois, a mãe, enlutada, liga para a senhora para se certificar de que ficará de bico calado. Isso não lhe parece um tanto estranho?
– Não irei confirmar nem negar que já ouvi o nome Helen van Slyke.
– Entendo – falou Myron. – Então acha melhor que tudo isso seja varrido para debaixo do tapete. Ocultado. Que as aparências prevaleçam. Por algum motivo, isso não me parece combinar bem com a senhora, doutora.
Ela ficou calada.

– Sua paciente está morta – continuou Myron. – Não acha que seu compromisso deveria ser com Valerie, não com a mãe dela?

As mãos da Dra. Abramson se fecharam por um instante, relaxando em seguida. Ela respirou fundo, prendeu o ar e então o soltou devagar.

– Vamos supor, e apenas supor, que eu fosse a psiquiatra dessa jovem. Não estaria obrigada a manter segredo sobre o que ela me contou? Se ela escolhesse não revelar algo em vida, não seria minha obrigação respeitar esse direito mesmo que ela morresse?

Myron a encarou. A Dra. Abramson devolveu o olhar. Inflexível.

– Belo discurso – falou ele. – Mas talvez Valerie quisesse revelar alguma coisa. E talvez alguém a tenha matado para lhe negar esse direito.

Os olhos brilhantes piscaram várias vezes.

– Acho que você deveria ir embora agora – retrucou ela.

Ela apertou um botão no interfone. O recepcionista surgiu à porta. Cruzou os braços e tentou parecer intimidador. Não foi exatamente um sucesso retumbante.

Myron se levantou. Sabia que havia plantado a semente da dúvida. Precisava de tempo para que ela germinasse.

– Vai pelo menos pensar no assunto? – perguntou ele.

– Adeus, Myron.

O recepcionista deu um passo para o lado, abrindo caminho para Myron.

19

Das três testemunhas do assassinato de Alexander Cross – todos colegas de faculdade do falecido –, apenas uma morava na área de Nova York. Gregory Caufield Jr. era agora um jovem sócio da Stillen, Caufield & Weston, a firma de advocacia de seu papai, uma empresa poderosa e influente com escritórios em diversos estados e no exterior.

Myron discou o número, pediu para falar com Gregory Caufield Jr. e foi colocado na espera. Vários segundos depois, uma mulher entrou na linha e disse:

– Vou passá-lo direto para o Sr. Caufield.

Um clique. Um toque. Então uma voz empolgada falou:

– E aí, tudo bem?

E aí, tudo bem?

– Estou falando com Gregory Caufield?

– Isso mesmo. Em que posso ajudá-lo?

– Meu nome é Myron Bolitar.
– A-hã.
– E gostaria de marcar uma hora para nos encontrarmos.
– Sem problema. Quando?
– O quanto antes.
– Que tal daqui a meia hora? Está bom para você?
– Seria ótimo, obrigado.
– Beleza, Myron. Estarei esperando.
Clique. *Beleza?*

Quinze minutos depois, Myron estava a caminho. Ele subiu andando a Park Avenue, passando pela mesquita em cuja escadaria ele e Win gostavam de almoçar no verão. O lugar perfeito para observar mulheres. Nova York tem as mulheres mais bonitas do mundo, sem comparação. Elas usam roupas de executiva, tênis e óculos escuros. Caminham com uma determinação inabalável; não têm tempo a perder. Por incrível que pareça, nenhuma daquelas beldades reparou em Myron. Deviam apenas estar sendo discretas. Provavelmente, por trás dos óculos de sol, o devoravam com os olhos.

Myron virou na direção oeste, pegando a Madison Avenue. Passou por duas lojas de eletrônicos com os mesmos cartazes de LIQUIDAÇÃO PARA ENTREGA DAS CHAVES que já estavam ali havia pelo menos um ano. O cartaz era sempre igual: fundo branco, letras pretas. Um cego estendeu uma caneca. Nem se importava mais em vender lápis. Seu cão-guia parecia morto. Dois policiais riam na esquina, comendo croissants. Não rosquinhas. Mais um clichê que ia pelos ares.

Havia um segurança no saguão, ao lado do elevador.
– Pois não?
– Myron Bolitar para ver Gregory Caufield.
– Ah, claro, Sr. Bolitar. Vigésimo segundo andar.
Não interfonou. Não conferiu sua lista. Hum...
Quando a porta do elevador se abriu, uma mulher de rosto agradável estava parada lá dentro.
– Boa tarde, Sr. Bolitar. Tenha a bondade de me acompanhar.

Os dois seguiram por um corredor longo com carpete salmão, paredes brancas e pôsteres de Thomas McKnight. Não havia barulho de máquinas de escrever, mas Myron ouviu o zumbido de uma impressora a laser. Alguém discou um número em um viva voz. Um fax completava uma ligação. Quando fizeram uma curva, uma segunda mulher, cujo rosto era tão agradável quanto o da colega, se aproximou. Sorrisos profissionais por todo lado.
– Olá, Sr. Bolitar – disse a segunda mulher. – É um prazer vê-lo.

– O prazer é todo meu.

Cada frase, uma cantada irresistível.

A primeira mulher o deixou com a segunda. Revezamento em equipe.

– O Sr. Caufield está esperando pelo senhor na sala de reuniões C – anunciou a segunda mulher em tom baixo, como se a sala de reuniões C fosse uma câmara secreta nos recônditos do Pentágono.

Ela então o conduziu por uma porta como qualquer outra, exceto pelo grande C de bronze. Em questão de segundos, Myron conseguiu deduzir que aquela era a sala de reuniões C. As Aventuras de Sherlock Bolitar. Um homem abriu a porta por dentro. Era jovem, com um basta cabeleira penteada para o lado. Apertou a mão de Myron com entusiasmo.

– Olá, Myron.

– Olá, Gregory.

Como se fossem velhos conhecidos.

– Por favor, entre. Tem uma pessoa aqui que eu gostaria de apresentar a você.

Myron entrou na sala. Uma mesa de nogueira grande com cadeiras de couro pretas, do tipo caro, com arremates dourados. Retratos a óleo de homens com expressões austeras enfeitavam as paredes. A sala estava vazia, com exceção de um homem na outra ponta da mesa. Embora nunca tivessem sido apresentados, Myron o reconheceu na mesma hora. Deveria ter ficado surpreso, mas não ficou.

Era o senador Bradley Cross.

Gregory não se deu o trabalho de apresentá-los. Na verdade, nem se deu o trabalho de ficar. Saiu, fechando a porta atrás de si. O senador se levantou. Estava muito longe de refletir a beleza clássica e aristocrática geralmente associada a famílias que vivem da política. Dizem que as pessoas se parecem com seus bichos de estimação. Nesse caso, o senador Bradley Cross era dono de um cão bassê. Suas feições eram longas e flácidas. O terno de corte impecável não disfarçava em nada o exagerado formato de pera do seu corpo. Numa mulher, seu quadril seria considerado ideal para o trabalho de parto. O cabelo eram fios grisalhos que pareciam sob efeito de eletricidade estática. Ele usava óculos de lentes grossas e tinha um sorriso assimétrico. Ainda assim, era um sorriso simpático – na verdade, todo o seu rosto era simpático e confiável. O tipo de rosto no qual você votaria.

O senador Cross estendeu lentamente a mão.

– Sinto muito por todo esse drama – falou ele –, mas achei que deveríamos nos encontrar.

Os dois trocaram um aperto de mãos.

– Por favor, sente-se. Fique à vontade. Posso lhe oferecer algo?

– Não, obrigado – respondeu Myron.

Eles se sentaram um de frente para o outro. Myron aguardou. O senador não parecia saber bem por onde começar. Tossiu várias vezes no punho cerrado. Cada tossida fazia sua papada balançar um pouco.

– Sabe por que quis vê-lo? – perguntou enfim.
– Não – disse Myron.
– Fui informado de que você anda fazendo muitas perguntas sobre meu filho. Mais especificamente, sobre o assassinato dele.
– Onde o senhor ouviu isso?
– Nenhum lugar em especial. Aqui e ali. Tenho minhas fontes.

O senador entortou a cabeça como um bassê ao ouvir um som estranho.

– Gostaria de saber o motivo – concluiu o senador.
– Valerie Simpson estava prestes a se tornar minha cliente – falou Myron.
– É o que me disseram.
– Estou investigando o assassinato dela.
– E acredita haver alguma ligação entre os assassinatos de Valerie e de Alexander?

Myron deu de ombros.

– Meu filho foi morto por um marginal qualquer seis anos atrás perto da Filadélfia. Valerie foi morta durante o Aberto de Tênis em Nova York, de uma maneira que mais parece obra do crime organizado. Que ligação poderia haver entre os dois crimes?

– Talvez nenhuma.

Cross se recostou, brincando com os polegares.

– Quero ser franco com você, Myron. Vasculhei um pouco sua vida. Sei do trabalho que fez no passado. Não dos detalhes, é claro, mas de sua reputação. Não estou tentando de forma alguma usar minha influência. Esse não é meu estilo. Nunca me senti confortável no papel de durão.

Ele tornou a sorrir. Seus olhos estavam marejados e a voz, claramente trêmula.

– Estou falando com você agora não como um senador dos Estados Unidos, mas como um pai enlutado. Um pai enlutado que só quer que seu filho descanse em paz. Estou pedindo, por favor, que pare o que está fazendo.

A dor na voz do homem era sincera. Por essa Myron não esperava.

– Não sei se posso fazer isso, senador.

O senador esfregou o rosto inteiro com força, usando as duas mãos.

– Você vê dois jovens... – começou a falar, sua voz cansada. – Você vê dois jovens com a vida inteira pela frente. Praticamente noivos. E o que acontece com eles? São assassinados em dois incidentes isolados em um espaço de seis anos. A crueldade de uma coincidência dessas é incompreensível. Isso também o deixou intrigado, não foi, Myron?

Myron assentiu.

– Então você começa a esmiuçar as duas mortes. Procura por algo que talvez possa explicar uma tragédia tão bizarra. E, em sua busca, descobre inconsistências. Vê peças que simplesmente não se encaixam.

– Sim.

– E essas inconsistências o levam a crer que haja uma ligação entre os assassinatos de Alexander e Valerie.

– Talvez.

Cross olhou para o teto e pousou o indicador sobre o lábio.

– Você acreditaria na minha palavra se eu dissesse que essas inconsistências não têm nada a ver com Valerie Simpson?

– Não – disse Myron. – Não posso fazer isso.

O senador Cross assentiu, mais para si mesmo do que para Myron.

– Não imaginei que pudesse – falou ele. – Você não tem filhos, tem, Myron?

– Não.

– Não importa. Mesmo as pessoas que têm filhos não entendem. É impossível. O que aconteceu... não é só a dor. A morte toma conta de tudo. Nunca deixa você em paz, nunca lhe dá uma chance de recuperar o fôlego. Minha mulher ainda precisa tomar tranquilizantes quase todos os dias. É como se alguém tivesse arrancado tudo o que havia dentro dela e deixado apenas uma casca vazia. Você não pode imaginar como é vê-la nesse estado.

– Não tenho intenção de magoar ninguém, senador.

– Mas também não vai parar. E, por mais cuidadoso que seja, alguém vai ficar sabendo sobre a sua investigação, como eu soube.

– Tentarei ser discreto.

– Sabe que isso não é possível.

– Não posso voltar atrás agora. Sinto muito.

O senador recomeçou a massagear o próprio rosto. Com um suspiro profundo, disse:

– Você não me deixa escolha. Serei obrigado a lhe contar o que aconteceu. Talvez assim você desista.

Myron aguardou.

– Você é advogado, não é?

– Sou – respondeu Myron.

– É membro da Ordem dos Advogados de Nova York?

– Sim.

Bradley Cross enfiou a mão no bolso do paletó. Peles amareladas pendiam assimetricamente de seu rosto. Ele sacou um talão de cheques.

– Gostaria de contratá-lo como meu advogado – disse ele. – Um adiantamento de 500 dólares seria suficiente?

– Não estou entendendo.

– Desta forma, o que estou prestes a lhe contar estará protegido pelo sigilo entre advogado e cliente. Você não poderá repetir o que eu lhe disser aqui, nem mesmo em um tribunal.

– Não há necessidade de me contratar para isso.

– Prefiro assim.

– Está bem. Cem dólares e não se fala mais nisso.

Bradley Cross preencheu o cheque e o entregou a Myron.

– Meu filho estava usando drogas – disse ele sem rodeios. – Basicamente cocaína. Heroína também, mas tinha apenas começado a experimentá-la. Eu sabia que ele estava usando algo, mas, sinceramente, não achei que fosse sério. Eu o vi drogado. Vi os olhos vermelhos. Mas achei que fosse só maconha. Ora, eu mesmo já experimentei maconha. Traguei, inclusive.

Ele abriu um sorriso fraco. Myron fez o mesmo.

– Alexander e seus amigos não estavam simplesmente passeando pelo terreno do clube naquela noite – prosseguiu ele. – Eles saíram para se drogar. Havia uma seringa no bolso de Alexander e cocaína nos arbustos próximos ao local do crime. E, claro, vestígios tanto de heroína quanto de cocaína nele. Não só no sangue, mas também nos tecidos do corpo. Disseram que isso demonstrava que ele vinha se drogando havia algum tempo.

– Pensei que não houvesse sido feita uma autópsia – disse Myron.

– Foi feita em sigilo. Nada foi relatado ou arquivado. Não faria diferença. De qualquer forma, a causa da morte seria um canivete, não as drogas. O fato de meu filho estar usando substâncias ilegais era irrelevante.

Talvez, pensou Myron, mantendo sua expressão impassível.

Cross desviou o olhar por alguns instantes. Depois de um tempo, perguntou:

– Onde eu estava?

– Eles saíram da festa para se drogar.

– Exatamente, obrigado.

Ele pigarreou, empertigando-se um pouco.

– O resto da história é bem simples. Os rapazes toparam com Errol Swade e Curtis Yeller em uma das quadras de grama. Os jornais falaram sobre como Alexander foi corajoso, que ele tentou frustrar os planos dos dois bandidos sem se preocupar com a própria segurança. Foram meus relações-públicas. Mas a verdade é que ele estava tão drogado que agiu sem pensar. Partiu para cima deles como se fosse um super-herói. O tal de Yeller, o menino que a polícia matou, largou tudo e saiu correndo. Mas Errol Swade foi mais frio. Sacou um canivete e furou o coração do meu filho como se fosse um balão. Com indiferença, pelo que disseram. Imperturbável.

O senador Cross se deteve. Myron esperou que ele continuasse. Quando ficou claro que havia chegado ao fim de sua saga, Myron perguntou:

– Por que eles foram ao clube?

– Quem?

– Swade e Yeller.

O senador Cross pareceu intrigado.

– Eles eram ladrões.

– Como o senhor sabe disso?

– O que mais poderiam estar fazendo ali?

Myron deu de ombros.

– Vendendo drogas para seu filho. Traficando. Parece muito mais provável do que roubar um clube de tênis na calada da noite.

Cross balançou a cabeça.

– Eles estavam carregando objetos. Raquetes e bolas de tênis.

– Quem disse isso?

– Gregory e os outros rapazes. E os objetos foram encontrados no local do crime.

– Raquetes e bolas de tênis?

– Talvez houvesse outras coisas, não me lembro.

– Foi isso que eles foram roubar? – disse Myron. – Artigos de tênis?

– A polícia acredita que meu filho os interrompeu antes que pudessem concluir o roubo.

– Mas seu filho topou com eles *do lado de fora*. Se os dois já tivessem roubado algo, precisariam ter estado dentro do clube.

– Então o que está sugerindo? – perguntou o senador com rispidez. – Que meu filho foi morto quando estava comprando drogas e algo deu errado?

– Só estou tentando ver o que soa mais plausível.

– E isso tornaria uma ligação com a morte de Valerie mais provável?

– Não.

– Então aonde pretende chegar?

– A lugar nenhum. Só estou testando teorias diferentes. O que aconteceu em seguida? Logo depois do assassinato?

Ele tornou a desviar o olhar, dessa vez na direção de um dos retratos, mas Myron duvidou que ele o estivesse vendo de fato.

– Gregory e outros rapazes voltaram correndo para onde estávamos, na festa

– disse ele com uma voz sem vida. – Eu os acompanhei de volta até a quadra. Havia sangue escorrendo da boca de Alexander. Quando cheguei lá, meu filho já estava morto.

Silêncio.

– O resto você pode imaginar. Tudo entrou no piloto automático. Não cheguei a fazer muita coisa. Meus assistentes cuidaram de tudo. O pai de Gregory, ele é sócio majoritário desta firma, ajudou também. Eu fiquei apenas parado ali, balançando a cabeça, entorpecido. Não vou mentir para você. Não vou dizer que não sabia o que estava acontecendo. Sabia muito bem. É difícil mudar hábitos antigos, Myron. Não existe criatura mais egoísta do que um político. Para nós, é muito simples justificar nosso egoísmo como se representasse o "bem comum". De repente, já estava tudo acobertado.

– E se a verdade viesse à tona agora?

Ele sorriu.

– Seria meu fim. Mas já não tenho tanto medo disso. Ou talvez isso também seja mentira, é difícil saber a esta altura – disse, jogando as mãos para o alto. – Mas minha esposa nunca descobriu a verdade. Sinceramente, não sei como reagiria. Alexander era um bom rapaz, Sr. Bolitar. Não quero ver a memória dele na lama. No fim das contas, as drogas não inocentam Errol Swade e Curtis Yeller nem tornam meu filho mais culpado. Ele não pediu para ser esfaqueado.

Myron aguardou um instante. Então, a pergunta inesperada:

– E quanto a Deanna Yeller?

– Quem? – perguntou Cross, intrigado.

– A mãe de Curtis Yeller.

– O que tem ela?

– O senhor não tem nenhum tipo de relacionamento com ela?

O senador pareceu mais intrigado ainda.

– É claro que não. Por que está perguntando uma coisa dessas?

– Nunca lhe deu dinheiro para ficar calada?

– Sobre o quê?

– Sobre as circunstâncias da morte do filho dela.

– Não. Por que faria isso?

– Também nunca foi feita uma autópsia no corpo de Curtis Yeller. Não lhe parece estranho?

– Se está insinuando que a polícia não agiu estritamente de acordo com a lei, não posso responder nada a respeito, porque não sei o que houve. E não me importo. Também tive minhas dúvidas quanto à morte de Yeller. Talvez tenha havido um segundo acobertamento naquela noite. Mas, se de fato houve, eu não participei. E, o que é mais importante, não vejo como isso poderia estar relacionado a Valerie Simpson. Na verdade, não vejo ligação alguma entre as duas coisas.

– Ela estava na festa naquela noite?
– Valerie? Claro que sim.
– O senhor sabe onde ela estava no momento em que Alexander foi assassinado?
– Não.
– Lembra-se de como ela reagiu à morte do seu filho?
– Ela ficou arrasada. O noivo dela foi assassinado a sangue-frio. Valerie ficou confusa e furiosa.
– O senhor aprovava o relacionamento dos dois?
– Sim, muito. Achava Valerie um tanto problemática. Um pouco triste demais. Mas gostava dela. Ela e Alexander formavam um belo casal.
– O nome de Valerie nunca foi mencionado em relação ao assassinato do seu filho. Por quê?

A papada balançava sem parar.

– Você sabe o porquê – respondeu ele. – Valerie Simpson ainda era uma celebridade do tênis. Achamos que já estávamos expostos demais sem acrescentar o nome dela ao caso. Não foi uma questão de gostar ou não de Valerie. Só queríamos diminuir o máximo possível a repercussão daquela história. Mantê-la longe das primeiras páginas.

– Então o senhor deu sorte.
– Como assim?
– Yeller foi morto. Swade desapareceu.

Cross piscou várias vezes.

– Não estou entendendo.
– Se eles estivessem vivos, teria havido um julgamento. E mais atenção por parte da mídia. Talvez atenção de mais até para seus relações-públicas darem conta.

Ele sorriu.

– Vejo que ouviu os boatos.
– Boatos?
– De que mandei matar Errol Swade. De que pedi um favor à máfia ou alguma tolice do gênero.
– O senhor precisa admitir, senador, que o destino dos dois foi muito conveniente. Não restou ninguém para contestar sua versão dos fatos.
– Não chorei quando soube o que aconteceu a Curtis Yeller e, se Errol Swade tiver sido assassinado, duvido que eu derramaria alguma lágrima por ele. Mas não conheço nenhum mafioso. Isso pode parecer bobo, mas eu nem saberia por

onde começar se tivesse que pedir ajuda à máfia. O que fiz foi contratar uma agência de detetives para procurar Swade.

– Eles descobriram algo?

– Não. Acreditam que Swade esteja morto. A polícia também. Ele era um marginal, Myron. Mesmo antes desse incidente, não estava trilhando um caminho que levasse a uma vida longa.

Myron fez mais algumas perguntas, mas já não havia nada de novo para descobrir. Pouco minutos depois, os dois homens se levantaram.

– O senhor se importaria que eu falasse com Gregory Caufield antes de ir embora? – perguntou Myron.

– Preferiria que não.

– Se não há nada a esconder...

– Não quero que ele saiba que lhe contei isso. Sigilo entre advogado e cliente, lembra? Seja como for, ele não vai abrir o jogo com você.

– Se o senhor pedir, vai.

Cross balançou a cabeça.

– Gregory é controlado pelo pai. Não vai falar.

Myron deu de ombros. O senador provavelmente tinha razão. A única pressão que poderia fazer sobre Gregory seria revelar o que Cross acabara de lhe dizer. Mas o senador havia se esmerado em providenciar para que Myron não pudesse fazer isso. Ele precisaria pensar em uma maneira de contornar esse obstáculo. Caufield era uma testemunha ocular. Valeria a pena fazer-lhe algumas perguntas.

Os dois homens trocaram um aperto de mãos olhando um nos olhos do outro, sérios. Seria o senador Cross um velhinho simpático, um pai enlutado tentando proteger a memória do filho? Ou teria apenas calculado que essa seria a melhor estratégia para lidar com Myron? Um homem ardiloso, afável, ou as duas coisas?

Cross tornou a lhe oferecer seu sorriso assimétrico e cativante.

– Espero que tenha matado sua curiosidade – encerrou.

Não tinha. Nem de longe. Porém Myron não se deu o trabalho de lhe dizer isso.

20

Myron saiu do prédio e seguiu a pé pela Madison Avenue. O trânsito estava parado. Que surpresa. Cinco pistas se afunilavam em uma só na Rua 54. As outras quatro estavam bloqueadas por um daqueles canteiros de obras que eram a cara de Nova York, com vapor brotando do asfalto. Muito dantesco. De onde saía tanto vapor?

Estava prestes a atravessar a Rua 53 quando sentiu uma pontada forte nas costelas.

– Dê um motivo para eu não puxar o gatilho, otário.

Myron reconheceu a voz antes de ver o curativo no nariz e os olhos roxos. Camisa de Redinha. Estava pressionando uma arma contra o tronco de Myron e usando o próprio corpo para escondê-la de algum transeunte curioso.

– Você está usando a mesma camisa – falou Myron. – Meu Deus, nem trocou de roupa.

Camisa de Redinha o cutucou com a arma.

– Você vai desejar nunca ter nascido, seu babaca. Entre no carro.

O carro (o mesmo Cadillac azul-claro com riscos grossos na lateral) parou ao lado deles. Jim, o parceiro de Camisa de Redinha, estava ao volante, mas Myron mal notou sua presença. Seu olhar parou imediatamente na figura conhecida no banco de trás, que sorriu e acenou.

– Oi, Myron – saudou ele. – Como vai?

Aaron.

– Traga-o para cá, Lee – ordenou Aaron.

Camisa de Redinha tornou a cutucar Myron com a arma.

– Entre logo, otário.

Myron sentou-se no banco de trás com Aaron. Camisa de Redinha ocupou o banco do carona. Os dois assentos da frente estavam cobertos com plástico onde Win havia derramado melado.

Aaron estava vestido no seu estilo habitual. Terno branco como a neve, sapatos da mesma cor. Sem meias. Sem camisa. Ele nunca usava camisa. Preferia exibir seus peitorais bronzeados. Algum tipo de óleo ou loção os fazia brilhar. Ele sempre parecia ter acabado de se depilar, o corpo liso como um bumbum de bebê. Aaron era um homem grande, de uns 2 metros de altura e cerca de 110 quilos. O físico de halterofilista não era só fachada. Aaron se movia com uma velocidade e uma graça que contradiziam seu volume. Seu cabelo preto estava penteado para trás, preso em um longo rabo de cavalo.

Ele exibiu a Myron um sorriso de apresentador de programa de auditório e o manteve firme.

– Belo sorriso, Aaron. Cheio de dentes – disse Myron.

– Boa higiene bucal. É uma de minhas paixões.

– Você deveria compartilhar essa paixão com Lee – falou Myron.

Camisa de Redinha se virou para trás.

– O que foi que você disse, seu babaca?

– Olhe para a frente, Lee – ordenou Aaron para Camisa de Redinha, que lançou mais algumas farpas pelos olhos.

Myron bocejou. Jim continuou dirigindo. Aaron se recostou. Não disse nada, apenas manteve o sorriso radiante. Cada parte de seu corpo brilhava à luz do sol. Dois quarteirões depois, Myron apontou para o decote de Aaron.

– Sua eletrólise deixou passar um pelo no peito.

Aaron não olhou. Ponto para ele.

– Precisamos conversar, Myron.

– Sobre?

– Valerie Simpson. Por incrível que pareça, acho que desta vez estamos do mesmo lado.

– É mesmo?

– Você quer capturar o assassino de Valerie Simpson. Nós também.

– Ah, querem?

– Sim. O Sr. Ache está decidido a levar o assassino à justiça.

– Esse Frank. Sempre o bom samaritano.

Aaron deu uma risadinha.

– O mesmo piadista de sempre, hein, Myron? Bem, admito que parece um pouco bizarro, mas gostaríamos de ajudá-lo.

– Como?

– Nós dois sabemos que Roger Quincy matou Valerie Simpson. O Sr. Ache está disposto a lançar mão de sua considerável influência para localizá-lo.

– E em troca?

Aaron levou ao peito sua mão bem cuidada do tamanho de uma tampa de bueiro, fingindo espanto.

– Myron, assim você me magoa. Sinceramente. Nós tentamos estender nossa mão amiga e você a rejeita com um insulto.

– Pois é.

– Esta é uma daquelas raras situações em que todos saem ganhando – disse Aaron. – Estamos dispostos a ajudá-lo a pegar seu assassino.

– E o que vocês ganham com isso?

– Absolutamente nada.

Ele voltou a se recostar.

– Se o assassino for encontrado, a polícia poderá cuidar de outros assuntos. Nós poderemos cuidar de outros assuntos. E você, Myron, também deveria fazer o mesmo.

– Ah.

– Ora, não há motivo para criarmos um problema – acrescentou Aaron.

Quando o sol batia em seu peito em determinado ângulo, o reflexo era ofuscante.

– Desta vez, não é como alguns de nossos encontros anteriores – continuou Aaron. – Nós dois queremos a mesma coisa: deixar esse episódio trágico para trás. Para você, isso significa encontrar o assassino e levá-lo à justiça. Para nós, significa dar um fim a essa investigação o quanto antes.

– Mas vamos supor que eu não esteja convencido de que Roger Quincy seja o assassino.

Aaron ergueu uma sobrancelha.

– Ora essa, Myron. Você viu as evidências.

– São circunstanciais.

– Desde quando isso é problema para você? Aliás, uma nova testemunha veio a público. Acabamos de saber.

– Que tipo de testemunha? – perguntou Myron.

– Uma testemunha que viu Roger Quincy conversar com sua amada Valerie 10 minutos antes do assassinato.

Myron ficou calado.

– Duvida da minha palavra?

– Quem é essa testemunha, Aaron?

– Uma dona de casa qualquer. Estava no estádio com os filhos. E, respondendo à sua próxima pergunta, não temos nada a ver com ela.

– Então por que tanto medo?

– Que medo?

– Com o que Ache está tão preocupado? Para que contratar Starsky e Hutch para me seguir?

Camisa de Redinha virou para trás mais uma vez.

– Do que você me chamou, otário?

– Olhe para a frente, Lee – ordenou novamente Aaron.

– Ah, qual é, Aaron. Eu tenho direito de dar uma prensa nesse filho da puta. Você viu o que ele fez com o meu carro? E olhe a porra do meu nariz.

– Primeiro o carro, depois o nariz. Prioridades bem definidas.

– Ele e aquela bicha amiga dele se juntaram para vir para cima de mim. Dois contra um. Quando eu não estava olhando. Deixe-me ensinar a esse desgraçado um pouco de respeito.

– Você não conseguiria, Lee. Nem você e Jim juntos.

– O cacete que não. Se não estivesse com este nariz quebrado...

– Cale a boca, Lee – mandou Aaron.

Silêncio imediato.

Aaron girou os olhos para Myron e separou as mãos.

– Amadores – falou ele. – Frank está sempre tentando cortar despesas. Economizar uns trocados aqui, outros ali. No fim das contas, sempre sai mais caro.

– Pensei que você tivesse parado de trabalhar para os irmãos Ache – disse Myron.

– Sou freelance agora.

– Então Frank acabou de contratar você?

– Ainda esta manhã.

– Deve ser algo importante – refletiu Myron. – Você não sai barato.

Aaron tornou a lhe mostrar os dentes e ajeitou o paletó.

– Se você quer o melhor, tem que pagar.

– Por que Frank está tão cismado?

– Não faço ideia. Mas de uma coisa você pode ter certeza: Frank quer que essa sua investigação termine. Agora. Sem desculpas. Olhe, Myron, nós dois sabemos que você tem sido uma pedra no sapato de Frank. Ele não gosta de você. Para ser sincero, Frank até gostaria de acabar com a sua raça. É sério. Estou falando de homem para homem. De amigo para amigo. Nós somos amigos, certo? Camaradas?

– Como dois irmãos – acrescentou Myron.

Quanta conversa mole...

– Mas Frank está sendo incrivelmente tolerante. Generoso, até. Ele sabe, por exemplo, que você levou Eddie Crane para jantar. Só isso já seria motivo para lhe dar um corretivo. Mas ele não deu. Na verdade, decidiu que não vai se meter se Eddie Crane escolher sua agência.

– Muita bondade da parte dele.

– Mas é *mesmo* muita bondade – insistiu Aaron. – Pelo amor de Deus, ele é dono do técnico do garoto. A TruPro tem todo o direito de ficar com Eddie. Mas Frank está disposto a abrir mão dele e a ajudá-lo a capturar Roger Quincy. Dois grandes favores. Presentes, na verdade. Em troca, você não faz nada.

Myron ergueu as mãos espalmadas.

– Como posso recusar uma oferta dessas?

– Estou sentindo cheiro de sarcasmo?

Myron deu de ombros.

– Frank está tentando ser justo, Myron.

– Sei, aquele homem é um príncipe.

– Não force a barra com ele desta vez. Não vale a pena.

– Posso ir agora?

– Gostaria de uma resposta sua antes.

– Vou ter que pensar no assunto – disse Myron. – Mas ficaria muito mais disposto a largar isso tudo se soubesse o que Frank está tentando esconder.

Aaron balançou a cabeça.

– O mesmo velho Myron de sempre, hein? Você nunca muda. Estou surpreso que ninguém tenha apagado você até agora.

– Não sou fácil de matar.

– Talvez não.

– E também sou um ótimo dançarino. Ninguém quer matar um ótimo dançarino. Restam poucos de nós hoje em dia.

Aaron pousou a mão no joelho de Myron e se inclinou para perto dele.

– Será que podemos parar um pouco com as piadinhas?

Myron baixou os olhos para seu joelho por um instante, então tornou a encarar Aaron.

– Hã, sua mão...

– Já ouviu falar da cenoura e do porrete, Myron?

– Do quê?

– Da cenoura e do porrete.

A mão continuava no joelho de Myron.

– Ah. Claro. A cenoura e o porrete.

Como é que é?

– Até agora só lhe mostrei a cenoura. Seria injusto se não mostrasse o porrete um pouco também.

Camisa de Redinha e Jim começaram a dar risadinhas.

Os dedos de Aaron apertaram um pouco o joelho. Como as garras de um falcão.

– Ora, você me conhece. Não faço o gênero porrete. Sou do tipo gentil. Carinhoso. Gente boa. Sou...

Ele olhou para cima como se buscasse a palavra certa.

– Uma cenoura – concluiu Myron.

– Exato. Uma cenoura.

Myron já vira Aaron matar um homem. Partir seu pescoço como se fosse um graveto. Também tinha acompanhado os resultados de seu trabalho em locais que iam desde ringues de boxe até necrotérios. Bela cenoura.

– Mas, ainda assim, preciso recorrer um pouco ao porrete. Só para constar, entende? É o que as pessoas esperam de mim. No seu caso, sei que não é necessário. O porrete, quero dizer.

– Sou todo ouvidos – disse Myron.

– É – acrescentou Camisa de Redinha. – Fala pra ele, Aaron.

Camisa de Redinha e Jim voltaram a rir. Mais alto.

– Calem a boca – disse Aaron baixinho.

Novamente silêncio imediato. Como se os dois tivessem levado tiros na cabeça.

Aaron desviou o olhar para Myron. Seus olhos haviam ficado sombrios e duros de repente.

– Não haverá mais avisos. Nós vamos simplesmente atacar. Sei que você não se assusta com facilidade. Já expliquei isso a Frank. Ele não se importa. Sugeriu que partíssemos para estratégias que outros homens considerariam tabu.

– Como, por exemplo?

– Pelo que vejo, Duane Richwood anda jogando bem. Seria uma pena se sua carreira fosse interrompida – falou, apertando o joelho com mais força. – Ou sua bela Jessica, por exemplo. Sei que ela está fora do país no momento. Em Atenas, caso você não saiba. No hotel Grande Bretagne. Quarto 207. Frank tem amigos na Grécia.

Myron sentiu um calafrio.

– Nem pense nisso, Aaron.

– A decisão não é minha.

Ele finalmente soltou seu joelho.

– Quem decide é Frank. E ele está inflexível quanto a isso. Quer que você desista agora. Você conhece o ditado, não se deve cutucar onça com vara curta.

– Se Frank tocar em um fio de cabelo dela...

Aaron o interrompeu com um gesto.

– Por favor, Myron, sem ameaças. Não há motivo para tanto. Você não pode vencer. Sabe disso. O preço da vitória é alto demais. Você e Win são apenas dois homens. Dois dos bons, dos melhores. Adversários dignos. Mas Frank tem a mim, para começar. E tem outros. Muitos outros. Quantos homens precisar. Homens sem escrúpulos. Homens que arrombariam o quarto de Jessica, se revezariam se divertindo com ela e depois a matariam. Que atacariam Esperanza quando ela estivesse voltando do trabalho para casa. Que fariam coisas indizíveis até com a sua mãe.

Myron encarou Aaron. O homem não piscou.

– Você não pode vencer, Myron. Por mais durão que seja, não pode enfrentar uma coisa dessas. Nós dois sabemos disso.

Silêncio. O Cadillac parou em frente ao prédio de Myron.

– Pode me dar uma resposta agora? – perguntou Aaron.

Myron tentou não tremer enquanto saía do carro. Entrou no prédio sem olhar para trás.

21

Win estava treinando chutes. Desferia golpes laterais que quase dobravam o saco de 35 quilos preso ao teto. Os chutes variavam de altura. Joelho. Abdome. Pescoço. Rosto. Ele batia com o calcanhar, com os dedos do pé contraídos. Enquanto isso, Myron praticava vários *poom-se*, as sequências de movimentos, preocupando-se com a precisão dos golpes e imaginando uma pessoa à sua frente. Às vezes, essa pessoa era Aaron.

Eles estavam no novo ginásio do mestre Kwan, no centro da cidade. O *dojang* era dividido em duas seções. Uma parecia um estúdio de dança. Piso de madeira de lei e muitos espelhos. A outra tinha chão acarpetado, halteres, uma pera para treino de socos, um saco de pancadas e uma corda para pular. Na estante havia facas e armas de plástico para a prática de técnicas de desarmamento. As bandeiras dos Estados Unidos e da Coreia estavam penduradas ao lado do portal de entrada. Cada aluno devia fazer uma mesura diante delas toda vez que entrava ou saía. As regras da escola estavam listadas em um cartaz. Myron as sabia de cor. Sua favorita era a de número 10. Sempre termine o que começar.

Hum. Um bom conselho? Difícil ter certeza desta vez.

As regras da escola eram 14 no total. De vez em quando, mestre Kwan acrescentava uma nova. A de número 14 fora incluída fazia dois meses: não coma demais. "Alunos muito gordos", explicara mestre Kwan. "*Muito* comida na boca."

Nos 20 anos desde que Win ajudara Kwan a se estabelecer nos Estados Unidos, o inglês do mestre só havia piorado. Myron suspeitava que fizesse parte de sua imagem de sábio ancião do Extremo Oriente. Estilo Sr. Miyagi dos filmes da série *Karate Kid*.

Win parou o que estava fazendo.

– Venha – chamou ele, apontando para o saco de pancadas. – Você precisa mais disso do que eu.

Myron começou a golpear o saco. Com força. Começou com alguns socos. Seguiu desferindo golpes com o cotovelo e o joelho. Cotovelos e joelhos eram úteis, sobretudo numa luta em que o oponente está próximo de você.

A postura de luta do tae kwon do é simples e prática, não muito diferente da usada no boxe. Qualquer um que tente aquela palhaçada de "estilo da garça" nas ruas geralmente acaba de bunda no chão. Os filmes de artes marciais destacavam chutes na cabeça, voadoras contra o peito do adversário, esse tipo de coisa. Mas, nas ruas, a luta era muito mais simples. Você mirava a virilha, o joelho, o pescoço, o nariz, os olhos. Vez por outra, o plexo solar. O resto era perda de tempo. Quando se está numa situação de vida ou morte, você torce o saco do oponente. Enfia o dedo no olho dele. Dá uma cotovelada na garganta.

Win foi andando até um espelho de corpo inteiro.

– Vamos recapitular o que descobrimos até agora – disse ele com uma voz debochada de professor de jardim de infância. Então começou a jogar golfe no ar, praticando sua tacada diante do espelho. Fazia isso com frequência. – Primeiro, o respeitado senador da Pensilvânia quer você fora desse caso. Segundo, um importante mafioso nova-iorquino quer você fora desse caso. Terceiro, seu cliente, Duane Richwood, o terror das mulheres, quer você fora desse caso. Por acaso me esqueci de alguém?

– Deanna Yeller – acrescentou Myron. – E Helen van Slyke. Kenneth também, não se esqueça dele. Pavel Menansi – enumerou Myron, então parou para refletir por alguns instantes. – Acho que é isso.

– Aquele tira – completou Win. – Detetive Dimonte.

– Ah, sim, está certo. Tinha me esquecido de Rolly.

Win ajeitou o taco imaginário em suas mãos.

– Portanto – prosseguiu –, sua causa está angariando o apoio de sempre, ou seja, nenhum.

Myron deu de ombros e desferiu uma sequência de golpes.

– "Não dá para agradar a todo mundo, então é melhor agradar a si mesmo."

Win fez uma careta.

– Você citando uma música de Ricky Nelson?

– Foi um longo dia.

– Estou vendo.

Myron deu um chute para trás. Um bom movimento contra praticamente qualquer ataque.

– Por que estão todos com tanto medo de Valerie Simpson? Um senador arranja um encontro clandestino comigo. Frank Ache convoca Aaron. Duane ameaça me demitir. Por quê?

Win deu outra tacada diante do espelho. Em seguida olhou para cima semicerrando os olhos, como se seguisse a trajetória da bola imaginária. Pareceu contrariado. Golfistas.

A porta do *dojang* se abriu. Wanda olhou para dentro do salão e acenou, tímida.

– Oi – cumprimentou Myron.

– Oi.

Myron sorriu. Estava feliz em vê-la: alguém que queria que ele continuasse sua investigação. Ela usava um vestido de verão estampado, quase infantil. O vestido, sem mangas, revelava seus braços bem torneados. Não estava usando um daqueles chapéus de verão enormes, mas poderia. A maquiagem era discreta. Brincos de argola dourados pendiam de suas orelhas. Ela parecia jovem, saudável e muito bonita.

Um cartaz ao lado da porta dizia PROIBIDO ENTRAR COM SAPATOS. Wanda obedeceu, tirando seus calçados sem salto antes de pisar no *dojang*.

– Esperanza disse que você estaria aqui – falou ela. – Desculpe por incomodá-lo fora do seu escritório outra vez.

– Não se preocupe – falou ele. Então: – Win você já conhece...

– Sim – disse Wanda, virando-se para ele e conseguindo abrir um sorriso. – É um prazer vê-lo.

Win meneou a cabeça para ela de forma quase imperceptível.

– Podemos conversar um instante? – perguntou Wanda a Myron, torcendo as mãos.

Win não precisou que pedissem. Encaminhou-se até a porta, fez uma mesura e saiu, deixando os dois sozinhos.

Wanda foi lentamente em direção a Myron, olhando à sua volta como se estivesse visitando um imóvel que não tinha muito interesse em comprar.

– Você vem sempre aqui? – perguntou.

– Sim, ou então a algum outro *dojang* do mestre Kwan.

– Achei que eles se chamassem *dojos* – falou ela.

– *Dojo* é em japonês. *Dojang* é em coreano.

Ela assentiu como se a informação significasse alguma coisa para sua vida. Olhou um pouco mais ao redor.

– Você pratica há muito tempo?

– Bastante.

– E Win?

– Mais ainda.

– Ele não parece o tipo que goste de lutar – disse ela. – Exceto talvez pelos olhos.

Myron já ouvira isso antes. Ele esperou.

– Só queria saber se você descobriu alguma coisa – disse Wanda, seu olhar correndo para todos os lados.

– Não muito – respondeu ele.

Não era exatamente verdade, mas Myron não iria mencionar o envolvimento de Duane com Valerie.

Ela tornou a assentir. Suas mãos estavam em movimento constante, buscando algo que as mantivesse ocupadas.

– Duane está agindo de forma mais estranha ainda – falou ela.

– Como?
– Do mesmo jeito que antes, eu acho, só que pior. Passa o dia inteiro tenso. Fica recebendo ligações que vai atender em outro cômodo. Quando sou eu quem atende, a pessoa do outro lado desliga. E ele sumiu outra vez ontem à noite. Disse que precisava respirar um pouco, mas ficou fora por duas horas.
– Você tem algum palpite? – perguntou ele.
Ela balançou a cabeça negativamente.
Myron tentou falar em seu tom mais gentil:
– Poderia haver outra pessoa?
Seus olhos pararam de se mexer e apontaram, furiosos, na direção dele.
– Não sou nenhuma prostituta que ele pegou na rua.
– Eu sei disso.
– Nós nos amamos.
– Também sei disso. Mas também conheço um monte de caras apaixonados que nem por isso deixam de fazer burrices. Mulheres também. Jessica, por exemplo. Quatro anos atrás, com um cara chamado Doug. Vai entender. Ainda doía.
Wanda voltou a balançar a cabeça, firme. Estaria tentando convencer a si mesma ou a Myron?
– Não é assim que funciona entre nós. Sei que parece ingenuidade, idiotice, mas é a verdade. Não sei explicar.
– Não precisa. Só queria saber o que você pensava.
– Duane não está tendo um caso.
– OK.
Seus olhos estavam marejados. Ela respirou fundo algumas vezes.
– Ele tem passado as noites em claro. Fica andando pela casa. Eu pergunto qual o problema, mas ele não diz. Tentei escutar uma ligação às escondidas, mas a única coisa que consegui entender foi o seu nome.
– Meu nome?
Ela confirmou com um gesto de cabeça.
– Ele falou duas vezes, mas foi tudo o que ouvi.
Myron refletiu por um instante.
– E se eu colocasse uma escuta no telefone?
– Faça isso.
– Por você tudo bem?
– Sim.
Seus olhos transbordaram. Ela soluçou duas vezes, então se obrigou a parar.
– Está cada vez pior, Myron. Precisamos descobrir o que está acontecendo.

– Vou me esforçar ao máximo.

Ela o abraçou rapidamente. Myron quis alisar seus cabelos e dizer algo para consolá-la. Não fez nenhuma das duas coisas. Wanda saiu devagar, com a cabeça erguida. Ele ficou observando. Assim que ela sumiu de vista, Win voltou.

– E então? – perguntou Win.

– Eu gosto dela – falou Myron.

Win assentiu.

– É, ela tem um belo *derrière*.

– Não é disso que estou falando. Wanda é uma boa pessoa. E está assustada.

– É claro que está. O ganha-pão dela está prestes a dar no pé.

Mais uma vez, a ternura em pessoa.

– Não é isso, Win. Ela ama Duane.

Win tocou algumas notas em um violino imaginário. Não dava para conversar com ele sobre esse tipo de coisa. Ele simplesmente não entendia.

– O que ela queria?

Myron começou a contar sobre a conversa. Win separou as pernas, fazendo uma abertura completa até o chão e levantando-se novamente. Repetiu o movimento várias vezes, cada vez mais rápido. Senhoras e senhores, o Pai do Soul, Sr. James Brown.

Quando Myron terminou, Win disse:

– Parece que Duane está tentando esconder algo mais do que um simples caso passageiro.

– Foi exatamente o que pensei.

– Quer que eu fique de olho nele?

– Podemos nos dividir em turnos.

Win balançou a cabeça.

– Ele conhece você.

– E você também.

– É – falou Win –, mas eu sou invisível. Eu sou o vento.

– Você é o vento ou você solta vento?

Win fez uma careta.

– Essa foi hilária. Certamente vou passar dias e dias gargalhando.

A verdade era que Win poderia passar uma semana escondido dentro da calça de alguém que a pessoa nem perceberia.

– Pode começar hoje à noite? – perguntou Myron.

Win assentiu.

– Já estou lá.

22

Myron estava jogando basquete na área asfaltada perto da entrada de carros. O longo dia de verão finalmente começava a escurecer, mas a tabela continuava iluminada. Ele e o pai haviam instalado refletores quando Myron estava no sexto ano. Os cheiros de diferentes tipos de carne sendo preparados na churrasqueira competiam no ar parado. Frango da casa dos Dempsey. Hambúrguer da casa dos Weinstein. Espetinhos temperados da casa dos Ruskin.

Myron arremessava, pegava a bola de volta e tornava a arremessar. Foi ganhando ritmo, a bola descendo com um giro suave pelo aro. Todas as cestas eram de xuá. O suor colava sua camiseta cinza ao peito. Para Myron, aquele sempre era o melhor lugar para pensar, mas naquele instante sua mente estava vazia. Não havia nada além do aro, da bola e do belo arco que ela descrevia depois de ser lançada. A sensação era de pureza.

– Oi, Myron.

Era Timmy, da casa ao lado. Ele tinha 10 anos.

– Caia fora, moleque. Está me incomodando.

Timmy sorriu e pegou a bola que voltava da cesta. Aquela era uma brincadeira entre eles. A mãe do menino achava que ele incomodava Myron, que por sua vez deveria mandá-lo para casa sempre que ele chegasse. Isso, no entanto, não impedia Timmy. Ele e os amigos apareciam sempre que Myron estava jogando. Às vezes, quando precisavam de mais um jogador no time, os meninos batiam à porta dos Bolitar e perguntavam à mãe de Myron se ele poderia jogar.

Ele e Timmy jogaram um pouco, conversando sobre coisas importantes para meninos de 10 anos. Outras crianças apareceram. O filho dos Daley. A filha dos Cohen. Algumas mais. As bicicletas foram sendo deixadas na entrada de carros. Começaram a jogar uma partida. Myron ficou fixo como armador. Ninguém manteve uma contagem precisa dos pontos, mas todos riram bastante. Alguns pais apareceram e entraram no jogo. Arnie Stollman. Fred Dempsey. Havia tempos que não faziam aquilo. Alguém poderia dizer que a cena era um clichê do estilo de vida norte-americano, mas, para Myron, aquilo era simplesmente perfeito.

Eram quase 10 da noite quando as mães começaram a chamar seus filhos. De suas varandas, elas abriam sorrisos radiantes e acenavam para Myron. Ele acenava de volta. As crianças resmungavam, mas obedeciam.

Verão e férias escolares. Ainda restava alguma inocência à infância. Hoje em dia as crianças precisavam ser diferentes. Tinham de lidar com armas, drogas, criminalidade e AIDS. Mas uma noite de verão em um bairro residencial de classe média podia fazer alguém pensar que os tempos não haviam mudado.

Aquele era um lugar muito distante de pessoas como Aaron e os irmãos Ache. Muito distante de jovens sendo assassinadas.

Teria sido uma noite divertida para Valerie.

A mãe de Myron abriu a porta dos fundos.

– Telefone – disse, lacônica.

– Quem é?

A voz dela foi como um golpe:

– Jessica.

Ela fez uma careta ao dizer o nome, como se ele deixasse um gosto ruim na boca.

Myron tentou não sair correndo. Subiu andando/pulando os degraus dos fundos e entrou na cozinha, que fora totalmente reformada no ano anterior. Por quê, Myron não saberia dizer. Ninguém na casa cozinhava, a não ser que esquentar pizza no micro-ondas contasse.

– Vou atender no porão – falou ele.

A mãe soltou um grunhido. Nenhuma piadinha. Como Esperanza, a Sra. Bolitar também guardava rancor. Principalmente em se tratando de seu filhinho.

Ele fechou a porta, pegou o fone e escutou a mãe desligar a extensão.

– Jess?

– É com o Disque Garanhão que estou falando?

Como sempre, sua voz o levou às nuvens.

– Sim, senhora. Em que podemos servi-la?

– Estou procurando um garanhão de verdade.

– Então ligou para o lugar certo. Alguma preferência?

– Bem-dotado – respondeu ela. – Mas serve você.

– Muito simpático.

Havia muito barulho ao fundo.

– Por que demorou tanto para atender?

– Estava lá fora. Jogando com Timmy e as crianças.

– Eu atrapalhei?

– Não. O jogo tinha acabado de terminar.

– Sua mãe me pareceu um pouco fria ao telefone.

– Acontece – disse Myron.

– Ela gostava de mim.

– E ainda gosta.

– E Esperanza?

– Esperanza jamais gostou de você.

– Ah, é.

– Ainda está no hotel Grande Bretagne? – perguntou Myron. – Quarto 207?
Silêncio.
– Você andou me espionando?
– Não.
– Então como sabe...
– É uma longa história. Conto assim que você chegar. Onde você está?
– No aeroporto Kennedy. Acabamos de aterrissar.
O coração de Myron saltou no peito.
– Você já chegou?
– Vou chegar assim que encontrar minha bagagem – respondeu. Então, hesitante: – Você vai lá para casa?
– Já estou indo.
– Vista algo que não me dê muito trabalho para arrancar – falou ela. – Estarei esperando na banheira com vários tipos de óleos exóticos que comprei.
– Safadinha.
Jessica tornou a hesitar, então disse:
– Eu te amo, sabia? Às vezes fico meio esquisita, mas te amo de verdade.
– Isso não importa. Agora me conte mais sobre esses óleos.
Ela riu.
– Não demore.
Ele colocou o fone no gancho. Despiu-se às pressas e tomou um banho. Gelado, por enquanto. Estava assobiando "Tonight", uma das canções de *Amor, sublime amor*. Ele se secou e deu uma olhada no armário. Algo do gênero "fácil de arrancar". Lá estava. Botões de pressão. Myron raramente usava perfume, mas colocou um pouco, porque Jess gostava. Quando estava subindo as escadas aos saltos, ouviu a campainha tocar.
– Eu atendo – gritou.
Dois policiais fardados estavam parados diante da porta.
– O senhor é Myron Bolitar? – perguntou o mais alto.
– Sim.
– Estamos aqui a pedido do detetive Roland Dimonte. Agradeceríamos se pudesse nos acompanhar.
– Para onde?
– Para a Divisão de Homicídios do Queens.
– Por quê?
– Roger Quincy foi capturado. Ele é suspeito do assassinato de Valerie Simpson.
– E daí?
O policial mais baixo falou pela primeira vez:

– Sr. Bolitar, o senhor conhece Roger Quincy?
– Não.
– Nunca o encontrou antes?
– Até onde eu saiba, não.
Até onde eu saiba, não. *Nunca*, na linguagem dos advogados.
Os policiais se entreolharam.
– É melhor o senhor nos acompanhar – aconselhou o mais alto.
– Por quê?
– Porque o Sr. Quincy se recusa a dizer qualquer coisa antes de conversar com o senhor.

23

Myron ligou para a casa de Jessica e deixou um recado dizendo que iria se atrasar.

Quando chegaram à Homicídios, Dimonte recebeu Myron à porta. Estava mascando chiclete, ou talvez tabaco. Sorria bastante. Desta vez usava outro par de botas. Também de couro de cobra, também horrorosas, mas num tom amarelo berrante com franja azul.

– Que bom que você pôde vir – falou Dimonte.

Myron apontou para as botas.

– Assaltou uma animadora de torcida, Rolly?

Dimonte riu. Isso não era um bom sinal.

– Me acompanhe, espertinho – falou ele, quase com bom humor.

Então o conduziu por um corredor, passando por um monte de policiais com expressões entediadas. Quase todos estavam recostados contra uma parede ou uma máquina de refrigerantes, segurando um copo de café e relatando algum caso patético para alguém que meneava a cabeça.

– Nada de imprensa – observou Myron.

– Ainda não foram informados sobre a captura de Quincy – falou Dimonte. – Mas a notícia vai vazar em breve.

– Por sua culpa?

Ele deu de ombros alegremente.

– O povo tem o direito de saber.

– Claro.

– E quanto a você, Bolitar? Vai abrir o jogo ou não?

– A respeito de quê?

Ele tornou a dar de ombros. Cuca fresca em pessoa.

– Você é quem sabe.

– Não conheço o cara, Rolly.

– Então imagino que ele tenha encontrado seu nome nas Páginas Amarelas, não?

Myron ficou calado. Não fazia sentido discutir.

Dimonte abriu a porta de uma pequena sala de interrogatórios. Já havia dois policiais lá dentro. Suas gravatas estavam tão afrouxadas que daria para usá-las como cintos. Tinham interrogado Roger Quincy por um bom tempo, mas ele não parecia muito abalado. Na maioria dos filmes ou seriados de TV, os prisioneiros usam uniformes cinza ou listrados. Na realidade, eram de um tom de laranja berrante, fosforescente. Ficava mais fácil encontrar uma pessoa vestida assim caso ela decidisse fugir.

Os olhos de Roger Quincy se iluminaram quando ele viu Myron. Quincy era mais jovem do que Myron esperava – 30 e poucos anos, mas poderia passar por uns 25. Era magro e tinha um rosto bonito, quase feminino. Seus dedos eram longos e bem desenhados. Ele parecia um bailarino.

De sua cadeira, Roger Quincy acenou e disse:

– Obrigado por vir, Myron.

Myron olhou para Dimonte, que sorriu.

– Não o conhece, hein? – insinuou, então meneou a cabeça para os outros policiais. – Vamos, gente. Melhor deixarmos os dois camaradas sozinhos.

Depois de algumas risadinhas disfarçadas, os tiras saíram. Myron se sentou à mesa de frente para Roger Quincy.

– Eu conheço você? – perguntou Myron.

– Não, creio que não – respondeu Quincy, estendendo-lhe a mão. – Eu sou Roger Quincy.

A mão dele parecia um passarinho. Myron a apertou brevemente.

– Como você sabe meu nome?

– Ah, sou um grande fã de esportes, apesar de não parecer – esclareceu ele. – Mas já não acompanho muito o basquete. Prefiro tênis. Você joga?

– Só um pouco.

– Não sou muito bom, mas me esforço.

Os olhos de Quincy se iluminaram novamente.

– Se você pensar bem, o tênis é um esporte magnífico. É como uma competição de dança acrobática. Uma bolinha vem na sua direção a uma velocidade extraordinária e você tem que se mover, posicionar seu pé corretamente e devolvê-la usando uma raquete. Tudo precisa ser calculado em questão de instantes: a velocidade da bola que está vindo, o local em que ela vai cair, o efeito dela, o ângulo do quique, a distância entre sua mão e o centro da cabeça da raquete, o golpe que vai dar, onde pretende devolvê-la.

Duas palavras: doido varrido.

– Hã, Roger, você não respondeu a minha pergunta – interrompeu Myron. – Como você me conhece?

– Desculpe – disse, abrindo um sorriso acanhado. – Às vezes me empolgo demais. Algumas pessoas acham que é um defeito. Mas prefiro ser assim a ser um desses preguiçosos que ficam assistindo à TV o dia inteiro. Já falei que também sou fã de basquete?

– Já.

– É por isso que sei o seu nome. Vi você jogando na Duke.

Ele sorriu como se isso explicasse tudo.

– OK – prosseguiu Myron, esforçando-se para manter um tom de voz paciente. – Então por que disse à polícia que queria falar comigo?

– Porque é verdade. Quero dizer, porque quero falar com você.

– Por quê?

– Eles acham que eu matei Valerie, Myron.

– E você matou?

Sua boca formou um pequeno "O" de surpresa.

– É claro que não. Que tipo de homem você pensa que eu sou?

Myron deu de ombros.

– O tipo que persegue garotas. Que assediou Valerie Simpson, seguiu-a por toda parte, telefonou para ela sem parar, escreveu-lhe longas cartas... O tipo capaz de assustá-la.

Ele dispensou o argumento de Myron com um gesto de seus dedos longos.

– Você está exagerando – disse. – Eu cortejei Valerie Simpson. Eu a amava. Me importava com seu bem-estar. Era apenas persistente.

– Ela queria que você a deixasse em paz.

Ele riu.

– Tudo bem. Ela me rejeitou. Grande coisa. Por acaso sou o primeiro homem a ser rejeitado por uma bela mulher? Eu só não desisto tão fácil quanto a maioria. Mandei-lhe flores. Escrevi cartas de amor. Convidei-a para sair novamente. Experimentei táticas diferentes. Você nunca lê romances?

– Não.

– O herói e a heroína estão sempre se rejeitando. Em meio a guerras, ataques de piratas ou festas da alta sociedade, os dois brigam, trocam farpas e parecem se odiar. Mas no fundo estão apaixonados. Eles reprimem seus sentimentos, entende? Comigo e com Valerie era a mesma coisa. Havia uma eletricidade inegável entre nós. Uma corrente de alta voltagem.

– A-hã – disse Myron. – Roger, por que você quis me ver?

– Achei que pudesse falar com a polícia para mim.

– E dizer o que a eles?

– Que não matei Valerie. Que ela estava sendo ameaçada por outra pessoa.

– Quem?

– Achei que você soubesse.

– O que o faz pensar isso?

– Valerie me contou. Logo antes de ser assassinada.

– Ela lhe contou o que exatamente?

– Que estava correndo perigo.

– Perigo de quê?

– Pensei que você soubesse.

Myron levantou a mão.

– Desacelere um pouco, OK? Vamos começar do começo. Você estava no Aberto de Tênis?

– Estava.

– Por quê?

– Vou todos os anos. Sou um grande fã. Adoro assistir às partidas. Elas são tão impressionantes...

– Acho que essa parte já ficou clara, Roger. Então você foi lá como fã de tênis. Sua ida não tinha nada a ver com Valerie Simpson? Não a seguiu até o estádio?

– É claro que não. Não fazia ideia de que ela estaria lá.

– OK, então o que aconteceu?

– Eu estava sentado na arquibancada assistindo a Duane Richwood massacrar Ivan Restovich. Que partida incrível. Quero dizer, Duane acabou com ele – disse, então parou e sorriu. – Mas por que estou lhe dizendo isso? Você é o agente de Duane, não é?

– Sou.

– Pode me conseguir o autógrafo dele?

– Claro.

– Não hoje, é claro. Amanhã, talvez?

– Talvez.

Terra chamando Roger.

– Mas vamos nos concentrar em Valerie agora. Você estava assistindo à partida de Duane.

– Exatamente – confirmou. Então sua voz foi ficando séria: – Quem me dera saber que você era o agente de Duane Richwood naquele momento, Myron. Assim, talvez tudo tivesse ficado bem. Valerie ainda estaria viva e eu seria o herói que a salvou. Então ela pararia de negar seus sentimentos e me deixaria entrar em sua vida e protegê-la para todo o sempre.

Que maluco.

– O que aconteceu depois, Roger?

– A partida tinha praticamente acabado, então eu conferi minha programação. Arantxa Sanchez estava prestes a começar a jogar na quadra 16, aí decidi ir para lá e conseguir um bom lugar. Arantxa é uma jogadora fantástica. Seus irmãos Emilio e Javier também são profissionais. Bons jogadores, mas não têm a alma dela.

– Você saiu do jogo Duane – instigou Myron.

– Saí. Tinha alguns minutos, então fui até o estande perto da entrada principal. Aqueles com monitores que mostram os placares das outras partidas. Vi que Steffi Graf já havia ganhado e que a partida de Michael Chang tinha sido arrastada para o quinto set. Estava conferindo algumas partidas de duplas no painel. Masculinas, se não me engano. Ken Flach estava jogando. Não, era... esqueci.

– Continue, Roger.

– Enfim, foi então que vi Valerie.

– Onde?

– Em frente ao portão principal. Ela estava tentando entrar, mas o guarda não queria deixar. Ela não tinha ingresso. Valerie estava furiosa. Ora, os ingressos para o Aberto sempre esgotam, todo ano é a mesma coisa. Mas ainda assim não consegui acreditar no que estava vendo, o guarda se recusando a deixá-la entrar. Valerie Simpson. Ele nem sequer a reconheceu. Então, naturalmente, eu fui socorrê-la.

Naturalmente.

– O que você fez?

– Pedi para outro guarda carimbar minha mão e saí pelo portão. Aí me aproximei dela por trás e cutuquei seu ombro. Quando ela se virou, não consegui acreditar no que vi.

– O quê?

– Eu conhecia Valerie Simpson – disse ele, falando mais devagar. – Isso até você precisa admitir. Assisti a todas as partidas que ela jogou na vida. Eu a vi trabalhando, jogando por puro prazer. Eu a vi nas ruas, nas quadras, em casa, treinando com aquele técnico repugnante. Eu a vi feliz e triste, animada e depri-

mida, na glória e na derrota. Eu a vi passar de adolescente entusiasmada a competidora feroz e, por fim, beldade desesperada e sem vida. Sofri por ela tantas vezes. Nem sei quantas. Mas nunca a havia visto daquele jeito.
– Como?
– Com tanto medo. Ela estava simplesmente apavorada.

Não era de espantar. O maluco apareceu sorrateiramente atrás dela e lhe cutucou o ombro.
– Ela o reconheceu?
– Óbvio.
– E como reagiu?
– Pediu minha ajuda.

Myron arqueou uma sobrancelha, incrédulo. Tinha aprendido essa técnica com Win.
– É verdade – insistiu Roger. – Ela falou que estava em perigo. Disse que precisava entrar e conversar com você.
– Valerie mencionou meu nome?
– Sim. Estou lhe dizendo, ela estava desesperada. Implorou ao guarda, mas ele não quis ouvir. Então eu tive uma ideia.
– Qual?
– Comprar um ingresso com um cambista – explicou ele, visivelmente orgulhoso. – Havia dezenas deles zanzando pela entrada do metrô. Encontrei um. Ele era negro. Simpático. Queria 150 dólares. Eu disse que estava muito caro. Eles sempre começam com um valor alto. Você precisa negociar. Já esperam por isso. Mas Valerie não quis nem saber. Simplesmente aceitou o preço. Ela era assim. Não sabia lidar com dinheiro. Se tivéssemos nos casado, eu teria que ficar encarregado das finanças. Ela era muito impulsiva.
– Concentre-se, Roger. O que aconteceu depois que você comprou o ingresso?

Seu rosto ficou emotivo e sonhador.
– Ela me agradeceu – continuou ele, como se tivesse visto uma manifestação divina. – Foi a primeira vez que ela se abriu comigo. Então eu soube que minha paciência tinha sido recompensada. Depois de todo aquele tempo, eu finalmente havia conseguido um sorriso. Engraçado, não? Passei anos fazendo de tudo para que ela me amasse. E então, quando menos esperava, bum!, o amor entrou na minha vida.

Eu, eu, eu. Mesmo quando o assunto era o assassinato de Valerie, ele só conseguia exergar o próprio umbigo.
– O que ela fez em seguida? – perguntou Myron.
– Eu passei com ela pelos portões. Valerie me perguntou se eu sabia como

você era. Eu disse: "Myron Bolitar, o jogador de basquete?" Ela confirmou. Eu falei que sabia. Ela disse que precisava encontrar você.

Roger se inclinou para a frente. Parecia exaltado.

– Entende o que eu quero dizer? Se eu soubesse que você era o agente de Duane, saberia exatamente onde estava. Teria levado Valerie até você. Então tudo teria ficado bem. Eu ganharia um agradecimento maior ainda e aquele sorriso tão precioso de Valerie Simpson só para mim. Eu teria salvado a vida dela. Seria seu herói.

Ele balançou a cabeça, frustrado.

– Teria sido perfeito – concluiu.

– Mas, em vez disso...? – arriscou Myron.

– Nós nos separamos. Ela pediu que eu procurasse nas quadras abertas enquanto ela buscava na praça de alimentação e dentro do estádio. Nós nos encontraríamos no estande da Perrier a cada 15 minutos. Eu saí e comecei minha busca. Estava ansioso. Encontrar você seria a prova do meu amor eterno...

– Sei, já entendi essa parte.

Rolly teria se divertido à beça interrogando aquele cara.

– O que aconteceu em seguida? – perguntou Myron.

– Eu ouvi um tiro – prosseguiu Quincy. – Então escutei gritos. Corri de volta para a praça de alimentação. Quando cheguei lá, uma multidão já havia se formado. Você estava correndo em direção ao corpo. Ela estava no chão. Tão parada... Você se agachou para pegá-la nos braços. Meus sonhos. Minha vida. Minha felicidade. Tudo morto. Eu sabia o que a polícia iria pensar. Eles me atormentavam pelo fato de eu ter cortejado Valerie. Me chamavam de coisas horríveis. Até ameaçaram me prender por convidá-la para sair... O que iriam pensar agora? Eles nunca entenderam o vínculo que existia entre nós. A atração.

– Então você fugiu – insistiu Myron.

– Sim. Fui até minha casa e fiz uma mala. Depois saquei o máximo de dinheiro que pude. Vi na TV uma vez como a polícia rastreava uma pessoa com base nos lugares em que ela usou seus cartões de crédito, então quis me certificar de que teria dinheiro suficiente. Esperto, não?

– Muito engenhoso – concordou Myron.

E sentiu um aperto no coração. Valerie não tinha a quem recorrer. Estava sozinha. Quando o perigo bateu à sua porta, ela buscou Myron, um homem que mal conhecia. E alguém a assassinara. Uma angústia profunda o consumiu.

– Eu me hospedei em motéis de terceira e usei nomes falsos – continuou tagarelando Quincy. – Mas alguém deve ter me reconhecido. Bem, o resto você já sabe. Quando me pegaram, pedi para falar com você. Achei que talvez pudesse explicar o que aconteceu de fato – disse. Então tornou a se inclinar para a frente, sussurrando em tom conspiratório: – Aquele detetive Dimonte é bastante hostil.

– A-hã.

– A única vez em que ele sorriu foi quando mencionei seu nome.

– Ah, foi?

– Eu disse que nós éramos amigos. Espero que não se importe.

– Nem um pouco – falou Myron.

24

MYRON ESTAVA DE FRENTE para Dimonte e Krinsky, seu fiel escudeiro, na sala de interrogatórios ao lado. Era idêntica à outra em todos os sentidos. Dimonte continuava alegre.

– Gostaria de um advogado? – perguntou ele com doçura.

Myron o encarou.

– Seu rosto está radiante, Rolly. Hidratante novo?

O sorriso continuou inabalado.

– Vou interpretar isso como um não.

– Estou preso?

– É óbvio que não. Sente-se. Aceita algo para beber?

– Claro.

– Alguma preferência?

Um verdadeiro anfitrião, aquele Rolly.

– Uma Coca? Café? Suco de laranja?

– Vocês teriam achocolatado?

Dimonte olhou para Krinsky, que deu de ombros e foi conferir. Dimonte entrelaçou as mãos e as colocou em cima da mesa.

– Myron, por que Roger Quincy pediu para chamarmos você?

– Ele queria falar comigo.

Dimonte sorriu. A paciência em pessoa.

– Sim, mas por que você?

– Infelizmente, não posso responder essa pergunta.

– Não pode – retrucou Dimonte – ou não quer?

– Não posso.

– E por quê?

– Creio que, se respondesse, estaria violando o sigilo entre advogado e cliente. Mas preciso conferir.

– Conferir aonde?

– Onde – disse Myron.

– O quê?

– O certo é "conferir onde", não "conferir aonde".

Dimonte balançou a cabeça.

– Então vai ser assim, não é? – provocou o detetive.

– Assim como?

A voz do detetive soou um pouco mais ríspida.

– Você é um dos suspeitos, Bolitar. Não, risque isso. Você é *o* suspeito.

– E quanto a Roger?

– Foi ele quem puxou o gatilho. Tenho certeza. Mas é maluco demais para ter feito isso sozinho. A meu ver, você armou tudo. E colocou Quincy para fazer o trabalho sujo.

– Sei. E quanto ao meu motivo?

– Valerie Simpson estava tendo um caso com Duane Richwood. É por isso que o telefone dele estava na agenda dela. Uma garota branca e um garoto negro. Como os patrocinadores reagiriam a uma coisa dessas?

– Estamos nos anos 1990, Dimonte. Há casamentos inter-raciais até entre membros da Suprema Corte.

Dimonte colocou um pé em cima de uma cadeira e se apoiou no joelho.

– Os tempos podem ter mudado, Bolitar, mas os patrocinadores continuam não gostando de garotos negros comendo meninas brancas.

Ele coçou o queixo com dois dedos.

– Deixe-me resumir para você, só para ver como soa: Duane é chegado em um rabo de saia. Fareja carne branca. Come Valerie Simpson, mas ela não gosta da ideia de ser uma transa casual. Já sabemos que ela é um pouco doida, passou um tempo em um sanatório. Para completar, ainda deve ser uma matadora de coelhos.

– Matadora de coelhos?

– Nunca viu *Atração fatal*?

Myron assentiu.

– Ah, matadora de coelhos. Entendi.

– Então, como eu disse, Valerie Simpson é louca. Não bate bem da cabeça. Mas também está puta da vida. Então liga para Duane, como indica a agenda dela, e ameaça levar o caso à imprensa. Duane fica apavorado. Como estava ontem, quando passei na casa dele. Então, para quem ele telefona? Para você. É aí que você bola o seu plano.

Myron assentiu.
– Isso com certeza vai se sustentar no tribunal.
– E por que não? Por acaso ganância não é um bom motivo?
– É melhor eu confessar logo, aqui mesmo.
– Então está bem, espertinho. Continue assim.
Krinsky voltou balançando a cabeça. Não tinham achocolatado.
– Vai me dizer por que Quincy chamou você? – insistiu Dimonte.
– Não.
– E por que não, porra?
– Por que você me magoou.
– Não brinque comigo, Bolitar. Ou eu jogo você em uma cela de prisão com 20 marmanjos e digo a eles que você é um pedófilo – ameaçou Dimonte com um sorriso. – Ele vai gostar disso, não vai, Krinsky?
– Vai – confirmou Krinsky, imitando o sorriso de Dimonte.
Myron meneou a cabeça.
– Certo. OK, então agora eu falo: "O que você quer dizer?" E você responde: "Um pedaço de mau caminho como você vai fazer muito sucesso no xilindró." Daí eu digo: "Oh, por favor, não faça isso." E você: "Não se agache para pegar o sabonete no chão." Para terminar, vocês dois dão uma risadinha sarcástica no melhor estilo homens da lei.
– Do que você está falando?
– Não me faça perder tempo, Rolly.
– Você acha que não vou jogar seu rabo na cadeia?
Myron se levantou.
– Eu sei que não vai. Se achasse que podia, eu já estaria algemado.
– Ei, que porra é essa? Aonde você pensa que vai?
– Ou você me prende ou sai do meu caminho. Tenho mais o que fazer.
– Sei que você está metido nisso, Bolitar. Aquele maluco não pediu para falar com você por acaso. Ele achou que você poderia salvá-lo. É por isso que você vem brincando de policial conosco. Fingindo investigar o caso por conta própria. Queria apenas se manter por perto, descobrir quanto nós sabíamos.
– Você desvendou tudo, Rolly.
– Nós vamos interrogá-lo, interrogá-lo e interrogá-lo até ele entregar você.
– Não, não vão fazer isso. Sou o advogado dele e proíbo que meu cliente seja submetido a qualquer tipo de interrogatório.
– Você não pode representá-lo. Nunca ouviu falar de conflito de interesses?
– Até que eu encontre outra pessoa para representá-lo, ainda sou seu advogado.
Myron abriu a porta e saiu em direção ao corredor. Para surpresa sua e dos

policiais, topou com Esperanza. Todos os tiras, dos dois lados do corredor, olhavam para ela, babando. Provavelmente estavam apenas se precavendo, ponderou Myron, com medo de ela estar com alguma arma escondida na calça jeans apertada. É, devia ser isso.

– Win ligou – disse ela. – Está procurando você.

– O que aconteceu?

– Ele seguiu Duane. Descobriu algo que acha que você deveria ver.

25

Esperanza e Myron foram de táxi até o hotel Chelsea, que ficava na Rua 23, entre a Sétima e a Oitava Avenidas. O carro tinha cheiro de bordel turco, o que era um avanço em relação à maioria dos táxis da cidade.

– Win estará sentado em uma poltrona vermelha ao lado dos telefones públicos – anunciou Esperanza quando eles pararam. – Fica à direita da mesa da recepção. Ele estará lendo um jornal. Se não estiver lendo, significa que a barra não está limpa. Ignore-o e saia do hotel. Ele o encontrará no clube de sinuca.

– Win falou isso?

– Sim.

– A parte sobre a barra não estar limpa também?

– Sim.

Myron balançou a cabeça.

– Você quer vir?

– Não posso. Tenho que estudar mais um pouco.

– Obrigado por me encontrar.

Ela meneou a cabeça.

Win estava sentado onde tinha dito. Lia o *Wall Street Journal*, então a barra estava limpa. Oh, que dedução brilhante. Win estava perfeitamente reconhecível, com exceção de uma peruca preta que cobria seus cachos louros. O verdadeiro mestre dos disfarces. Myron sentou-se ao seu lado e sussurrou:

– O coelho branco fica amarelo quando o cachorro preto urina em cima dele.

Win continuou lendo.

– Você me disse para entrar em contato se Duane fizesse qualquer coisa fora do comum.

– Foi.

– Ele chegou aqui cerca de duas horas atrás. Pegou o elevador para o terceiro andar e bateu à porta do quarto 322. Uma mulher atendeu. Eles se abraçaram. Ele entrou. A porta foi fechada.

– Isso não é nada bom – disse Myron.

Win virou uma página. Entediado.

– Sabe quem é a mulher? – perguntou Myron.

Ele balançou a cabeça negativamente.

– Negra. Mais ou menos 1,65 metro. Magra. Tomei a liberdade de reservar o quarto 323. Dá para ver a porta do quarto de Duane pelo olho mágico.

Myron pensou em Jessica esperando por ele. Em uma banheira quente. Com aqueles óleos exóticos.

Droga.

– Posso ficar, se você quiser – falou Win.

– Não. Deixe que eu cuido disso.

– Está bem – concordou Win, levantando-se. – Nos vemos na partida de amanhã, se o seu garoto não estiver cansado demais para jogar.

Myron subiu pelas escadas até o terceiro andar. Espiou ao longo do corredor. Ninguém. Com a chave na mão, seguiu às pressas até o quarto 323 e entrou. Win tinha razão, como de costume. O olho mágico proporcionava uma boa, embora convexa, vista da porta do quarto 322. Agora era só aguardar.

Mas aguardar o quê?

O que ele estava fazendo ali? Jessica o estava esperando numa banheira cheia de óleos exóticos – pensar nisso fazia seu corpo cantar e sofrer ao mesmo tempo – e lá estava ele, bisbilhotando para descobrir...

Para descobrir o quê?

O que ele estava buscando, afinal? Duane já explicara seu relacionamento com Valerie Simpson. Eles tinham sido amantes por um breve período. O que havia de tão estranho nisso? Os dois eram jovens, bonitos e jogadores de tênis. Então qual era o problema? A questão racial? Mas já não havia nada de incomum nisso. Ele mesmo não enfatizara isso para Dimonte?

Então o que Myron estava fazendo com a cara colada àquele olho mágico? Pelo amor de Deus, Duane era seu cliente. Um cliente importante. Que direito ele tinha de invadir sua privacidade daquele jeito? E por quê? Porque a namorada de Duane não gostava do fato de ele estar tendo casos? E daí? Não era da conta dele. Myron não era o assistente social de Duane, nem agente da condicional, padre ou analista – era apenas seu agente. Seu trabalho era conseguir o máximo de lucro para o cliente, não fazer julgamentos morais.

Por outro lado, o que diabos Duane estaria fazendo ali? Talvez gostasse de pular a cerca, curtir a vida, até aí nenhum problema. Mas logo naquela noite? Era loucura. O dia seguinte seria o mais importante da carreira do rapaz. Uma partida transmitida em rede nacional. Sua primeira quarta de final do Aberto dos Estados Unidos. Seu primeiro jogo contra um cabeça de chave. O lançamento da campanha publicitária da Nike. Ou seja, aquela seria uma noite estranha para um encontro amoroso em um quarto de hotel.

Duane Richwood, tenista e pegador profissional.

Myron não estava gostando nada daquilo.

Duane sempre fora um pouco misterioso. Na verdade, Myron não sabia nada sobre seu passado. Ele fugira de casa, ou pelo menos era o que dizia, mas quem poderia garantir? Por que teria fugido, para começo de conversa? Onde estava sua família agora? Myron tinha criado uma versão dos fatos na qual retratava Duane como um garoto de rua pobre lutando para escapar dos grilhões da miséria. Mas seria essa a verdade? Duane parecia um bom rapaz – inteligente, articulado, educado –, mas não poderia ser apenas fingimento? O jovem que Myron conhecia não passaria uma noite tão importante transando em um quarto de hotel estranho – o que, naturalmente, fazia Myron voltar à questão de antes:

E daí?

Myron era seu agente. Ponto final. O garoto tinha talento para dar e vender e uma sensibilidade incrível em quadra. Era bonito e poderia ganhar uma bela grana com publicidade. No fim das contas, era só isso que importava para um agente. Não a vida amorosa do jogador. O garoto era um sonho nas quadras. Quem se importava com o que fazia fora delas? Myron estava se envolvendo demais naquilo tudo. Havia perdido a perspectiva. Ele tinha um negócio para tocar. Vigiar um de seus maiores clientes e invadir sua privacidade não era uma atitude sensata para um empresário.

Ele deveria sair dali. Deveria ir até a casa de Jessica e conversar com ela a respeito, ver qual era sua opinião.

Só mais 10 minutos.

Myron precisou apenas de dois. Ele colocou o outro olho no olho mágico assim que a porta do quarto 322 se abriu. Duane surgiu no corredor, ou pelo menos suas costas. Myron viu os braços de uma mulher enlaçarem seu pescoço. Eles se abraçaram. Não deu para ver o rosto da mulher, apenas os braços. Myron pensou sobre a intuição de Wanda. Ela estava tão segura de si, tão cega. Myron entendia. Já havia passado por isso. O amor costuma vendar o coração.

– Vendar o coração – murmurou Myron. – Que breguice.

Ao final do abraço, Duane se endireitou. Os braços da mulher saíram de vista. Duane parecia prestes a ir embora. Myron se aproximou mais do olho mágico.

Duane se virou e olhou direto para a sua porta. Myron quase deu um pulo para trás. Por um instante, foi como se o rapaz o estivesse encarando, como se soubesse que ele estava ali.

Myron tornou a se perguntar como havia se metido naquela situação. Se seu trabalho incluísse confirmar a promiscuidade de cada atleta que representava, ele passaria a vida inteira bisbilhotando por olhos mágicos. Duane era jovem. Tinha 21 anos. Não era casado ou sequer oficialmente noivo. Nada do que Myron estivesse vendo tinha a menor ligação com o assassinato de Valerie Simpson.

Até Duane enfim sair da frente.

Ele tinha dado um último e breve abraço. Ouviram-se vozes abafadas, porém Myron não conseguiu discernir nenhuma palavra. Duane olhou primeiro para a esquerda, depois para a direita e então se afastou. A mulher já estava começando a fechar a porta, mas olhou para o corredor uma última vez. E foi então que Myron a viu.

Era Deanna Yeller.

26

A MANHÃ SEGUINTE.

Myron não havia confrontado Duane. Em vez disso, se arrastara até a casa de Jessica em uma espécie de torpor. Depois de abrir a porta com sua chave, ele disse:

– Desculpe. Eu tive que...

Jessica o calou com um beijo. Depois outro, mais longo ainda. Mais faminto. Myron tentou evitar suas investidas, embora seus esforços não tenham sido exatamente heroicos.

Ele rolou na cama. Jessica caminhava a passos leves pelo quarto. Nua. Vestiu um roupão de seda. Ele a observava, como de costume, com a mais completa fascinação.

– Você é tão gostosa – disse ele – que faz até meus dentes suarem.

Ela sorriu. Havia um fenômeno que acontecia aos homens quando Jessica olhava para eles. Respiração entrecortada. Frio na barriga. Uma ânsia implacável. Mas o que elevava todos esses sintomas à décima potência era seu sorriso.

– Bom dia – cumprimentou ela, inclinando-se para beijá-lo com carinho. – Como está se sentindo?

– Meus ouvidos ainda estão zumbindo por conta de ontem à noite.

– Bom saber que não perdi o jeito – disse ela.

O eufemismo do milênio.
– Conte-me sobre a viagem.
– Conte-me sobre o assassinato primeiro.

Ele contou. Jess era uma excelente ouvinte. Nunca interrompia, exceto para fazer perguntas pertinentes. Ela olhava para Myron sem ficar meneando a cabeça artificialmente ou sorrindo fora de contexto. Seus olhos se concentravam em Myron como se ele fosse a única pessoa no mundo. Ele se sentia sereno, feliz e assustado.

– Essa Valerie mexeu com você – concluiu Jessica quando ele terminou.
– Ela não tinha ninguém. Estava correndo risco de vida e não tinha ninguém.
– Tinha você.
– Eu só estive com ela uma vez. Ainda não havíamos sequer assinado o contrato.
– Não importa. Ela sabia quem você era. Se eu estivesse enrascada, não recorreria a nenhuma outra pessoa.

Jessica virou a cabeça de lado.
– Como você sabia o nome do hotel e o número do quarto em que eu estava?
– Aaron. Ele tentou me intimidar. E conseguiu.
– Aaron ameaçou me machucar?
– Você, eu, minha mãe, Esperanza.

Ela hesitou, refletindo.
– Eu escolheria Esperanza. Quero dizer, se precisasse ser um de nós.
– Vou informá-lo.

Myron pegou a mão dela.
– Que bom que você está de volta.
– Não vou ser interrogada?

Myron balançou a cabeça negativamente.
– Mas lhe devo uma explicação.
– Não quero nenhuma – disse ele. – Só quero estar com você. Eu te amo. Sempre te amei. Nós somos almas gêmeas.
– Almas gêmeas?

Ele assentiu.
– Quando você decidiu isso? – perguntou ela.
– Há muito tempo.
– Então por que não me contou antes?

Ele deu de ombros.
– Não queria assustá-la.
– E agora?
– Agora é mais importante lhe dizer como eu me sinto.

Tudo ao redor deles parou.

– O que você espera que eu responda a uma coisa dessas? – perguntou ela.

– Nada.

– Eu te amo de verdade, Myron. Você sabe disso.

– Eu sei.

Silêncio. Um longo silêncio.

Jessica atravessou o quarto. Dava para perceber que ela não tinha vergonha do próprio corpo. Mas, pensando bem, não havia o menor motivo para isso.

– Pelo que vejo – começou a falar –, existe um monte de ligações estranhas nesse assassinato. Mas uma constante se destaca.

Mudança de assunto. Mas tudo bem. Já tinha dito o bastante por um dia.

– Qual? – perguntou Myron.

– O tênis – disse ela. Alexander Cross é assassinado no tal clube. Valerie Simpson é morta no Centro Nacional de Tênis. Duane e Valerie têm um caso, os dois são tenistas profissionais. Esses dois garotos que supostamente mataram Alexander Cross... Como se chamavam mesmo?

– Errol Swade e Curtis Yeller.

– Swade e Yeller – repetiu ela. – Os dois estavam aprontando em um clube de tênis. Os irmãos Ache e Aaron estão ligados a uma agência que lida com tenistas. A única que sobra é Deanna Yeller.

– O que tem ela?

– O fato de estar dormindo com Duane. Não pode ser apenas coincidência.

– E...?

– Como ela teria conhecido Duane?

– Não sei – respondeu Myron.

– Ela joga tênis?

– E se jogar?

– Isso manteria a constante.

Ela se interrompeu por um momento.

– Não sei – prosseguiu. – Só estou pensando em voz alta. É que tudo fica voltando para o tênis... exceto Deanna Yeller.

Myron pensou nisso por um instante. Não teve nenhum insight, mas o começo de uma resposta pareceu querer se formar no fundo de sua mente.

– É só uma ideia – iniciou Jessica.

Ele se sentou na cama.

– Você falou que os garotos "supostamente" mataram Alexander Cross. O que quis dizer com isso?

– Que provas concretas você tem de que Swade e Yeller mataram o filho do senador? – perguntou ela. – Talvez tenham sido apenas bodes expiatórios muito convenientes. Pense um pouco. Yeller é morto pela polícia. Swade some da face da Terra. Quem melhor para levar a culpa?

– Então quem você acha que matou Alexander Cross? – quis saber ele.

Jessica deu de ombros.

– Provavelmente Swade e Yeller. Mas quem pode garantir?

Mais uma vez uma resposta ameaçou se formar na mente de Myron, mas nada veio à tona. Ele conferiu as horas. Sete e meia.

– Está com pressa? – perguntou ela.

– Um pouco.

– Achei que Duane Richwood só fosse jogar à uma da tarde.

– Estou tentando contratar um garoto chamado Eddie Crane. Ele vai jogar no juvenil às 10 horas.

– Posso ir junto? – perguntou Jessica.

– Claro.

– Quais são suas chances de contratá-lo?

– Eu diria que bem grandes. O pai dele talvez seja um problema.

– O pai não gosta de você?

– Acho que ele preferiria uma agência maior – disse Myron.

– Devo sorrir com doçura para ele?

Myron refletiu por um instante.

– Mostre um pouco do decote. Ele não me parece o tipo de cara que goste de sutilezas.

– Qualquer coisa para conseguir um cliente – falou ela.

– Talvez você devesse praticar um pouco antes – disse Myron.

– Praticar o quê?

– Mostrar o decote. Ouvi dizer que é uma espécie de arte.

– Entendo. E com quem devo praticar?

Myron separou as mãos.

– Estou disposto a oferecer meus serviços.

– Como você se sacrifica pelos seus clientes – ironizou ela. – É um ato heroico, de verdade.

– Então, o que me diz?

Jessica lançou-lhe um olhar. *O* olhar, na verdade. Myron o sentiu nos dedos do pé, para dizer o mínimo. Ela se inclinou em sua direção.

– Não.

– Não?

Então Jessica colou os lábios em sua orelha.

– Vamos experimentar meus novos óleos antes.
Uma palavra: uau!

27

JESSICA NÃO PRECISOU mostrar decote nenhum.

O casal Crane ficou imediatamente encantado. A Sra. Crane conversou com ela sobre seus livros. O Sr. Crane não conseguiu parar de sorrir e encolher a barriga. No começo do segundo set, o Sr. Crane tentou reduzir a comissão de Myron em meio ponto percentual. Estavam negociando. Era um excelente sinal. Myron fez uma anotação mental para levar Jess a mais reuniões de negócios.

Havia outros agentes ali. Um monte deles. A maioria vestia ternos e usava o cabelo penteado para trás. Variavam quanto à idade, mas no geral pareciam bem jovens. Muitos tentaram se aproximar, mas o Sr. Crane os enxotou.

– Abutres – sussurrou Jessica para Myron enquanto um deles empurrava seu cartão para o Sr. Crane.

– Estão só tentando fazer negócio.

– Está defendendo esses caras?

– Eu faço a mesma coisa, Jess. Se não forem agressivos, não terão a menor chance neste ramo. Você acha que clientes como Crane vão bater à porta deles?

– Mesmo assim. Você não fica rodeando as pessoas desse jeito.

– O que exatamente eu estou fazendo agora?

Jessica pensou por um instante.

– Tá, mas você é bonitinho.

Difícil discordar.

Eddie massacrou o adversário: 6-0, 6-0. Mas a partida não foi nem de longe tão simples como o placar sugeria. Faltava *finesse* a Eddie. Ele usava a força. E que força. Sua raquete cortava o ar como a foice da Morte. A bola zunia como se saísse de uma bazuca. A *finesse* viria com o tempo. Mas, por enquanto, aquela força extraordinária era mais do que suficiente.

Depois que os jogadores se cumprimentaram, os pais de Eddie foram em direção à quadra.

– Posso lhe pedir um favor? – perguntou Myron a Jess.

– Diga.

– Livre-se dos pais por alguns minutos. Quero conversar com Eddie sozinho.

Ela os convidou para almoçar. Jessica conduziu o Sr. e a Sra. Crane até o

Racquets, o restaurante com vista para uma das maiores quadras do complexo. Myron acompanhou Eddie até o vestiário. O agente tinha ficado cansado só de assistir à partida, mas o garoto mal havia suado. Andava a passos largos, sem pressa, com uma toalha sobre os ombros, totalmente relaxado.

– Falei para a TruPro que não estava interessado – anunciou Eddie.

Myron assentiu. Isso explicava a oferta generosa que Aaron fizera de deixá-lo representar o jovem tenista.

– Como eles reagiram?

– Ficaram putos da vida – respondeu Eddie.

– Aposto que sim.

– Estou pensando em escolher a sua agência.

– O que seus pais acham?

– Não importa, na verdade. Os dois sabem que a decisão é minha.

Eles deram mais alguns passos.

– Eddie, preciso lhe fazer algumas perguntas sobre Valerie.

Ele abriu um meio sorriso.

– Está tentando encontrar o assassino dela?

– Estou.

– Por quê?

– Não sei. É só uma coisa que eu preciso fazer.

Eddie assentiu. Para ele, essa era uma resposta tão boa quanto qualquer outra.

– Então manda – anunciou Eddie.

– Você conheceu Valerie na escola de Pavel na Flórida, não foi?

– Isso.

– Como ficaram amigos?

– Você já foi à academia de Pavel? – perguntou Eddie.

– Não.

– Então talvez não entenda.

Eddie Crane se deteve e afastou os cabelos de cima dos olhos antes de prosseguir.

– Deve soar estranho, uma garota de 16 anos e um menino de 9 ficarem tão amigos. Mas é muito normal no tênis. Não dá para fazer amizade com crianças da sua idade. Elas são as inimigas. Acho que Val e eu nos sentíamos sozinhos. Além disso, a diferença de idade fazia com que não fôssemos uma ameaça um para o outro. Acho que foi assim que começou.

– Ela chegou a falar sobre Alexander Cross com você?

– Sim, algumas vezes. Eles eram namorados ou coisa parecida.

– Você ficou com a impressão de que era uma relação séria?

Ele deu de ombros. O segurança conferiu seus passes e os deixou entrar.

– Não exatamente. Ela vivia para o tênis. Namorados ficavam em segundo plano.

– Conte-me um pouco mais sobre a escola de Pavel. Como você acha que era para Valerie treinar ali?

– Como era? – repetiu Eddie, sorrindo com tristeza e balançando a cabeça. – Era como uma grande disputa. Cada aluno tentava derrotar todos os outros.

– E Valerie era a rainha do lado das mulheres?

Eddie assentiu com um gesto de cabeça.

– A rainha incontestável.

– Pavel e Valerie se davam bem?

– Sim. No começo, pelo menos. Ele motivava Val como ninguém. Ela treinava por horas a fio com seus assistentes e, quando você achava que ela não conseguiria dar mais um passo, Pavel chegava e bum! Era como uma injeção de energia. Val era uma ótima jogadora, mas Pavel sabia torná-la verdadeiramente competitiva. Quando ele estava presente, ela deixava todas as outras no chinelo. Ela mergulhava, se esticava, corria atrás de todas as bolas. Era incrível.

– Então quando as coisas começaram a dar errado?

Eddie deu de ombros.

– Quando ela começou a perder – respondeu ele, como se fosse a coisa mais natural do mundo.

– O que houve?

– Não sei.

Ele se deteve novamente, pensativo.

– Ela parou de se importar, imagino. Acontece com um monte de tenistas. Ficam saturados. É muita pressão em muito pouco tempo.

– O que Pavel fez?

– Ele tentou todos os seus velhos truques. Pavel incentivava a lei do cão, entende? Segundo ele, isso eliminava os mais fracos. Mas Valerie parou de reagir a isso. Ainda derrotava a maioria das garotas, mas, quando jogava contra as grandes, Steffi Graf, Monica Seles, Gabriela Sabatini, Martina Navratilova, não tinha mais entusiasmo para vencê-las.

Eddie sentou-se em uma cadeira diante do armário. Havia pouquíssimas pessoas por perto. O chão, coberto por um carpete marrom, estava cheio de pedaços brancos de curativos e bandagens. Myron sentou-se ao seu lado.

– Você me disse que viu Valerie poucos dias antes de ela morrer.

– Foi – confirmou Eddie. – No saguão do Plaza.

Ele tirou a camisa. O garoto era magérrimo. Tão magro que parecia que o tórax afundava no coração.

– Fazia tempo que eu não a via.

– O que ela disse quando viu você?

– Que iria voltar às quadras. Parecia muito empolgada com a ideia, como a Val de antigamente. Então me deu seu número de telefone e me disse para ficar longe de Pavel e da TruPro.

– Ela falou por que você deveria fazer isso?

– Não.

– Disse mais alguma coisa?

Ele fez uma pausa, sua mente voltando no tempo.

– Não. Parecia apressada. Disse que precisava sair para resolver algo.

– O quê?

– Não sei, ela não disse.

– Em que dia da semana foi isso? – perguntou Myron.

– Quinta-feira, eu acho.

– Você se lembra a hora?

– Deviam ser umas seis.

Valerie havia telefonado para o apartamento de Duane na quinta-feira às 18h15. Resolver algo. Mas o quê? Resolver sua relação com Duane? Ou levá-la a público? E se ela tivesse ameaçado fazer isso? Seria Duane capaz de matá-la para impedir que isso acontecesse? Myron duvidava, principalmente devido ao fato de que Duane estava ganhando uma partida de tênis diante de milhares de pessoas quando ela foi baleada.

Eddie tirou seus tênis e meias.

– Tenho dois ingressos para os Yankees, quarta à noite – disse Myron. – Você quer ir?

Eddie sorriu.

– Achei que não fizesse isso.

– Isso o quê?

– Puxar saco.

– Claro que faço. Todo agente faz. Não estou acima deles. Mas, neste caso, achei que poderia ser divertido.

Eddie se levantou.

– Devo desconfiar das suas intenções? – perguntou ele.

– Só se você for esperto.

❖ ❖ ❖

Duane gostava de ficar sozinho antes de suas partidas. Win lhe ensinara suas técnicas de meditação, *sem* os vídeos picantes, e o rapaz geralmente se recolhia a um canto, sentado em posição de lótus com os olhos fechados. Não gostava de ser incomodado nesses momentos, o que era bom, porque Myron não tinha certeza se queria vê-lo. Sua maior responsabilidade, ele sabia, ainda era ajudar seu cliente a ter o melhor desempenho possível – sobretudo naquele dia, o mais importante da carreira de Duane até então. Levantar o assunto do seu encontro com Deanna Yeller na calada da noite seria uma distração. E das grandes.

Isso teria que esperar.

A multidão era enorme. Todos estavam ansiosos por aquela partida entre o estreante americano Duane Richwood e o tcheco Michel Brishny, um ex-número um que agora estava na quinta posição do ranking. Myron e Jessica sentaram-se em seus lugares na primeira fila. Jess estava estonteante em um vestido leve amarelo. Os espectadores olhavam boquiabertos. Até aí, nenhuma novidade. Sem dúvida, as câmeras de TV capturariam vários planos de seu camarote naquele dia. Somando a beleza de Jess a sua fama no mundo literário, ninguém conseguiria resistir.

Myron pensou em pedir para ela segurar um cartão de visita do namorado. Não. Muito vulgar.

Um bando de figurões já estava em seus lugares. Ned Tunwell e outros VIPs da Nike enchiam um camarote de canto. Ned acenava como um moinho de vento sob o efeito de LSD. Myron respondeu com um gesto discreto. Dois camarotes atrás deles estava Roy O'Connor, o gorducho presidente da TruPro. Aaron o acompanhava. Seu rosto estava inclinado para o sol, absorvendo os raios. Usava o traje habitual: terno branco, sem camisa. Do outro lado, Myron também vislumbrou o senador Cross em um camarote entupido de figuras grisalhas, com cara de advogados – a exceção era Gregory Caufield. Myron ainda queria falar com Gregory. Talvez uma oportunidade surgisse depois da partida. A loura peituda do outro dia estava de volta, no mesmo lugar. A jovem voluptuosa deu outro tchauzinho para Myron. Ele não retribuiu o gesto.

Myron se voltou para Jessica, que sorriu para ele.

– Você está linda – elogiou.

– Mais do que aquela loura peituda? – perguntou ela.

– Quem? – desconversou Myron.

– A cachorrona siliconada que está devorando você com os olhos.

– Não sei do que está falando. – E então: – Como você sabe que é silicone?

Os tenistas entraram em quadra para o aquecimento. Dois minutos depois, Pavel Menansi fez sua entrada triunfal. Houve alguns aplausos aqui e ali. Pavel demonstrou sua gratidão erguendo a mão e girando o corpo para toda a plateia. Estilo papa abençoando os fiéis. Estava a caráter, com roupas brancas e um suéter verde sobre os ombros. O sorriso estava na potência máxima. Pavel se encaminhou para o camarote da TruPro. Aaron se levantou, dando-lhe passagem, então voltou a se sentar. Pavel e Roy O'Connor trocaram um aperto de mãos.

O gesto atingiu Myron como um tiro no plexo solar.

– Ah, não – exclamou ele.

– O que foi? – perguntou Jessica.

Myron se levantou.

– Preciso ir.

– Agora?

– Já volto. Invente algumas desculpas por mim.

28

A PARTIDA ESTAVA SENDO TRANSMITIDA pelo rádio e Myron a ouvia no carro. Ao que parecia, Duane não estava jogando bem. Havia acabado de perder o primeiro set por 6-3 quando Myron parou em um estacionamento na Central Park West, em Manhattan.

A Dra. Julie Abramson morava em um edifício residencial a meio quarteirão de seu consultório. Myron tocou a campainha. Ouviu-se um zumbido e então sua voz surgiu no interfone.

– Quem é?

– Myron Bolitar. É urgente.

Alguns segundos de silêncio, e então:

– Segundo andar.

O interfone tornou a zumbir. Myron empurrou a porta para abri-la. Julie Abramson estava esperando por ele no vão da escada.

– Você telefonou e desligou na minha cara? – perguntou ela.

– Sim.

– Por quê?

– Para saber se você estava em casa.

Ele chegou até a porta. Os dois ficaram parados, encarando-se. Por causa da diferença de altura entre os dois (ela com seu menos de 1,50 metro, ele com seu 1,93 metro), a cena era quase cômica.

Ela olhou para cima. Bem para cima.

– Continuo não podendo negar ou confirmar que Valerie Simpson tenha sido minha paciente – falou.
– Não tem problema. Quero lhe perguntar sobre uma situação hipotética.
– Uma situação hipotética?
Ele assentiu.
– E não podia esperar até segunda-feira?
– Não.
A Dra. Abramson suspirou.
– Entre.
Sua TV transmitia a partida.
– Eu deveria ter desconfiado – disse ela. – A TV não para de mostrar Jessica Culver no camarote, mas você não apareceu ainda.
– Com ela por lá, eles nunca me filmariam, de qualquer forma.
– O locutor está dizendo que vocês dois estão juntos. É verdade?
Myron deu de ombros. Evasivo.
– Qual o placar?
– Seu cliente perdeu o primeiro set por 6-3 – disse a Dra. Abramson. – Está perdendo este por 2-0.
Ela desligou a TV com o controle remoto e apontou para uma poltrona. Os dois se sentaram.
– Então diga-me qual é sua situação hipotética, Myron.
– Quero começar com uma jovem. Quinze anos. Bonita. De uma família abastada, pais divorciados, pai ausente. Ela namora um rapaz de uma família proeminente. Também é um nome em ascensão no mundo do tênis.
– Isso não está me parecendo muito hipotético – falou a Dra. Abramson.
– Tenha um pouco de paciência comigo. A jovem é uma tenista tão boa que sua mãe a matricula em uma escola dirigida por um técnico mundialmente famoso. Quando a jovem em questão chega à escola, a competitividade lhe parece implacável. O tênis é o mais individualista dos esportes. Não há espírito de equipe. Não há camaradagem. Todos estão numa disputa ferrenha pela aprovação do técnico mundialmente famoso. Não é um esporte propício para fazer amigos – disse Myron, ecoando as palavras de Eddie. – Ele isola as pessoas. Você diria que isso é verdade, doutora?
– No nível em que você está falando, sim.
– Então, quando essa jovem é arrancada da vida que sempre conheceu e jogada nesse ambiente consideravelmente hostil, as pessoas não fazem com que se sinta bem recebida. Longe disso. As outras garotas veem esse novo nome em ascensão no tênis como uma ameaça e, ao perceberem a jogadora extraordiná-

ria que ela é, o que era só um temor se torna realidade. Ela é ainda mais marginalizada. A jovem fica mais isolada do que nunca.

– OK.

– Agora, o tal técnico mundialmente famoso: ele é um pouco darwinista. Defende a sobrevivência do mais bem-adaptado e tal. Desempenha uma espécie de papel duplo nessa história. Acredita que o isolamento irá forçar a garota a encontrar uma válvula de escape, um lugar onde possa ter sucesso.

– A quadra de tênis? – disse Abramson.

– Exatamente. A jovem começa a treinar com mais afinco do que antes. Mas, ao mesmo tempo, o técnico mundialmente famoso é bom para ela. Enquanto todas as outras pessoas são cruéis com a jovem, ele a cobre de elogios. Dedica seu tempo a ela. Consegue extrair o máximo da jovem tenista.

– O que, por sua vez – interrompeu a Dra. Abramson –, a isola mais ainda das outras garotas.

– Isso. A jovem se torna dependente do técnico. Acredita que ele se importa com ela e, como qualquer aluna dedicada, quer, ou melhor, precisa da sua aprovação. Começa a jogar com mais afinco ainda. Também sabe que, ao agradar o técnico mundialmente famoso, agradará sua mãe por tabela. Então, esforça-se mais. E o ciclo continua.

A Dra. Abramson precisava ver aonde Myron queria chegar com isso, mas seu rosto continuava inexpressivo.

– Prossiga – pediu ela.

– A escola de tênis não é o mundo real. É um reino à parte dominado pelo técnico mundialmente famoso. Mas ele age como se de fato se importasse com a jovem. Trata-a como se fosse especial. A jovem joga com mais e mais afinco, chegando a níveis que nunca poderia ter imaginado, não para satisfazer a si mesma, mas para agradá-lo. Talvez ele lhe dê um tapinha nas costas depois do treino. Talvez massageie seus ombros doloridos. Talvez os dois saiam para jantar uma noite e conversem sobre como ela está jogando. Quem sabe como pode ter começado?

– Como pode ter começado o quê? – perguntou a médica.

Myron decidiu ignorar a pergunta. Por ora.

– A jovem e o técnico mundialmente famoso viajam juntos para participar de torneios – prosseguiu ele. – Ela compete contra mulheres que mais uma vez a tratam como uma adversária temível. Mas agora a jovem e o técnico mundialmente famoso estão sozinhos. Na estrada. Dormindo em hotéis.

– Mais isolamento – acrescentou Abramson.

– Ela joga bem. É linda, jovem. A imprensa começa a assediá-la. A atenção repentina a assusta. Mas o técnico mundialmente famoso está ali para protegê-la.

– Ela se torna mais dependente dele.

Myron assentiu.

– Agora, não devemos nos esquecer de que o técnico mundialmente famoso já havia sido ele próprio um tenista mundialmente famoso. Está acostumado ao estilo de vida narcisista típico de um atleta profissional. Está habituado a fazer o que quer. E é exatamente o que faz com essa garota.

Silêncio.

– Isso poderia acontecer, doutora? Em teoria?

A Dra. Abramson pigarreou.

– Em teoria, sim. Sempre que um homem exerce poder e autoridade sobre uma mulher, o potencial de abuso é alto. Mas, no seu caso em especial, esse potencial é maximizado. O homem é mais velho, a mulher é praticamente uma criança. Um professor ou um chefe pode controlar sua vítima durante algumas horas do dia, mas, no seu caso, o técnico é ao mesmo tempo onipotente e onipresente.

Eles se entreolharam.

– A garota em questão – murmurou Myron –, ela passaria a jogar pior se sofresse abuso por parte dele?

– Sem dúvida.

– O que mais aconteceria com ela?

– Cada caso é um caso – respondeu Abramson como se desse uma palestra. – Mas as consequências seriam invariavelmente desastrosas. Dentro da sua hipótese, tudo seria começado como uma simples paixão para a garota. Estamos falando de homem sofisticado, mais velho e que a trata bem, quando ninguém mais faz isso. Ele a entende e se importa com ela, que provavelmente nem precisa incentivar seus avanços... eles apenas acontecem. A jovem talvez os encoraje a princípio, mas seria plausível dizer que não. Talvez até resista, mas ao mesmo tempo se sente responsável. Então, culpa a si mesma.

Myron sentiu um nó no estômago.

– O que gera mais problemas.

– Sim. Você falou sobre como o técnico mundialmente famoso a isola – continuou Abramson. – Mas, no caso em questão, ele faz mais do que isso. Ele a desumaniza. Sua adolescência é virada de ponta-cabeça em nome da excelência nas quadras. Sua vida não gira em torno da escola, dos amigos e da família, mas de dinheiro e vitórias. Ela se torna um produto. Sabe que, se o desagradar, esse produto perderá o valor. E o fato de ela se tornar um produto torna as coisas mais simples para ele também.

– Em que sentido? – perguntou Myron.

– É mais fácil abusar de um produto que de um ser humano.

Silêncio.

– Então o que acontece quando essa história chega ao fim? – perguntou Myron. – Quando o técnico mundialmente famoso acaba de usar o produto, o que acontece com a jovem?

– A jovem tentaria buscar algo, qualquer coisa, que considerasse capaz de salvá-la.

– O antigo namorado, talvez?

– Pode ser.

– Talvez até queira assumir um compromisso com ele imediatamente – cogitou Myron.

– É possível, sim. Ela pode ver esse antigo namorado como um retorno à sua inocência. Em sua mente, o namorado pode ser alçado à condição de salvador.

– E vamos supor que esse namorado fosse assassinado.

– Seria a gota d'água – murmurou Abramson. – A jovem já estava precisando seriamente de terapia. Agora, um colapso nervoso total é uma grande possibilidade. Talvez inevitável.

Myron sentiu seu coração se despedaçar.

A Dra. Abramson desviou o olhar por um instante.

– Mas é preciso explorar outros aspectos da sua hipótese – disse ela, tentando manter um tom casual.

– Como, por exemplo?

– Como o que aconteceu de fato durante o abuso. Se, como você diz, o técnico mundialmente famoso fosse um homem narcisista, iria se preocupar apenas com o próprio prazer. Não teria consideração por ela. Provavelmente não usaria proteção, por exemplo. E, como a garota em questão é muito jovem e a princípio não teria vida sexual ativa, não tomaria pílulas anticoncepcionais.

O medo invadiu o peito de Myron. Ele se lembrou dos boatos.

– Ele a engravidou.

– Dentro do seu cenário hipotético, é sem dúvida uma possibilidade.

– O que aconteceria... – Myron tentou formular a pergunta, mas se deteve. A resposta era óbvia. – O técnico mundialmente famoso a obrigaria a fazer um aborto.

– Imagino que sim.

Silêncio.

Myron sentiu seus olhos marejarem.

– Ela passou por tanta coisa... – disse ele, balançando a cabeça. – Todos achavam Valerie tão fraca. Mas na verdade...

– Não Valerie – corrigiu Abramson. – Uma jovem. Uma jovem hipotética, numa situação hipotética.

Myron ergueu o olhar.

– Ainda tentando se proteger, doutora?

– Você não pode afirmar nada, Myron. São apenas suposições. Não posso confirmar nem negar que Valerie Simpson tenha sido minha paciente.

Ele balançou a cabeça, levantou-se e se encaminhou para a porta. Quando a alcançou, tornou a se virar na direção dela.

– Mais uma pergunta hipotética – falou. – O técnico mundialmente famoso. Se ele foi capaz de abusar de uma criança, a probabilidade de voltar a fazê-lo é grande?

– Sim, muito grande – respondeu a Dra. Abramson, sem encará-lo.

29

QUANDO MYRON CHEGOU à arquibancada, Duane já havia perdido os dois primeiros sets por 6-3 e 6-1. O placar do terceiro registrava 2-2. Myron sentou-se entre Jessica e Win. Logo notou que Pavel Menansi já não estava em seu lugar. Aaron permanecia lá. O senador Cross e Gregory Caufield também continuavam em seu camarote. Ned Tunwell se mantinha sentado com seus colegas da Nike. Ele havia parado de acenar. Na verdade, estava chorando. Todo o camarote da Nike parecia um balão murcho. Henry Hobman permanecia imóvel como uma estátua, uma das mãos apoiando o queixo.

Myron se virou para Jessica. Ela pareceu preocupada, mas não disse nada. Apenas pegou sua mão e a apertou um pouco. Ele a apertou de volta e lhe deu um pequeno sorriso. Notou que ela estava usando um boné rosa-shocking da Ray-Ban.

– De onde saiu este boné?

– Um cara me ofereceu mil dólares para que eu o usasse.

Myron conhecia muito bem esse velho truque publicitário. As empresas, neste caso a Ray-Ban, pagavam a pessoas nos camarotes para que usassem bonés com sua logomarca durante as partidas, calculando, naturalmente, que havia uma grande chance de as pessoas e, por conseguinte, os bonés aparecerem na TV. Ou seja, uma exposição relativamente barata e eficiente na mídia.

Myron olhou para Win.

– E quanto a você?

– Eu não uso bonés – respondeu Win. – Bagunçam meu cabelo.

– Além disso – acrescentou Jessica –, o cara só ofereceu 500 dólares a ele.

Win deu de ombros.

– Discriminação sexual é uma coisa horrorosa.

Estava mais para astúcia. Quinhentos dólares era a quantia-padrão. Mas alguém na Ray-Ban havia percebido que Jess era ao mesmo tempo bonita e uma celebridade – portanto, exposição extra.

Duane deixou escapar outro game. Depois de ser derrotado nos dois primeiros sets, estava perdendo o terceiro por 3-2. Nada bom. Os jogadores se deixaram cair em suas cadeiras, cada um de um lado do juiz, para a troca de lado na quadra. Duane secou sua raquete com a toalha. Mudou de camisa. Algumas fãs assobiaram. Duane não sorriu. Em vez disso, olhou para seu camarote. Ao contrário de praticamente qualquer outro esporte, no tênis os atletas não podem falar com seus técnicos durante a partida. Mas Henry se moveu. Tirou a mão do queixo e cerrou o punho. Duane assentiu.

– Tempo – anunciou o árbitro.

Foi então que Pavel retornou.

Ele entrou pelo portal à direita, próximo à tribuna principal, com uma garrafa de água mineral Evian na mão. Myron cravou os olhos nele. Sentiu a pulsação acelerar. Pavel Menansi ainda usava o suéter sobre os ombros. Sentou-se atrás de Aaron. Pavel Menansi. Ele sorria. Ele gargalhava. Ele bebericava sua água gelada. Ele inspirava e expirava. Ele estava vivo. As pessoas lhe davam tapinhas nas costas. Alguém pediu um autógrafo. Uma jovem. Pavel lhe sussurrou algo. A jovem escondeu uma risadinha com a mão.

– Burgess Meredith – disse Win.

Ele estava olhando para a quadra, não para Myron.

– Hã?

– Burgess Meredith.

Outra partida de "Vilões do *Batman*".

– Agora não – falou Myron.

– Agora sim. Burgess Meredith.

– Por quê?

– Porque você está olhando fixamente. Aaron vai perceber.

Win ajustou seus óculos de sol.

– Burgess Meredith.

Ele tinha razão.

– Pinguim.

– Victor Buono.

– Rei Tut.

– Bruce Lee.

Jessica se inclinou na direção deles.

– Essa foi capciosa – disse ela.

— Sem dicas — falou Win.

— Ele interpretou Kato — respondeu Myron. — O ajudante do Besouro Verde. Fez uma participação especial em um episódio. Tenho minhas dúvidas se poderíamos chamá-lo de vilão.

— Correto.

Silêncio. Então Win perguntou:

— É tão ruim assim?

— Pior.

— A polícia liberou o corpo de Valerie — disse Win. — O funeral vai ser amanhã.

Myron assentiu. Na quadra, Duane acertou um ace. Era apenas o segundo que conseguia na partida.

— A coisa pode ficar feia agora — falou Myron.

— Por quê?

— Descobri por que os irmãos Ache querem nos tirar da jogada.

— Ah! — disse Win. — Suponho que eles não gostariam que você compartilhasse essa informação com o público.

— Suposição correta.

— E suponho ainda que essa informação valha o preço a pagar por Aaron e um elenco cinco estrelas.

— Outra suposição correta.

Win se recostou. Ele estava totalmente imóvel. Sorria, também. Myron se voltou para Jessica. Ela ainda não havia soltado sua mão.

— Se você morrer — sussurrou ela —, eu te mato. Alma gêmea.

Silêncio.

Na quadra, Duane acertou outros dois aces e então um lob, empatando o terceiro set em 3-3. Então olhou para o camarote. O reflexo do sol em seus óculos escuros era ofuscante, dando-lhe um ar enxuto e robótico. Mas algo em seu rosto havia mudado. Duane cerrou o punho.

Henry falou pela primeira vez:

— Ele voltou para o jogo!

30

Henry Hobman estava certo. Duane se recuperou. Ele levou o terceiro set por 6-4. Ned Tunwell parou de chorar. O quarto set foi para o tiebreak, que Duane ganhou por 9-7, salvando três match points. Ned começou a acenar como um moinho novamente. Duane venceu o quinto set por 6-2. Ned teve que trocar suas roupas de baixo.

Placar final da maratona: 3-6, 1-6, 6-4, 7-6 (9-7), 6-2. Antes mesmo de os combatentes saírem da quadra, a palavra "clássico" já circulava pela plateia.

Quando todas as felicitações e coletivas de imprensa terminaram, já estava ficando tarde. Jess pegou o carro de Myron emprestado para visitar sua mãe. Win deu uma carona ao amigo até o escritório. Esperanza ainda estava por lá.

– Grande vitória – disse ela.

– É.

– Os primeiros dois sets de Duane foram uma merda.

– Ele teve uma longa noite – disse Myron. – O que você tem para mim?

Esperanza lhe entregou uma pilha de papéis.

– O acordo pré-nupcial de Jerry Prince. Versão final.

Ah, o adorado acordo pré-nupcial. Um mal necessário. Myron odiava ter que recomendá-los. Quando o assunto era casamento, o ideal seria pensar apenas em amor e romance. Um acordo daquele tipo, francamente, era tão romântico quanto lamber a caixa de areia de um gato. Ainda assim, Myron tinha a obrigação de cuidar da saúde financeira de seus clientes. Muitos daqueles casamentos terminavam em divórcios num piscar de olhos. Golpe do baú, como se dizia antigamente. Algumas pessoas o chamariam de machista por causa dessa preocupação. Não era o caso. Ele fazia a mesma recomendação às atletas bem-sucedidas.

– O que mais? – perguntou ele.

– Emmett Roberts pediu para você ligar. Disse que precisa da sua opinião sobre um carro que quer comprar.

Myron tinha um Ford Taurus, o que dificilmente o qualificaria como especialista em carros.

Emmett era um jogador de basquete mediano que oscilava entre esquentar o banco na NBA e brilhar pela CBA, uma liga profissional de menor prestígio na qual a única coisa que os jogadores fazem é tentar impressionar os olheiros da NBA. Poucos conseguiam. Havia exceções. John Starks e Anthony Mason, do New York Knicks, por exemplo. Porém a maioria dos ginásios da CBA não passava de mais um refúgio de sonhos despedaçados, um último degrau da escada antes da queda.

Myron correu os dedos pelas fichas presas ao suporte giratório em sua mesa. Esperanza as mantinha sempre atualizadas e em ordem alfabética para ele. Raston. Ratner. Rextell. Rippard. Roberts. Lá estava. Emmett Roberts.

Myron se deteve.

– Onde está a ficha de Duane? – perguntou ele.

– O quê?

Myron fez uma busca rápida pelo restante das letras R.

– Não estou encontrando a ficha de Duane. Será que você não arquivou errado?

Ela descartou essa possibilidade fuzilando-o com o olhar.

– Procure melhor. Deve estar na sua mesa em algum lugar.

Não estava na mesa. Myron tentou a letra D. Nada de Duane.

– Vou fazer uma nova para você – falou ela, indo em direção à porta. – Tente não perdê-la desta vez.

– Muito obrigado – agradeceu ele.

Ainda assim, a ficha desaparecida o incomodava. Outra coincidência envolvendo Duane? Ele discou o número de Emmett Roberts.

– Oi, Myron. Como vai?

– Tudo bem, Emmett. Que história é essa de você querer comprar um carro?

– Eu vi um Porsche hoje. Vermelho. Todo equipado. Setenta mil. Estava pensando em gastar meu bônus nele.

– Se é o que você quer – disse Myron.

– Puxa, você parece minha mãe. Eu queria sua opinião.

– Compre algo mais barato – aconselhou Myron. – Bem mais barato.

– Mas o carro é demais, Myron. Se você me visse nele...

– Então compre, Emmett. Você é adulto. Não precisa da minha permissão – disse. Myron hesitou. – Já lhe contei sobre Norm Booker?

– Quem?

Como eles esquecem rápido.

– Eu devia ter uns 15 ou 16 anos – disse Myron – e estava trabalhando em um acampamento de verão em Massachusetts. O acampamento era do Boston Celtics. Eles costumavam fazer os testes para novatos ali. Eu ficava na beira da quadra, basicamente entregando as toalhas para os jogadores. Conheci um monte de jogadores escolhidos na primeira rodada de contratações. Cedric Maxwell. Larry Bird. Mas, no meu primeiro ano, o Boston Celtics tinha convocado um jogador chamado Norm Booker. Acho que ele era da Universidade Estadual de Iowa.

– É? E daí?

– Norm era um excelente jogador. Tinha 2,01 metros, movia-se com leveza, sabia tocar a bola. Forte como um touro. E gente boa, também. Ele conversava comigo. A maioria dos jogadores ignorava os garotos, mas Norm era diferente. Eu me lembro de como ele costumava arremessar lances livres de costas. Lançava a bola por sobre o ombro. Era tão bom que conseguia acertar mais da metade dos arremessos dessa forma.

— E o que aconteceu com ele?

— Esquentou o banco durante sua primeira temporada. O Boston Celtics o cortou no ano seguinte. Ficou sem contrato por um tempo e acabou indo para o Portland Trailblazers. Passou a maior parte da temporada no banco, jogando os últimos minutos das partidas, esse tipo de coisa. Quando o Trailblazers chegou ao fim do campeonato, Norm ganhou o bônus habitual. Ficou tão empolgado que comprou um Rolls-Royce. Investiu cada centavo que tinha naquele carro. Mas não se preocupou. Sempre haveria um próximo ano. E outro depois daquele. Só que o Portland decidiu cortá-lo. Ele tentou ir para outros times, mas ninguém o quis. A última notícia que tive foi que Norm precisou vender o carro para comprar comida.

Silêncio.

Alguns instantes depois, Emmett falou:

— Também vi um Honda Accord. Com um bom plano de financiamento.

— Vai fundo nesse, Emmett.

Eles desligaram poucos minutos depois. Fazia tempo que Myron não pensava em Norm Booker. Perguntou-se que fim ele teria levado.

Esperanza voltou a entrar na sala e colocou no suporte uma ficha nova para Duane Richwood.

— Feliz agora?

— Sim.

Ele lhe entregou duas folhas de papel.

— Esta é a lista de convidados da noite em que Alexander Cross foi assassinado.

— O que devo procurar?

— E eu sei lá? Um nome conhecido. Algo que salte aos seus olhos.

Ela assentiu.

— Já sabe que o funeral é amanhã?

Myron fez que sim com a cabeça.

— Você vai? — perguntou ela.

— Vou.

— Consegui localizar um dos professores do artigo sobre Curtis Yeller.

— Qual deles?

— A Sra. Lucinda Elright. Ela está aposentada agora, mora na Filadélfia. Irá recebê-lo amanhã à tarde. Você pode ir logo depois do funeral.

Myron se recostou.

– Não sei se ainda é necessário.

– Quer que eu cancele?

Myron refletiu por um instante. Levando em conta o que descobrira sobre Pavel Menansi, a ligação entre a morte de Valerie e o que havia acontecido a Curtis Yeller parecia mais tênue do que nunca. O assassinato de Alexander Cross não tinha sido a causa da derrocada de Valerie. Não fora sequer o último empurrão. Pavel Menansi havia empurrado Valerie da beira do precipício anos antes. Observara a queda lenta enquanto ela rolava pelas rochas pontiagudas. A morte de Alexander Cross tinha sido apenas a última etapa dessa queda. O fundo do poço, por assim dizer. O colapso final. Nada mais. Estava claro que não havia conexão entre a morte de Valerie e os acontecimentos de seis anos antes. Tampouco havia outra ligação entre Duane e Valerie além da que o seu cliente revelara – eles tinham ido para a cama. Grande coisa.

Exceto...

Exceto pelo encontro entre Duane e a mãe de Curtis Yeller na noite anterior.

Não fosse por esse detalhe – se Myron não os tivesse visto juntos no hotel –, ele poderia descartar os dois por completo. Mas um caso entre Duane e Deanna Yeller era muita coincidência. Só podia haver algum tipo de ligação.

– Não cancele – falou Myron.

31

O FUNERAL DE VALERIE foi exatamente o que se esperava.

O reverendo, um gorducho de nariz vermelho, nem sequer a conhecia. Enumerou suas conquistas como se estivesse lendo um currículo. Fez uma mistura dos clichês de sempre: filha amada, tão cheia de vida, ceifada tão jovem, Deus tem um plano. Ao fundo, um órgão tocava sua indignação. Flores cafonas, como as que seriam postas em um cavalo vencedor, enfeitavam a capela. Mais acima, figuras graves espreitavam dos vitrais.

Os convidados não se demoraram. Paravam diante de Helen e Kenneth van Slyke, não exatamente para oferecerem consolo, mas para se certificarem de que tinham sido vistos e reconhecidos, o que era o verdadeiro motivo de sua presença. Helen apertou as mãos com a cabeça erguida. Não piscou. Não sorriu. Não chorou. Sua mandíbula estava tensa. Myron esperou na fila com Win. Quando se aproximaram, puderam ouvir Helen repetir as mesmas frases – "Muito gentil de sua parte ter vindo, obrigada pela sua presença, muito gentil de sua parte ter vindo, obrigada pela sua presença" – em um tom monótono que parecia o de uma aeromoça durante o desembarque.

Quando chegou a vez de Myron, Helen agarrou sua mão com força.

– Você sabe quem machucou Valerie?

– Sim.

Ela disse "machucou", percebeu Myron. Não "matou".

Helen van Slyke olhou para Win em busca de confirmação. Win assentiu.

– Apareçam lá em casa – convidou ela. – Vai haver uma recepção.

Então voltou-se para o convidado seguinte e apertou novamente o PLAY de seu gravador interno:

– Muito gentil de sua parte ter vindo, obrigada pela sua presença, muito gentil de sua parte ter vindo...

Myron e Win fizeram o que ela pediu. O clima em Brentman Hall não transmitia nem a típica animação irlandesa nem um sofrimento devastador. Não havia lágrimas. Tampouco risadas. Qualquer uma das duas coisas teria sido melhor do que aquele salão totalmente desprovido de emoções. Os convidados, "de luto", circulavam como se estivessem em um coquetel.

– Ninguém se importa – falou Myron. – Ela morreu e ninguém se importa.

Win deu de ombros.

– Ninguém nunca se importa.

O eterno otimista.

A primeira pessoa a se aproximar deles foi Kenneth. Ele estava apropriadamente vestido de preto, com sapatos bem engraxados. Cumprimentou Win com um tapa nas costas e um aperto de mãos firme. Ignorou Myron.

– Como vocês estão? – perguntou Win.

Até parecia que se importava.

– Ah, eu estou bem – respondeu ele com um suspiro profundo. A bravura em pessoa. – Mas estou preocupado com Helen. Tivemos que medicá-la.

– Lamento muito – falou Myron.

Kenneth se virou para ele como se só então o visse. Fez uma careta de quem tinha acabado de chupar um limão.

– Está falando sério? – perguntou.

Myron e Win se entreolharam.

– Sim, estou, Kenneth – respondeu Myron.

– Então faça-me a gentileza de ficar longe da minha mulher. Da última vez em que esteve aqui, ela ficou muito abalada.

– Não tive intenção de magoar ninguém.

– Bem, mas magoou bastante, isso eu posso garantir. Acho que está mais do que na hora, Sr. Bolitar, de demonstrar um pouco de respeito. Deixe minha esposa em paz. Ela perdeu a filha e eu perdi minha enteada.

Win revirou os olhos.

– Você tem minha palavra, Kenneth – disse Myron.

Kenneth meneou a cabeça com um gesto másculo e se afastou.

– Minha enteada – repetiu Win, enojado. – Blá.

Myron trocou olhares com Helen van Slyke, que estava do outro lado do salão. Ela gesticulou em direção à porta à sua direita e a atravessou, sorrateira. Como dois amantes que se encontram às escondidas.

– Mantenha Kenneth longe – instruiu Myron.

Win fingiu surpresa.

– Mas você deu sua palavra a ele.

– Blá – exclamou Myron. Fosse lá o que isso significasse.

Ele atravessou a porta e seguiu Helen. Ela também estava de preto, com uma espécie de terninho cuja saia era curta o suficiente para ser ao mesmo tempo sexy e adequada. Belas pernas, notou ele, sentindo-se um verme por pensar algo assim numa situação daquelas. Ela o conduziu até um pequeno cômodo ao final de um corredor bem decorado e fechou a porta ao entrarem. O cômodo parecia uma versão em miniatura da sala de estar. O candelabro era menor. O sofá era menor. A lareira era menor. O retrato sobre o console da lareira era menor.

– Esta é a sala de visitas – explicou Helen van Slyke.

– Ah – disse Myron.

Ele sempre tivera vontade de saber o que seria uma sala de visitas. Agora que estava em uma, continuava sem ter a menor ideia do que era.

– Gostaria de um chá?

– Não, obrigado.

– Importa-se se eu tomar um?

– Nem um pouco – falou ele.

Ela se sentou com afetação e serviu-se em uma xícara do jogo de prata sobre a mesa. Myron notou que havia dois conjuntos de chá ali. Perguntou-se se isso seria uma pista quanto à definição de sala de visitas.

– Kenneth me disse que a senhora está sob medicação – iniciou ele.

– Kenneth é um idiota.

Grande surpresa.

– Ainda está investigando o assassinato de Valerie? – perguntou ela.

Seu tom foi quase zombeteiro. Suas palavras também soaram um tanto arrastadas e Myron se perguntou se ela estaria de fato sob efeito de algum medicamento ou se não teria acrescentado um pouco de uísque a seu chá.

– Estou.

– Ainda sente algum tipo de responsabilidade cavalheiresca em relação a ela?

– Nunca senti nada parecido.

– Então por que está fazendo isso?

Myron deu de ombros.

– Alguém deveria se importar.

Ela ergueu os olhos, vasculhando seu rosto em busca de algum vestígio de sarcasmo.

– Entendo – falou enfim. – Então me diga uma coisa: o que descobriu com sua investigação?

– Pavel Menansi abusou de sua filha.

Myron aguardou uma reação. Helen van Slyke abriu um sorriso semiprovocativo e colocou um cubo de açúcar na xícara. Não exatamente a reação que ele esperava.

– O senhor não pode estar falando sério – disse.

– Estou.

– O que quer dizer com "abusou"?

– Estou falando de abuso sexual.

– Como um estupro?

– Pode-se dizer que sim.

Ela bufou, irônica.

– Ora, Sr. Bolitar. Isso não lhe soa um tanto exagerado?

– Não.

– Até parece que Pavel a obrigou a fazer alguma coisa. Eles tiveram um caso. Não é a coisa mais incomum do mundo.

– A senhora sabia?

– É claro. E, francamente, fiquei muito decepcionada. Uma falta de bom senso de Pavel. Mas minha filha tinha 16 anos na época, talvez 17, não sei bem. De qualquer forma, certamente já tinha idade para consentir o que aconteceu. Chamar de estupro ou abuso sexual, bem, me parece um pouco melodramático, o senhor não acha?

Talvez medicamentos e bebida. Possivelmente misturados.

– Valerie era jovem – disse ele. – Pavel Menansi era seu técnico, um homem de quase 50 anos.

– Teria sido melhor se ele tivesse 40? Ou 30?

– Não.

– Então qual o sentido de mencionar a diferença de idade entre os dois? – falou ela, largando seu chá. O sorriso havia voltado a brincar em seus lábios. – Deixe-me fazer uma pergunta, Sr. Bolitar. Se Valerie fosse um rapaz de 16 anos e houvesse tido um caso com uma linda treinadora que tivesse, digamos, 30 anos, o senhor chamaria isso de abuso sexual? De estupro?

Myron hesitou por um segundo. Mas um segundo era tempo de mais.

– Foi o que pensei – disse ela, triunfante. – O senhor é um sexista, Sr. Bolitar. Valerie teve um caso com um homem mais velho. Acontece o tempo todo.

O mesmo sorriso brincalhão.

– Aconteceu comigo, inclusive – emendou ela.

– A senhora teve um colapso quando acabou?

Ela ergueu uma sobrancelha.

– Então essa é sua definição de abuso? – perguntou. – Um colapso nervoso?

– A senhora confiou sua filha a esse homem – disse Myron. – Ele deveria ajudá-la. Em vez disso, ele a usou. Deixou-a em frangalhos. Destruiu Valerie e a jogou fora.

– Em frangalhos? Destruída? Jogada fora? Minha nossa, Sr. Bolitar, quanta vontade de causar comoção.

– A senhora não vê nada de errado no que ele fez?

Ela tornou a largar seu chá e pegou um cigarro. Depois de acendê-lo, tragou com força, os olhos fechados. Em seguida, soprou toda a fumaça.

– Se me culpar pelo que aconteceu vai deixá-lo feliz, então vá em frente, me culpe. Fui uma péssima mãe. A pior de todas. Satisfeito?

Myron a observou fumar seu cigarro e bebericar seu chá com toda a calma. Muita calma. Será que realmente acreditava em todas aquelas baboseiras que estava falando? Ou seria apenas fingimento? Estaria ela se iludindo ou...

– Pavel comprou a senhora – falou Myron.

– Não.

– A TruPro e Pavel estão pagando...

– Não é nada disso – interrompeu ela.

– Nós sabemos sobre o dinheiro, Sra. Van Slyke.

– O senhor não entende. Pavel culpa a si mesmo pelo que aconteceu. Sentiu-se no dever de remediar a situação da única maneira que estava a seu alcance.

– Comprando a senhora.

– Oferecendo-nos parte do valor que Valerie poderia ter ganhado caso sua carreira tivesse prosseguido. Ele não precisava ter feito isso. O relacionamento entre os dois não foi necessariamente a causa...

– O nome disso é suborno.

– Nunca – sibilou ela. – Valerie era minha filha.

– E a senhora a trocou por dinheiro.

Ela balançou a cabeça.

– Eu fiz o que considerei ser melhor para minha filha.

– Pavel abusou dela. A senhora aceitou o dinheiro e deixou que ele saísse incólume.

– Não havia nada que eu pudesse fazer – emendou ela. – Não poderíamos permitir que o caso chegasse a público. Valerie queria deixar esse assunto para trás. Queria que permanecesse em segredo. Era o que todos desejávamos.

– Por quê? – questionou Myron. – Foi apenas um caso com um homem mais velho. Acontece o tempo todo. Aconteceu com a senhora, inclusive.

Ela mordeu o lábio por um instante. Quando tornou a falar, sua voz estava mais suave.

– Não havia nada que eu pudesse fazer – repetiu. – Era melhor para todos que mantivéssemos a discrição.

– Conversa fiada – rebateu Myron, e percebeu que estava indo longe demais. Mas algo dentro dele não o deixava voltar atrás. – A senhora vendeu sua filha.

Ela ficou calada por alguns instantes, concentrando-se apenas no cigarro, observando a cinza ficar cada vez mais comprida. Ao longe, eles conseguiam ouvir o burburinho dos convidados do funeral. Copos tilintando. Risadinhas contidas.

– Eles ameaçaram Valerie – desabafou ela.

– Quem?

– Não sei. Homens que trabalham com Pavel. Deixaram bem claro que, se ela abrisse a boca, eles a matariam.

Ela ergueu os olhos, suplicante.

– Será que você não entende? Que opção nós tínhamos? Nada de bom aconteceria se falássemos. Eles a matariam. Tive medo por Valerie. Kenneth... creio que Kenneth estivesse mais interessado no dinheiro. Pensando bem, hoje isso me parece muito claro, mas na época acreditei que fosse a melhor coisa a fazer.

– A senhora estava protegendo sua filha – disse Myron.

– Sim.

– Mas ela está morta agora.

Helen ficou intrigada.

– Não entendi.

– Não precisa mais se preocupar com a segurança de Valerie. Ela está morta. A senhora está livre para fazer o que quiser.

Ela abriu a boca, tornou a fechá-la, tentou novamente.

– Tenho outra filha – conseguiu dizer. – E um marido.

– E toda aquela conversa de antes sobre proteger Valerie?

– Era... Eu estava tentando...

Sua voz sumiu de repente.

– A senhora aceitou o suborno – disse Myron.

Ele tentou lembrar que a mulher na sua frente acabara de enterrar a filha naquele mesmo dia, mas nem esse fato foi capaz de detê-lo. Pelo contrário, pareceu um incentivo a mais.

– Não culpe seu marido. Ele é um verme, um covarde. A senhora era a mãe de Valerie. Aceitou dinheiro para proteger o homem que abusou dela. E agora vai continuar aceitando dinheiro para proteger um homem que pode ser o responsável pela morte de sua filha.

– O senhor não tem provas de que Pavel teve algo a ver com o assassinato de Valerie.

– Com o assassinato, não. Mas quanto aos outros crimes contra ela, já é outra história.

Ela fechou os olhos.

– É tarde demais.

– Não é tarde demais. Ele continua fazendo o mesmo. Homens como Pavel não param. Eles só encontram novas vítimas.

– Não há nada que eu possa fazer.

– Eu tenho uma amiga – falou Myron. – O nome dela é Jessica Culver. Ela é escritora.

– Sei quem ela é.

Ele lhe entregou o cartão de Jess.

– Conte-lhe a história. Ela a colocará no papel. Conseguirá vendê-la para alguma revista importante. A *Sports Illustrated*, talvez. Será publicada antes mesmo que os homens de Pavel fiquem sabendo. Eles podem ser maus, mas não são descuidados ou burros. Depois que a matéria for publicada, não haverá mais motivo para perseguirem sua família. Será o fim dele.

– Sinto muito – disse Helen, abaixando a cabeça. – Não posso fazer isso.

Ela estava desmoronando, seu corpo inteiro curvado, trêmulo. Myron a observava, tentando reunir alguma piedade, mas sem sucesso.

– A senhora a deixou sozinha com ele – prosseguiu. – Não cuidou de sua filha. E, quando teve a chance de ajudá-la, mandou que enterrasse o assunto. Aceitou dinheiro em troca.

O corpo de Helen se contraiu. Provavelmente por conta de um soluço. Atacar uma mãe no funeral da própria filha. O que mais ele poderia fazer? Afogar gatinhos recém-nascidos na piscina do vizinho?

– Talvez – continuou ele – Valerie quisesse contar a verdade. Talvez precisasse fazer isso para superar tudo o que aconteceu. E talvez tenha sido por isso que foi assassinada.

Silêncio. Então, de repente, Helen van Slyke ergueu a cabeça. Ela se levantou e saiu sem dizer mais nada. Myron fez o mesmo. Quando retornou à sala de estar, ela pôde ouvir a voz dela:

– Muito gentil de sua parte ter vindo, obrigada pela sua presença.

32

Lucinda Elright era grande e calorosa, com braços grossos e balançantes e uma risada fácil. O tipo de mulher que, quando você era criança, temia que fosse abraçá-lo forte demais, mas, quando adulto, esperava que fizesse exatamente isso.

– Entre – disse ela, afastando várias crianças pequenas da passagem.
– Obrigado – disse Myron.
– Quer comer alguma coisa?
– Não, obrigado.
– Nem um biscoito?

Havia pelo menos 10 crianças no apartamento. Todas negras, nenhuma com mais de 7 ou 8 anos. Algumas brincavam com tintas. Outras construíam um castelo de cubos de açúcar. Um menino de uns 6 anos estava mostrando a língua para Myron.

– Os biscoitos não são caseiros. Sou uma negação na cozinha.
– Na verdade, um biscoito seria ótimo.

Ela sorriu.

– Cuido de crianças durante o dia, agora que estou aposentada. Espero que não se importe.

– Nem um pouco.

A Sra. Elright entrou na cozinha. O garotinho esperou que ela saísse da sala. Então tornou a mostrar a língua. Myron mostrou a sua em resposta. A maturidade em pessoa. O menino riu.

– Sente-se aqui, Myron – ofereceu ela, trazendo um prato cheio de biscoitos e empurrando várias tralhas de cima do sofá. – Coma.

Myron pegou um. O garotinho parou atrás da Sra. Elright para que ela não pudesse vê-lo. Mostrou a língua novamente. Sem nem mesmo olhar para trás, a Sra. Elright falou:

– Gerald, se você mostrar a língua mais uma vez, vou cortá-la fora com a podadeira.

Gerald enfiou a língua de volta na boca.

– O que é uma podadeira? – perguntou o menino.

– Não importa. Mas agora vá para lá brincar, está bem? E comporte-se.

– Sim, senhora.

Quando ele já estava longe demais para ouvir, a Sra. Elright disse:

– Prefiro crianças dessa idade. Quando ficam um pouco mais velhas, elas me fazem sofrer demais.

Myron assentiu, abrindo um Oreo no meio. Não lambeu o recheio. Muito adulto.

– Sua amiga, Esperanza – começou a Sra. Elright, pegando um biscoito também. – Ela disse que você queria conversar sobre Curtis Yeller.

– Sim, senhora – confirmou Myron, entregando-lhe o artigo do jornal. – Suas palavras foram reproduzidas corretamente nesta matéria?

Ela puxou do peito volumoso os óculos de leitura meia-lua e correu os olhos pela página.

– Sim, eu disse isso.

– E a senhora foi sincera?

– Não falei por falar, se é isso que quer dizer. Fui professora do ensino médio por 27 anos. Vi muitos garotos acabarem na cadeia. Vi muitos outros serem mortos nas ruas. Nunca disse uma palavra a respeito deles para os jornais. Está vendo esta cicatriz aqui?

Ela apontou para o bíceps imenso, carnudo.

Myron fez que sim com a cabeça.

– Foi uma facada. De um aluno. Também levei um tiro uma vez. Confisquei mais armas do que qualquer detector de metais – disse, baixando o braço. – É por isso que prefiro trabalhar com os mais novos. Antes de ficarem desse jeito.

– Mas Curtis era diferente?

– Curtis era mais do que um bom menino – respondeu ela. – Ele foi um dos melhores alunos que já tive. Era sempre educado, gentil e nunca causou o menor problema. Mas também não era um bundão, entende? Os outros garotos gostavam dele. E era bom em todos os esportes. Estou lhe dizendo, aquele rapaz era fora de série.

– E quanto à mãe dele? – perguntou Myron. – Como ela era?

– Deanna? – falou, ajeitando um pouco o corpo. – Uma boa mulher. Como muitas dessas jovens mães de hoje em dia. Solteira. Orgulhosa. Fazia o que fosse preciso para sobreviver. Mas Deanna era inteligente e rigorosa. Curtis tinha hora de voltar para casa. As crianças de hoje nem sabem o que significa isso. Algumas noites atrás, um menino de 10 anos foi baleado às três da manhã. Agora me diga uma coisa, Myron: o que um garoto dessa idade está fazendo nas ruas às três da manhã?

– Quem me dera saber.

Ela brandiu a mão no ar.

– Enfim, você não quer ficar ouvindo os devaneios de uma velha.

– Não estou com pressa.

– Você é muito gentil, mas veio aqui por um motivo. Um bom motivo, imagino.

Ela encarou Myron. Ele assentiu, mas continuou calado.

– Muito bem – prosseguiu ela, espalmando as mãos sobre as coxas. – Do que estávamos falando?

– Deanna Yeller.

– Isso mesmo. Deanna. Sabe de uma coisa, eu também penso bastante sobre ela. Era uma mãe muito dedicada. Comparecia a todas as festas da escola. Adorava as reuniões de pais e professores. Ficava maravilhada com todos aqueles elogios que fazíamos a seu filho.

– A senhora conversou com ela depois da morte de Curtis?

– Não.

Ela balançou a cabeça com força e suspirou.

– Nunca mais tive notícias de Deanna... Pobre mulher. Não houve funeral. Não houve nada. Cheguei a telefonar para ela algumas vezes, mas ninguém atendeu. Foi como se tivesse sumido da face da Terra. Mas eu entendi. A vida sempre foi dura para ela. Desde o começo. Ela viveu nas ruas, sabia?

– Não. Quando?

– Ah, faz muito tempo. Ela nem sabia ao certo quem era o pai de Curtis. Mas saiu dessa vida. Largou as drogas. Trabalhou como um burro de carga, em qualquer emprego que conseguisse. Tudo pelo seu menino. E então, de uma hora para outra... – disse, balançando novamente a cabeça. – Ele morre.

– A senhora conhecia Errol Swade? – perguntou Myron.

– O suficiente para saber que ele não prestava. Passou a vida inteira entrando e saindo da prisão. Era filho da irmã de Deanna. A irmã era viciada. Acabou morrendo de overdose. Deanna teve que acolher Errol. Ele era da família e Deanna era uma mulher responsável.

– Como Errol se dava com Curtis?

– Na verdade, os dois se davam muito bem, se levarmos em consideração como eram diferentes.

– Bem, talvez não fossem tão diferentes assim – comentou Myron.

– O que você quer dizer?

– Errol o convenceu a invadir aquele clube de tênis.

Lucinda Elright o analisou por um instante antes de pegar um biscoito e começar a mordiscá-lo. Um pequeno sorriso brincou em seus lábios.

– Ora, Myron, você sabe que isso não é verdade – falou enfim. – É um rapaz inteligente. Curtis também era. O que ele iria querer roubar naquele lugar? Não faz sentido assaltar um clube daqueles à noite. Pense bem.

Myron já havia pensado. Ficou feliz ao ver que outra pessoa tinha as mesmas reservas que ele quanto à versão oficial.

– Então o que a senhora acha que aconteceu?

– Já pensei muito no assunto, mas não sei ao certo. Aquela noite inteira não faz muito sentido para mim. Mas acho que Curtis e Errol foram vítimas de uma armação. Mesmo que Curtis tenha decidido roubar e mesmo que tenha sido burro o suficiente para invadir aquele clube, não acredito que tenha atirado em um policial. As pessoas podem mudar, mas isso seria como um tigre trocar de listras. É simplesmente inacreditável demais.

Ela tornou a se ajeitar no sofá, empertigando o corpo.

– Meu palpite é que aconteceu alguma besteira naquele clube de brancos ricos e eles precisaram de dois garotos negros para levar a culpa. Mas veja bem, não sou assim. Não sou do tipo que acha que os brancos estão sempre tramando contra os negros. Não penso dessa forma. Mas, neste caso, não sei o que mais pode ter acontecido.

– Obrigado, Sra. Elright.

– Lucinda. E, Myron, posso lhe pedir um favor?

– Diga.

– Quando descobrir o que realmente aconteceu a Curtis, não deixe de me contar.

33

Myron e Jessica foram para Nova Jersey jantar no Baumgart's, como costumavam fazer no mínimo duas vezes por semana. O Baumgart's era uma combinação estranha. Durante meio século fora uma lanchonete e delicatéssen muito popular, o tipo de estabelecimento em que os vizinhos almoçavam e os garotos levavam suas namoradas depois da escola. Oito anos atrás, um imigrante chinês chamado Peter Chin comprara o local e o transformara no melhor restaurante chinês da região – mas sem se livrar do velho ar de lanchonete. Ali você ainda podia girar em um banco, cercado por metais cromados, liquidificadores e pegadores de sorvete de molho na água. Podia pedir um milk-shake para acompanhar o seu *dim sum* e batatas fritas com frango general Tso. Quando moraram juntos pela primeira vez, Myron e Jess costumavam comer ali pelo menos uma vez por semana. Agora que haviam voltado, retomaram a tradição.

– É o assassinato de Alexander Cross – falou Myron. – Não consigo tirá-lo da cabeça.

Antes que Jess pudesse responder, Peter Chin chegou. Myron e Jess nunca faziam seus pedidos. Peter escolhia para eles.

– Camarão para a bela dama – disse ele, colocando o prato diante de Jess – e frango à Szechuan e berinjela para o homem indigno de rastejar aos seus pés.

– Boa, essa – rebateu Myron. – Muito engraçada.

Peter fez uma mesura.

– No meu país, sou considerado um homem muito engraçado.

– Deve ter muita risada sobrando no seu país.

Myron olhou para seu prato.

– Eu odeio berinjela, Peter.

– Você vai comer e implorar por mais – disse ele. – Bom apetite – concluiu, sorrindo para Jess e saindo.

– OK – falou ela –, o que tem Alexander Cross?

– A questão não é Alexander em si, mas Curtis Yeller. Todos dizem que ele era um menino de ouro. A mãe era muito presente, morria de amores pelo filho, tudo o que você possa imaginar. Agora, age como se nada tivesse acontecido.

– "Há um sofrimento que não pode ser colocado em palavras" – respondeu Jessica – "Há uma dor que não cessa jamais."

Myron pensou por um instante.

– *Os miseráveis?*

O antigo jogo de adivinhar citações.

– Correto, mas qual personagem disse isso?

– Valjean?

– Não, sinto muito. Mário.

Myron assentiu.

– De qualquer maneira – falou ele –, foi uma péssima citação.

– Eu sei. Estava escutando no carro – comentou ela. – Mas talvez a frase não esteja tão longe da verdade.

– "Um sofrimento que não pode ser colocado em palavras"?

– Sim.

Ele bebericou sua água.

– Então faz sentido para você uma mãe fingir que nada aconteceu.

Jessica deu de ombros.

– Seis anos se passaram. O que você quer que ela faça? Caia em prantos todas as vezes que você aparecer?

– Não – respondeu Myron –, mas acho que ela deveria querer saber quem matou o filho.

Antes de tocar em seu camarão, Jessica estendeu o braço por cima da mesa e fincou o garfo em um pedaço do frango de Myron. Não na berinjela. No frango.

– Talvez ela já saiba – falou Jess.

– O quê? Você acha que ela também foi comprada?

Jessica tornou a dar de ombros.

– Quem sabe? Mas não é isso que está incomodando você.

– Ah, não?

Jess mastigou com delicadeza. Até a maneira como ela mastigava a comida era bonita de se ver.

– O que o deixou com a pulga atrás da orelha – prosseguiu ela – foi ter visto Duane com a mãe de Curtis Yeller naquele quarto de hotel.

– Você precisa admitir que é uma coincidência e tanto – insistiu ele.

– Alguma teoria?

Myron refletiu por um instante.

– Não.

Jessica garfou outro pedaço de frango.

– Você poderia perguntar a Duane – aconselhou ela.

– É mesmo. Posso simplesmente falar: "Puxa, Duane, andei seguindo você e percebi que está enrabichado com uma mulher mais velha. O que tem a me dizer sobre isso?"

– É, isso talvez seja um problema – concordou Jess. – Mas você ainda pode abordar o outro ângulo da questão.

– Deanna Yeller?

Jessica fez que sim com a cabeça.

Myron provou o frango. Antes que Jess acabasse com ele de vez.

– Não custa tentar – disse ele. – Quer vir comigo?

– Ela vai ficar assustada – comentou Jess. – É melhor você me deixar em casa.

Eles terminaram de jantar. Myron até comeu sua berinjela. Estava muito boa. Peter lhes trouxe uma deliciosa sobremesa de chocolate, o tipo de coisa que engordava só de olhar. Jessica caiu dentro. Myron se conteve.

Depois cruzaram a ponte George Washington de volta à Henry Hudson

Parkway e seguiram para oeste. Ele a deixou em frente a seu loft na Spring Street, no Soho. Depois de sair, Jess se inclinou para dentro do carro.

– Vai passar aqui mais tarde? – perguntou.

– Claro. Pode me esperar usando aquele uniforme de empregada francesa.

– Eu não tenho um uniforme de empregada francesa.

– Ah, que pena.

– Talvez a gente possa comprar um amanhã de manhã – disse ela. – Enquanto isso, vou procurar algo adequado para a ocasião.

– Maravilha – falou Myron.

Jess se afastou do carro. Subiu as escadas até seu loft, que ocupava metade do terceiro andar do prédio. Girou a chave e entrou. Quando acendeu as luzes, levou um susto ao ver Aaron estirado no sofá.

Antes que pudesse se mover, outro homem – que usava uma camisa de redinha – surgiu atrás dela e encostou uma arma em sua têmpora. Um terceiro homem, negro, passou a chave na porta e girou o trinco de segurança. Também tinha uma arma.

Aaron sorriu para ela.

– Olá, Jessica.

34

O TELEFONE DO CARRO de Myron tocou.

– Alô.

– Oi, querido, é a tia Clara. Obrigada por me indicar.

Clara não era sua tia de verdade. Tia Clara e tio Sidney eram apenas amigos de longa data de seus pais. Clara fora colega da mãe de Myron na faculdade de direito. Myron a indicara para representar Roger Quincy.

– Como está indo o caso? – perguntou ele.

– Meu cliente me pediu que lhe transmitisse uma mensagem importante – disse Clara. – Ele frisou que, como sua advogada, devo tratar isso como alta prioridade.

– O quê?

– O Sr. Quincy me disse que você lhe prometeu um autógrafo de Duane Richwood. Bem, ele gostaria que fosse uma *fotografia* autografada, não um simples autógrafo. *Colorida*, se não for muito incômodo. Gostaria também que tivesse uma dedicatória, se possível. A propósito, ele lhe contou que é fã de tênis?

– Acho que ele pode ter mencionado, sim. Sujeito engraçado, não?

– Uma figura. Risadas garantidas. Estou até com o corpo dolorido de tanto rir. Sinto como se estivesse defendendo um comediante.

– Então, o que acha? – perguntou Myron.

– Em termos legais? O homem é doido de pedra. Mas isso não o torna culpado de assassinato e, o que é mais importante, não significa que a promotoria tenha como provar que seja.

– O que eles têm?

– Evidências circunstanciais inúteis. Ele estava no Aberto de Tênis. Grande coisa, junto com um zilhão de outras pessoas. Seu passado é esquisito. E daí? Até onde sei, ele nunca fez uma ameaça contra Valerie. Ninguém o viu atirar nela. Nenhum dos testes o liga à arma ou àquela sacola da Feron's com o buraco de bala. Como disse, evidências circunstanciais inúteis.

– Só para constar – disse Myron –, eu acredito nele.

– A-hã.

Clara não quis dizer se também acreditava. Não tinha importância.

– Conversamos mais tarde, bonitinho. Cuide-se.

– Você também.

Ele desligou e discou o número de Jake.

– Escritório do xerife Courter – atendeu uma voz ríspida.

– Sou eu, Jake.

– Porra, o que você quer agora?

– Nossa, que saudação mais simpática – ironizou Myron. – Preciso usá-la qualquer hora dessas.

– Meu Deus, você é um pé no saco.

– Sabe de uma coisa? Não consigo entender por que você não é convidado para mais festas.

Jake assoou o nariz. Alto. Pássaros fugiram voando de toda a região metropolitana de Nova York.

– Diga logo o que quer – cortou ele. – Antes que o seu humor cáustico me deixe mortalmente ferido.

– Você ainda tem aquela cópia dos arquivos de Cross? – perguntou Myron.

– Tenho.

– Eu gostaria de conversar com o médico-legista do caso e com o policial que atirou em Yeller – falou Myron. – Acha que consegue arranjar isso para mim?

– Pensei que não tivesse havido autópsia.

– Não oficialmente, mas o senador mencionou algo a respeito.

– Hã, sei – falou Jake. – Conheço o policial que disparou a arma. Jimmy Blaine. Um bom homem, mas não vai falar com você.

– Não estou interessado em prejudicá-lo.

– Puxa, que alívio – disse Jake.

– Só quero algumas informações.

– Jimmy não vai falar com você, tenho certeza disso. Aliás, por que você precisa de tudo isso?

– Descobri uma ligação entre os assassinatos de Valerie e Alexander Cross.

– Que tipo de ligação?

Myron explicou. Assim que concluiu, Jake disse:

– Ainda não vejo nada, mas ligo para você caso consiga alguma coisa.

Ele desligou.

Myron deu sorte e encontrou uma vaga a dois quarteirões do hotel. Entrou como se fosse um hóspede e pegou o elevador até o terceiro andar. Parou em frente ao quarto 322 e bateu à porta.

– Quem é? – perguntou Deanna Yeller com uma voz alegre, cantarolada.

– Serviço de quarto – respondeu Myron. – Flores para a senhora.

Ela escancarou a porta com um sorriso rasgado. Como da primeira vez em que eles se encontraram. Quando não viu flores – e, mais exatamente, ao ver Myron –, o sorriso desapareceu. Também como da primeira vez.

– Aproveitando bem sua estadia? – perguntou Myron.

Ela nem se deu o trabalho de esconder a irritação.

– O que você quer?

– Não acredito que está na cidade e não me ligou. Um homem menos maduro ficaria insultado.

– Não tenho nada para lhe dizer.

Ela começou a fechar a porta.

– Adivinhe com quem acabei de conversar.

– Não me importa.

– Lucinda Elright.

A porta parou. Aproveitando a expressão ligeiramente atordoada de Deanna, Myron deslizou para dentro do quarto pela abertura estreita.

Deanna se recompôs.

– Quem?

– Lucinda Elright. Uma das professoras do seu filho.

– Não me lembro de nenhuma das professoras dele.

– Ah, mas ela se lembra de você. Disse que era uma mãe maravilhosa.

– E daí?

– Também disse que Curtis era um aluno extraordinário, um dos melhores que teve na vida. Falou que seu filho tinha um futuro promissor pela frente. Que ele nunca criou problemas.

Deanna Yeller colocou uma das mãos no quadril.

– Aonde quer chegar?

– Seu filho não tinha ficha criminal. O histórico escolar dele era perfeito, não havia uma detenção sequer. Ele era um dos melhores alunos da turma, talvez *o* melhor. Você claramente acompanhava de perto suas atividades. Era uma mãe excelente, que estava criando um rapaz excelente.

Ela desviou o olhar. Poderia estar olhando pela janela, se as persianas não estivessem fechadas. A TV zumbia baixinho. Um comercial de picapes voltado para o público masculino com uma atriz de novela. Atriz de novela, picapes – que gênio da publicidade teria pensado numa combinação dessas?

– Isso não é da sua conta – sussurrou ela.

– A senhora amava seu filho, Sra. Yeller?

– O quê?

– Amava seu filho?

– Saia daqui. Agora.

– Se a senhora se importava minimamente com seu filho, ajude-me a descobrir o que aconteceu com ele.

Ela o fuzilou com o olhar.

– Não me venha com essa – rebateu Deanna. – Você não se importa com meu filho. Só está tentando descobrir quem matou aquela menina branca.

– Talvez. Mas as mortes de Valerie Simpson e de seu filho estão interligadas. É por isso que preciso da sua ajuda.

Ela balançou a cabeça.

– Você não escuta muito bem, não é? Eu já disse: Curtis está morto. Nada pode mudar isso.

– Seu filho não era do tipo que roubava. Não era do tipo que carregava armas e as usava para ameaçar policiais. Esse simplesmente não é o garoto que a senhora criou.

– Não importa – falou ela. – Ele está morto. Não posso trazê-lo de volta.

– O que ele estava fazendo no clube de tênis naquela noite?

– Não sei.

– Onde a senhora arranjou todo esse dinheiro de repente?

Golpe certeiro. Deanna Yeller ergueu os olhos, surpresa. O velho truque de mudar de assunto para ganhar atenção. Nunca falhava.

– O quê?

— Sua casa em Cherry Hill — esclareceu Myron. — Foi comprada à vista quatro meses atrás. E sua conta bancária no First Jersey. Apenas depósitos em dinheiro ao longo dos últimos seis meses. De onde veio todo esse dinheiro, Deanna?

Seu rosto demonstrou sua fúria. Então ela relaxou de repente e abriu um sorriso sinistro.

— Talvez eu tenha roubado — falou. — Como meu filho. Você vai me entregar?

— Ou talvez seja de um suborno.

— Suborno? Pelo quê?

— Diga você.

— Não — retrucou ela. — Não preciso lhe dizer nada.

— Por que está aqui, em Nova York?

— Para visitar as atrações turísticas. Agora vá embora.

— Uma dessas atrações seria Duane Richwood?

Sequência de golpes certeiros. Ela se deteve.

— O quê?

— Duane Richwood. O homem que esteve no seu quarto na noite passada.

Ela o encarou.

— Você anda nos seguindo?

— Não. Só a ele.

Deanna Yeller pareceu apavorada.

— Que tipo de homem é você? — falou ela devagar. — Gosta desse tipo de coisa? Vigiar as pessoas? Vasculhar suas contas bancárias? Você as segue como uma espécie de voyeur?

Ele ficou calado. Deanna abriu a porta.

— Não tem vergonha? — concluiu ela.

O argumento da mulher o deixou um pouco constrangido.

— Estou tentando encontrar um assassino — justificou-se Myron, mas o tom de sua voz não pareceu convincente nem aos próprios ouvidos. — Talvez a pessoa que matou seu filho.

— E não importa quem acabe magoando em nome disso, não é?

— Não é bem assim.

— Se quiser mesmo fazer algum bem, deixe tudo como está.

— O que quer dizer com isso?

Ela balançou a cabeça.

— Curtis está morto. Valerie Simpson também. Errol... — ela começou a dizer, mas se deteve. — Já chega.

— Como assim? O que tem Errol?

Mas ela só continuou balançando a cabeça.

– Apenas esqueça isso, Myron. Pelo bem de todos. Apenas esqueça.

35

JESSICA SENTIU O CANO frio da arma contra sua têmpora.

– O que você quer? – perguntou.

Aaron fez um gesto. O homem atrás dela cobriu sua boca com a mão livre. Puxou-a com força em direção a seu corpo. Jessica pôde sentir a saliva quente contra seu pescoço. Ficou difícil respirar. Ela girou a cabeça de um lado para o outro. Seu peito arfava, lutando por mais ar. Por fim, foi dominada pelo pânico.

Aaron se levantou do sofá. O negro se aproximou, sua arma ainda apontada para ela.

– Não há motivo para preliminares – falou Aaron com calma.

Ele tirou seu paletó branco. Sem camisa por baixo, revelou seu corpo depilado de fisiculturista. Contraiu um pouco os peitorais. Seus músculos ondularam, como torcedores fazendo ola em um estádio.

– Se ainda conseguir falar depois que terminarmos, não deixe de contar para Myron que fui eu – disse Aaron, estalando todos os dedos. – Detesto quando meu trabalho não é reconhecido.

– Devo quebrar a mandíbula dela? – perguntou o homem com camisa de redinha. – Para ela não poder gritar nem nada?

Aaron pensou por um instante.

– Não – disse enfim. – Eu até gosto de um grito aqui e ali.

Os três homens riram.

– Eu sou o segundo – falou o negro.

– O cacete – rebateu o homem de camisa de redinha.

– Você sempre vai antes de mim – queixou-se o negro.

– Está bem, vamos tirar no cara ou coroa.

– Você tem moeda? Eu nunca ando com dinheiro trocado.

– Calem a boca – disse Aaron.

Silêncio.

Jessica se debatia ferozmente, mas o homem de camisa de redinha era forte demais. Ela o mordeu e conseguiu ferir de leve um de seus dedos. Ele gritou e a chamou de vadia. Então girou sua cabeça de uma maneira que não parecia possível. A dor desceu por sua coluna. Seus olhos se arregalaram.

Aaron estava prestes a desabotoar a calça quando aconteceu.

Um tiro. Ou mais de um. Jessica teve a impressão de que havia sido apenas um, mas isso seria impossível. A mão que tapava sua boca se afrouxou e deslizou para baixo. A arma contra sua têmpora caiu no chão. Jessica se virou apenas o suficiente para ver que o homem atrás dela estava sem rosto e basicamente sem cabeça também. Ele morreu bem antes de suas pernas perceberem e o deixarem desmoronar no chão.

Aparentemente ao mesmo tempo, a metade de trás da cabeça do negro voou pelo cômodo. Ele também caiu no chão como um pedaço de carne.

Aaron se moveu com uma velocidade fantástica. Antes mesmo de a primeira bala atingir seu alvo, ele havia rolado no chão e sacado uma arma. Tudo – os disparos, os homens caindo, Aaron rolando para uma posição segura – acontecera em menos de dois segundos. Aaron se levantou com a arma apontada para Win, que lhe apontava a sua. Jessica estava paralisada. Win devia ter entrado pela janela da varanda, embora ela não pudesse imaginar como ele conseguira fazer isso e há quanto tempo estava ali.

Win abriu um sorriso descontraído e meneou de leve a cabeça.

– Puxa vida, Aaron, você está bem sarado.

– Tento me manter em forma. Fico feliz que tenha notado.

Os dois homens continuaram com suas armas apontadas um para o outro. Nenhum dos dois piscou. Nenhum dos dois parou de sorrir. Jessica continuava sem se mexer. Seu corpo tremia como se estivesse febril. Ela sentiu algo pegajoso em seu rosto e se deu conta de que provavelmente era massa cinzenta do homem aos seus pés.

– Tive uma ideia – prosseguiu Aaron.

– Uma ideia?

– Para acabar com este impasse. Acho que você vai gostar, Win.

– Pois diga.

– Nós dois baixamos nossas armas ao mesmo tempo.

– Até agora não me parece muito interessante – disse Win.

– Ainda não terminei.

– Que indelicadeza da minha parte. Por favor, continue.

– Nós dois já matamos homens com as próprias mãos – falou Aaron. – Nós dois sabemos que gostamos disso. E muito. Também sabemos que existem poucos adversários dignos de serem enfrentados neste mundo. Além disso, sabemos que é raro sermos realmente desafiados, se é que já fomos algum dia.

– E daí?

– E daí que estou propondo o teste definitivo.

O sorriso de Aaron ficou mais radiante.

– Você e eu – continuou ele. – De homem para homem, numa luta mano a mano. O que me diz?

Win mordeu o lábio superior.

– Intrigante – falou.

Jessica tentou dizer algo, mas sua língua não obedeceu. Ficou simplesmente parada ali, seu rosto petrificado. A coisa que costumava usar uma camisa de redinha sangrava sem se mover um milímetro.

– Uma condição – disse Win.

– Qual?

– Aconteça o que acontecer, Jessica será libertada.

Aaron deu de ombros.

– Não faz diferença. Frank irá pegá-la alguma outra hora.

– Talvez. Mas não hoje.

– Combinado – falou Aaron. – Mas ela não pode ir embora antes de acabar.

Win meneou a cabeça para ela.

– Espere diante da porta, Jessica. Quando a lutar terminar, saia correndo.

– Mas você precisa esperar até o final – acrescentou Aaron.

Jessica conseguiu recuperar a voz.

– Como vou saber que acabou?

– Um de nós estará morto – explicou Win.

Ela assentiu, entorpecida. Não conseguia parar de tremer. Os dois homens ainda apontavam suas armas um para o outro.

– Conhece o procedimento? – perguntou Aaron.

– Claro.

Sem largar as armas, os dois homens levaram as mãos ao chão. Depois, simultaneamente, giraram os canos de modo que deixassem de apontar para o adversário. Então ambos soltaram as armas ao mesmo tempo e, em sincronia, as chutaram para um canto.

Aaron sorriu.

– Resolvido – disse.

Win assentiu.

Eles se aproximaram devagar. O sorriso de Aaron se alargou, adquirindo um ar totalmente maníaco. Ele assumiu uma estranha posição de combate – estilo dragão, gafanhoto, ou sabe-se lá o quê –, chamando o adversário com um gesto da mão esquerda. Seu corpo era torneado, todo músculos. Ele se agigantou diante de Win.

– Você se esqueceu da premissa básica das artes marciais – disse Aaron.

– Que seria? – perguntou Win.
– Um bom homem grande sempre derrotará um bom homem pequeno.
– E você se esqueceu da premissa básica de Windsor Horne Lockwood III.
– Ah, é?
– Ele sempre carrega duas armas.

De forma quase indiferente, Win enfiou a mão no coldre em sua perna, sacou uma arma e disparou. Aaron se agachou, mas ainda assim a bala o atingiu na cabeça. A segunda teve o mesmo destino. A terceira também, imaginou Jessica.

O homem grande caiu no chão. Win se aproximou para analisar o corpo inerte, virando a cabeça de um lado para o outro, como um cachorro escutando um som estranho.

Jessica ficou observando-o em silêncio.

– Você está bem? – perguntou ele.
– Estou.

Win continuou olhando para baixo. Balançou a cabeça e fez um "tsc, tsc".

– O que foi? – perguntou Jessica.

Win se virou para ela, um sorriso quase tímido brincando em seus lábios. Por fim, deu de leve com os ombros.

– Acho que não sou muito fã de lutas limpas.

Ele tornou a olhar para o corpo no chão e começou a rir.

36

JESSICA NÃO QUERIA FALAR no assunto. Queria fazer amor. Myron entendia. Morte e violência fazem isso com as pessoas. A linha tênue. Sem dúvida toda aquela história de "reafirmar a vida" depois de um confronto com o Ceifador fazia sentido.

Quando terminaram, Jessica deitou a cabeça sobre o peito dele, seus cabelos formando um leque deslumbrante. Ficou calada durante um bom tempo, com Myron acariciando suas costas. Por fim, ela disse:

– Ele gosta, não gosta?

Myron sabia que ela estava falando de Win.

– Sim.
– Você também? – perguntou Jess.
– Não como Win.

Ela ergueu a cabeça e o encarou.

– É uma resposta um tanto evasiva.
– Uma parte de mim odeia mais do que você pode imaginar.
– E a outra parte? – instigou ela.
– É seu grande teste. Você sente uma espécie de barato, isso é inegável. Mas não é nada parecido ao que acontece com Win. Ele sente falta dessa sensação. Precisa dela.
– E você, não?
– Gosto de pensar que a abomino.
– Mas é verdade?
– Não sei – respondeu Myron.
– Foi assustador – disse ela. – Win foi assustador.
– Ele também salvou sua vida.
– Eu sei.
– É isso que Win faz. E ele é bom nisso, o melhor que já vi. Tudo com ele é preto no branco. Não existe ambiguidade moral. Se você passa dos limites, não tem perdão, nenhuma misericórdia, nenhuma chance de se justificar. Você está morto. Ponto final. Aqueles homens vieram para machucar você. Win não estava interessado em reintegrá-los à sociedade. Eles fizeram uma escolha. No instante em que entraram no seu apartamento, já estavam condenados.
– Parece retaliação em massa – falou ela. – Você mata um dos nossos, nós matamos 10 dos seus.
– É mais do que isso – disse Myron. – Win gosta de dar lições. Ele interpreta o que faz como um extermínio. Aqueles homens não passavam de pulgas incômodas para ele.
– E você concorda com isso?
– Nem sempre. Mas entendo o princípio. O código moral de Win não é igual ao meu. Faz tempo que nós dois sabemos disso. Mas ele é meu melhor amigo e eu colocaria minha vida nas mãos dele.
– Ou a minha – disse ela.
– Exatamente.
– E qual é o seu código moral? – perguntou Jessica.
– Digamos apenas que ele é flexível.
Jessica assentiu, tornando a deitar sua cabeça sobre o peito de Myron. Era bom sentir o calor dela contra as batidas de seu coração.
– As cabeças deles – disse ela – simplesmente explodiram como melões.
– Win prepara as balas para maximizar o impacto.
– Para onde ele levou os corpos? – quis saber Jess.
– Não sei.

– Eles serão encontrados?
– Só se Win quiser.

Alguns minutos depois, os olhos de Jess se fecharam e sua respiração ficou pesada. Myron a observou cair em um sono profundo. Ela se aninhou contra seu corpo, parecendo pequena e frágil. Myron sabia o que iria acontecer no dia seguinte. Ela ainda estaria em uma espécie de choque – não entorpecida, mas em estado de negação. Tocaria sua rotina como se nada tivesse acontecido, fazendo um esforço extra para alcançar a normalidade, mas sem conseguir. Tudo pareceria só um pouco diferente do que no dia anterior. Não de forma drástica, apenas nos detalhes. O gosto da comida não seria bem o mesmo. O cheiro do ar também não. As cores teriam um tom quase imperceptivelmente distinto.

Às seis da manhã, Myron se levantou e tomou banho. Quando voltou, ela estava se sentando na cama.

– Aonde você vai? – perguntou ela.
– Encontrar Pavel Menansi.
– Tão cedo?
– Eles devem estar achando que Aaron resolveu o problema na noite passada. Talvez consiga pegá-los desprevenidos.

Ela puxou os lençóis para se cobrir.

– Pensei sobre o que você falou ontem à noite durante o jantar. Sobre a ligação com o assassinato de Alexander Cross.
– E...?
– Vamos supor que você tenha razão. Que outra coisa tenha acontecido naquela noite seis anos atrás.
– Como, por exemplo?

Ela se recostou contra a cabeceira.

– Vamos supor que Errol Swade não tenha matado Alexander Cross – falou Jess.
– A-hã.
– Bem, vamos supor também que Valerie tenha visto o que realmente aconteceu. E que, seja lá o que fosse, tenha sido a gota d'água para sua mente já abalada. Ela estava fragilizada por conta do que havia sofrido nas mãos de Pavel Menansi. Mas imaginemos que o que viu naquela noite tenha sido a causa determinante de seu colapso.

Myron assentiu.

– Prossiga.
– Agora, vamos deduzir que os anos passem. Valerie se fortalece. Recupera-se de forma extraordinária. Quer até voltar a jogar tênis. Mas, acima de tudo, quer enfrentar seu maior medo: a verdade sobre o que aconteceu naquela noite.

Ele percebeu aonde Jessica queria chegar.

– Então teria que ser silenciada.

– Isso mesmo.

Myron pegou uma calça. No decorrer dos últimos meses, suas roupas haviam começado uma lenta migração para o loft de Jess. Cerca de um terço de seu guarda-roupa já morava ali.

– Se você tiver razão – disse ele –, agora nós temos duas pessoas que queriam silenciar Valerie: Pavel Menansi e quem quer que tenha matado Alexander Cross.

– Ou alguém que queria proteger esses dois.

Ele terminou de se vestir. Jess detestou sua gravata e o mandou trocá-la. Myron obedeceu. Quando estava prestes a ir embora, disse:

– Por esta manhã, você está segura, mas quero que vá para algum outro lugar fora da cidade por um tempo.

– Quanto tempo? – perguntou ela.

– Não sei. Alguns dias. Talvez mais. Só até eu controlar essa situação.

– Entendo – falou Jess.

– Vai me contestar?

Ela se levantou da cama e começou a zanzar pelo quarto. Estava nua. Myron sentiu a boca ficar um pouco seca. Ficou olhando. Poderia olhar o dia inteiro. Jessica andava com a naturalidade de uma pantera. Cada movimento seu era flexível, maravilhoso e dotado de uma sensualidade bruta. Por fim, ela vestiu um roupão de seda.

– Sei que esta é a parte em que eu deveria ficar indignada e dizer que não vou mudar minha vida – falou ela. – Mas estou com medo. Também sou uma escritora que poderia tirar bom proveito de alguns dias de solidão. Então eu vou. Sem contestações.

Ele a abraçou.

– Você sempre me surpreende – disse.

– Como assim?

– Sendo tão racional. Quem diria?

– Estou tentando manter o mistério da relação – brincou ela.

Eles se beijaram. Com paixão. Era maravilhoso sentir o calor de sua pele.

– Por que não fica mais um pouco? – sussurrou Jessica.

Ele balançou a cabeça.

– Preciso chegar a Pavel antes que Ache descubra o que aconteceu.

– Só mais um beijo então.

Ele se afastou.

– Só se você me colocar dentro de um saco de gelo.

Myron soprou um beijo na direção dela e saiu do quarto. Havia sangue coagulado na parede de tijolinhos ao lado da porta. Cortesia da cabeça de Camisa de Redinha.

Não havia nem sinal de Win lá fora, porém Myron sabia que ele estava ali. Jess estaria em segurança até que arranjassem outro lugar para ela.

Pavel Menansi estava hospedado no Omni Park Central, na Sétima Avenida, em frente ao Carnegie Hall. Myron preferiria ter levado reforços, mas era melhor que Win não estivesse ali. Ele e Valerie tiveram algum tipo de relacionamento – que não se limitava à amizade entre suas famílias. Myron não sabia qual tinha sido a natureza dessa relação. Win se importava com pouquíssimas pessoas, mas era capaz de fazer qualquer coisa por esse grupo seleto. O resto do mundo não significava nada para ele. De alguma forma, Valerie entrara nesse círculo de proteção. Já seria difícil para Myron manter a própria raiva sob controle. Se Win estivesse ali – e se tivesse a oportunidade de questionar Pavel sobre seu "caso" com Valerie –, a coisa ficaria muito feia.

Pavel estava hospedado no quarto 719. Myron conferiu seu relógio. Seis e meia. Não havia muita atividade no saguão. Um faxineiro limpava o chão. Uma família exausta se preparava para fazer o check-out. Três crianças, todas choramingando. Os pais pareciam precisar de férias. Myron seguiu a passos firmes em direção ao elevador, com toda a naturalidade. Uma vez dentro dele, apertou o botão para o sétimo andar.

O corredor estava vazio. Bateu à porta quando chegou diante do quarto de Pavel. Ninguém atendeu. Tornou a bater. Continuou sem resposta. Tentou uma terceira vez. Nada. Estava prestes a descer e tentar o telefone do hotel quando um som o deteve. Ele parou e ouviu novamente. Fora quase imperceptível. Myron colou a orelha à porta.

– Olá? – chamou ele.

Alguém chorando. Baixinho. Cada vez mais forte. O choro de uma criança.

Desta vez, Myron esmurrou a porta. O choro ficou um pouco mais intenso.

– Você está bem? – perguntou Myron.

Mais choro, porém nenhuma palavra. Após cerca de um minuto, Myron começou a olhar pelo corredor, na esperança de que surgisse uma arrumadeira com seu carrinho e a chave mestra. Mas ainda eram seis e meia da manhã. O turno da arrumadeira ainda não teria começado.

Arrombar fechaduras não era a especialidade de Myron. Win era muito melhor nisso. Além do mais, ele não tinha as ferramentas necessárias. Mais choro vindo de dentro do quarto.

– Abra a porta – gritou.

A única resposta foi mais choro.

Que se dane, pensou.

Projetou o ombro para a frente e lançou o corpo contra a porta. Doeu bastante, mas a fechadura cedeu. Os soluços abafados continuaram, mas por um instante Myron se esqueceu deles.

Pavel Menansi estava esparramado na cama. Seus olhos arregalados já não enxergavam nada. Sua boca se congelara em uma expressão de surpresa. Sangue seco e escuro manchava seu peito onde a bala havia entrado.

Ele estava nu.

Myron ficou olhando por alguns momentos antes de o choro o tirar do transe. Ele se virou para a direita. O som vinha de trás da porta do banheiro. Myron caminhou na direção dele. Havia uma sacola plástica da Feron's no chão. O mesmo tipo que fora usado no Aberto dos Estados Unidos. O mesmo tipo encontrado no assassinato de Valerie.

A sacola tinha um buraco de bala.

Uma cadeira fora encaixada sob a maçaneta do banheiro. Myron a chutou e abriu a porta. Uma jovem estava sentada no chão, encolhida em um canto contra a privada, abraçando os joelhos. Myron a reconheceu na mesma hora. Era Janet Koffman, a nova estrela em ascensão do grupo de Pavel. Tinha 14 anos.

Ela também estava nua.

Janet ergueu os olhos para ele. Estavam arregalados, vermelhos e inchados. Seu lábio inferior tremia.

– Nós estávamos só conversando sobre tênis – disse ela com uma voz sem vida. – Ele é meu treinador. Estávamos apenas conversando sobre uma partida. Só isso.

Myron balançou a cabeça. Janet voltou a chorar. Ele se agachou e envolveu o corpo da menina com uma toalha. Estendeu a mão para tocá-la, mas ela se encolheu.

– Está tudo bem agora – tranquilizou Myron, sem saber o que mais podia dizer. – Você vai ficar bem.

37

Janet Koffman tinha parado de chorar. Estava sentada no sofá de dois lugares próximo à janela. Mantinha-se de costas para a cama e para o corpo de Pavel. Pelo que Myron conseguira descobrir, a tenista estava no banheiro quando alguém a trancou lá dentro com a cadeira e matou Pavel. Janet não vira nada. Também continuava insistindo em sua outra história: a de que os dois estavam apenas conversando sobre tênis. Myron preferiu não entrar em detalhes, como, por exemplo, por que eles teriam essa conversa nus.

Myron já ligara para a polícia. Ela chegaria a qualquer momento. A questão era: o que ele deveria fazer com Janet? Por um lado, queria protegê-la de tudo aquilo. Por outro, sabia que ela precisava lidar com o que havia sofrido, que não poderia simplesmente fingir que nada acontecera. Então como Myron deveria agir? Intrometer-se em uma investigação de homicídio ou deixá-la à mercê da truculência dos policiais e, o que era pior, da imprensa? Esconder a verdade não seria como dizer à garota que ela deveria se envergonhar do que acontecera? Mas, pensando melhor, o que seria dela se a história viesse à tona?

Myron estava totalmente perdido.

– Ele era um bom técnico – disse Janet baixinho.

– Você não fez nada de errado – tranquilizou Myron, notando mais uma vez como não soava nada convincente. – Aconteça o que acontecer, lembre-se disso. Você não fez absolutamente nada de errado.

Ela balançou a cabeça devagar, porém Myron duvidava de que tivesse sequer ouvido suas palavras.

Dez minutos depois a polícia chegou, com Dimonte no comando. Rolly parecia um verdadeiro molambo. Sua barba estava por fazer. Sua camisa, fora da calça e mal abotoada. Seu cabelo, todo desgrenhado. Havia remela nos dois olhos. As botas, no entanto, estavam bem engraxadas. Ele partiu para cima de Myron.

– Voltando à cena do crime, otário?

– É – respondeu ele. – Isso mesmo.

A imprensa surgiu à porta. Flashes começaram a espocar.

– Mantenham esses imbecis no saguão! – vociferou Dimonte.

Alguns policiais fardados empurraram os repórteres de volta.

– No saguão, eu disse! Não quero ninguém neste andar!

Dimonte se voltou para Myron. Krinsky entrou e parou ao seu lado. O bloquinho estava à mão.

– Oi, Krinsky – falou Myron.

Krinsky meneou a cabeça.

– Então, o que aconteceu aqui? – exigiu saber Dimonte.

– Vim ver Pavel e o encontrei deste jeito.

– Não brinque comigo, otário.

Myron não se deu o trabalho de retrucar. Estava cercado de tiras. Um legista abria um buraco no abdome de Pavel. Na região do fígado, sabia Myron. Tentando medir a temperatura do órgão para determinar a hora da morte.

Dimonte notou a sacola da Feron's no chão.

– Você tocou nisso?

Myron balançou a cabeça, negando.

Dimonte se agachou e olhou para o buraco de bala.

– Que gracinha – ironizou.

– Vai libertar Roger Quincy agora?

– Por que deveria?

– Porque antes não tinha nenhuma prova contra ele. Agora tem menos que nenhuma.

Dimonte deu de ombros.

– Poderia ser apenas um imitador. Ou... – acrescentou ele, estalando os dedos – ou alguém que queira tirar Quincy da cadeia – concluiu, com um sorriso. – Como você, Bolitar.

– É – disse Myron. – Você acertou em cheio.

Dimonte se aproximou, tornando a lançar seu olhar de machão para Myron. Então, como se tivesse se lembrado de repente, sacou depressa seu palito de dentes e o colocou na boca. Voltou a encará-lo e mascou o palito.

– Eu estava enganado – disse Myron.

– Sobre o quê?

– Sobre o palito de dentes ser um clichê. Na verdade, é muito intimidador.

– Continue de gozação, espertinho.

– Está cedo demais para isso, Rolly.

– Preste atenção, babaca, quero saber o que você está fazendo aqui.

– Já falei. Eu vim ver Pavel.

– Por quê?

– Para propor que ele treinasse um dos meus jogadores.

– Às seis e meia da manhã?

– Eu acordo cedo. As pessoas costumam me chamar de Raio de Sol.

– Eu deveria chamar você de Mentiroso de Merda.

– Aaaai! – exclamou Myron. – Essa doeu.

Dimonte começou a mascar o palito de dentes com energia renovada. Quase dava para ouvir algo se agitando dentro de sua cabeça.

– Então explique para mim, Bolitar – intimidou ele com a sombra de um sorriso nos lábios. – Você veio até o hotel para falar de negócios. Pegou o elevador para encontrar a nossa vítima aqui. Bateu à porta. Ninguém atendeu. Tudo certo até aqui?

– Sim.
– Então arrombou a porta com um chute, correto?
Myron ficou calado.
Dimonte se voltou para Krinsky.
– Isso faz sentido para você, Krinsky? Arrombar a porta desse jeito?
Krinsky ergueu os olhos do bloquinho, balançou a cabeça, tornou a baixá-los.
– Você sempre faz isso quando ninguém atende, otário? Arromba a porta à base de chutes?
– Eu não chutei. Usei meu ombro.
– Não tente me enrolar, Bolitar. Você não veio aqui para tratar de negócios. E não arrombou a porta só porque ninguém atendeu.
O legista cutucou o ombro de Dimonte.
– A bala está alojada no coração. Tiro certeiro. A morte foi instantânea.
– Hora da morte? – pergunto Rolly.
– Ele está morto há umas seis, talvez sete horas.
Dimonte conferiu seu relógio.
– Agora são sete. Isso significa que ele foi morto entre meia-noite e uma da manhã.
Myron se voltou para Krinsky.
– E ele nem precisou fazer a conta com os dedos.
Krinsky quase sorriu.
Dimonte lançou-lhe outro de seus olhares fulminantes.
– Você tem um álibi, Bolitar?
– Eu estava com minha namorada.
– Aquela tal de Jessica Culver?
– Exato.
Myron esperou Krinsky levantar a cabeça. Quando ele o fez, disse:
– O telefone dela é 555-8420.
Krinsky o anotou.
– Está bem, Bolitar, agora deixe de sacanagem. Por que você arrombou a porta?
Myron hesitou. Encarou Dimonte, que o encarou de volta e disse:
– E então?
– Venha comigo – chamou Myron baixinho, começando a sair do quarto.
– Ei, aonde você pensa que vai?
– Pela primeira vez na vida, Rolly, não seja babaca. Apenas cale a boca e me acompanhe.
Para surpresa de Myron, Dimonte ficou quieto. Seguiram pelo corredor em

silêncio. Krinsky continuou no local do crime. Myron parou diante de uma porta, sacou uma chave e a abriu. Janet Koffman estava sentada na cama. Usava um roupão do hotel. Se percebeu que eles haviam chegado, não demonstrou. Janet se balançava para a frente e para trás, sussurrando para si mesma.

Dimonte lançou um olhar interrogativo para Myron.

– O nome dela é Janet Koffman.

– A tenista?

Myron confirmou balançando a cabeça.

– O assassino a trancou no banheiro antes de balear Menansi. Eu a ouvi chorando quando bati à porta. Foi por isso que a arrombei.

Dimonte encarou Myron.

– Quer dizer que ela e Menansi estavam...?

Myron tornou a balançar a cabeça.

– Meu Deus, quantos anos ela tem?

– Quatorze, acho eu.

Dimonte fechou os olhos.

– Temos uma pessoa na delegacia – disse ele baixinho. – Uma médica. Ela é boa nesse tipo de coisa. Vou falar com o oficial encarregado da polícia de Manhattan para tirá-la daqui às escondidas, ver se ele pode ajudar a afastar a imprensa. Vou tentar manter o nome da vítima longe dos jornais por um tempo.

– Obrigado.

– Já lidei com essa espécie de situação antes, Bolitar. A garota vai precisar de ajuda.

– Eu sei.

– Alguma chance de ela própria ter apagado Pavel? Francamente, eu não me importaria nem um pouco, mas...

Myron balançou a cabeça.

– A maçaneta do banheiro estava escorada com uma cadeira pelo lado de fora. Não pode ter sido ela.

Dimonte mascou de leve seu palito de dentes.

– Muita consideração do assassino – disse ele.

– Como assim?

– Ele não queria que a garota visse o que aconteceu. Ao trancá-la no banheiro com a cadeira, se assegurou de que ela tivesse um álibi. E, acima de tudo, salvou-a de continuar nas mãos de Menansi.

Ele encarou Myron.

– Eu provavelmente daria uma medalha para esse cara se ele não tivesse matado Valerie Simpson.

– Eu também – concordou Myron.
Era algo em que pensar.

38

O ESCRITÓRIO DE MYRON ficava a apenas uns 10 quarteirões. Ele decidiu ir a pé. O trânsito estava totalmente parado na Sexta Avenida, embora os semáforos estivessem verdes e não houvesse nenhuma obra à vista. Todos buzinavam. Como se isso adiantasse alguma coisa. Um homem alinhado saiu de um táxi. Usava um terno risca-de-giz, relógio Tag Heuer de ouro e sapatos Gucci. Além de um boné verde com um cata-vento em cima e orelhas de plástico do Spock. Nova York, meu tipo de cidade.

Myron tentou refletir sobre a situação como um todo. A teoria mais popular – a teoria principal, por assim dizer – era basicamente a seguinte: Valerie Simpson sofrera abuso de Pavel Menansi. Quando recuperou suas forças, decidiu expô-lo. Essa exposição prejudicaria a saúde financeira da TruPro e dos irmãos Ache. Então eles eliminaram Valerie antes que ela pudesse fazer qualquer estrago. Tudo se encaixava. Tudo fazia sentido.

Até aquela manhã.

A teoria principal levara uma grande rasteira: Pavel Menansi também fora assassinado, e de forma muito semelhante a Valerie Simpson. Os propósitos das mortes de Valerie e Pavel entravam em conflito naquela teoria. Por que matar Valerie para proteger Menansi e logo depois matá-lo também? Não fazia sentido. Não era proveitoso para a TruPro nem para os irmãos Ache.

É claro que havia a possibilidade de Frank Ache ter decidido que Menansi era um risco grande demais, que seria apenas uma questão de tempo até ele ser exposto. Portanto seria melhor minimizar as perdas de uma vez. Mas, se Frank de fato quisesse Pavel morto, teria mandado Aaron fazer o serviço. Aaron estava morto à meia-noite. Era improvável demais que ele fosse o assassino. E, além disso, se Frank pretendesse matar Pavel, não haveria motivo para assustar Myron atacando Jessica.

Mais adiante na rua, uma mulher pálida com um megafone anunciava ter se encontrado com Jesus. Ela entregou um panfleto a Myron.

– Jesus me mandou voltar com esta mensagem – disse ela.

Myron assentiu e olhou para as manchas de tinta no papel.

– Pena que ele não lhe deu uma impressora decente.

A mulher lançou um olhar estranho para Myron e voltou a falar em seu megafone. Ele enfiou o panfleto no bolso e continuou andando. Sua mente voltou ao problema em questão.

Frank Ache não estava por trás do assassinato de Pavel. Pelo contrário, queria o treinador vivo porque ele significava *mucho dinero* para a TruPro. Frank havia inclusive contratado Aaron. Mandara-o machucar Jessica e proteger Pavel. Não faria sentido matar o principal trunfo da TruPro no mundo do tênis.

Então que conclusões poderiam ser tiradas disso?

Duas possibilidades. A primeira: estamos falando de dois assassinos com dois objetivos diferentes. O assassino de Pavel era oportunista, deixara para trás uma sacola da Feron's para colocar a culpa no assassino de Valerie. Ou a segunda: havia alguma outra ligação, ainda não descoberta, entre Valerie e Pavel. Myron preferia essa hipótese, que, naturalmente, o conduzia de volta à questão anterior.

O assassinato de Alexander Cross.

Tanto Valerie Simpson quanto Pavel Menansi haviam estado no clube de tênis Old Oaks naquela noite, seis anos atrás. Ambos eram convidados da festa. Mas e daí? Vamos supor que a hipótese sugerida por Jessica pela manhã estivesse correta: que Valerie Simpson houvesse visto algo naquela noite, talvez até soubesse a identidade do verdadeiro assassino. Vamos imaginar que tenha sido por isso que foi morta. Como Pavel Menansi entraria nessa história? Mesmo que tivesse visto a mesma coisa, ele passara anos sem abrir a boca. Por que falaria agora? Dificilmente se ofereceria para ajudar a pobre Valerie. Então qual a ligação? E quanto a Duane Richwood? Como ele se encaixava nessa equação, se é que se encaixava? E Deanna Yeller? Para completar, onde estava Errol Swade? Será que ainda estaria vivo?

Ele seguiu por três quarteirões na direção leste e então dobrou na Park Avenue. O majestoso (ou mesmo ostentoso) Helmsley Palace, ou Helmsley Castle, ou Helmsley sei lá o quê se erguia bem à sua frente, aparentemente no meio da rua, com o edifício da MetLife assomando sobre ele como um pai protetor. Durante eras aquele prédio tinha sido um ponto de referência em Nova York, o edifício da Pan Am. Myron não conseguia se acostumar à mudança. Todas as vezes que dobrava a esquina, ainda esperava ver a logo da companhia aérea.

A agitação era grande em frente ao prédio de Myron. Ele passou pela pavorosa escultura moderna que enfeitava a entrada. Parecia muito um intestino gigante. Myron procurara o nome da obra certa vez, mas, como era típico em Nova York, alguém tinha roubado a placa. Não conseguia imaginar o que se poderia fazer com a placa de uma escultura feia. Vendê-la, talvez. Quem sabe não existisse um mercado negro de placas de obras de arte – voltado para aqueles que não tinham dinheiro para comprar as obras roubadas propriamente ditas e se contentavam com as placas.

Teoria interessante.

Ele entrou no saguão. Três funcionárias da Lock-Horne, com seus sorrisos de plástico, estavam sentadas atrás de um balcão alto. Usavam tanta maquiagem que poderiam passar por atendentes da seção de cosméticos da Bloomingdale's. Mas, naturalmente, não vestiam o jaleco branco das verdadeiras atendentes da famosa loja de departamentos, então dava para saber que não eram maquiadoras profissionais. Ainda assim, as três eram muito bonitas – aspirantes a modelos que achavam aquele emprego mais interessante (além de colocá-las em contato com mais figurões em potencial) do que servir mesas. Myron passou por elas, sorriu, meneou a cabeça. Nenhuma olhou para ele. Hum. Deviam saber que ele estava comprometido com Jessica. É, só podia ser isso.

Quando a porta do elevador se abriu em seu andar, ele foi em direção a Esperanza. A blusa branca que usava contrastava muito bem com sua pele morena e impecável. Ela ficaria ótima em um comercial de bronzeador. O dourado perfeito sem um raio de sol.

– Olá – saudou ele.

Esperanza apoiou o telefone contra o ombro.

– É Jake. Quer atendê-lo?

Myron assentiu. Ela lhe entregou o fone.

– Oi, Jake.

– Uma garota fez autópsia parcial em Curtis Yeller – informou Jake. – Ela vai falar com você.

– Uma garota? – disse Myron.

– Mil perdões por não ser politicamente correto – retrucou Jake. – Às vezes ainda digo que sou preto.

– Isso é porque você é preguiçoso demais para dizer afrodescendente.

– É afrodescendente ou afro-americano?

– Agora é afrodescendente – confirmou Myron.

– Na dúvida – disse Jake –, pergunte a um branco azedo.

– Branco azedo – repetiu Myron. – Esta sim é uma expressão que já não se ouve muito por aí.

– O que é uma pena, por sinal. Enfim, a garota se chama Amanda West e era a médica-legista assistente. Pareceu empolgada para falar.

Jake lhe deu o endereço.

– E quanto ao policial? – perguntou Myron. – Jimmy Blaine?

– Sem chance.

– Ele ainda está na polícia?

– Não. Aposentado.

– Você tem o endereço dele?

– Tenho – confirmou Jake.

Silêncio. Esperanza manteve os olhos colados na tela do computador.

– Pode me dar? – perguntou Myron.

– Não.

– Não vou perturbá-lo, Jake.

– Eu disse não.

– Você sabe que posso descobrir o endereço sozinho.

– Ótimo, mas eu não vou lhe dar. Jimmy é um dos mocinhos, Myron.

– E eu também – disse Myron.

– Talvez. Mas às vezes os inocentes acabam feridos nessas suas missões.

– O que quer dizer com isso?

– Nada. Só deixe-o em paz.

– E por que você está tão melindrado? – insistiu Myron. – Só quero fazer algumas perguntas a ele.

Silêncio. Esperanza não ergueu os olhos.

– A não ser que ele tenha feito algo que não devia – prosseguiu Myron.

– Não importa – rebateu Jake.

– Mesmo que ele...

– Exatamente. Adeus, Myron.

O telefone ficou mudo. Myron olhou para o aparelho por um instante.

– Isso foi bizarro.

– A-hã – murmurou Esperanza, sem tirar os olhos da tela do computador. – Recados na sua mesa. Um monte.

– Você viu Win?

Esperanza balançou a cabeça.

– Pavel Menansi está morto – falou Myron. – Alguém o assassinou na noite passada.

– O cara que molestou Valerie Simpson?

– É.

– Puxa, estou arrasada. Espero que consiga dormir hoje à noite.

Esperanza finalmente desviou o olhar do monitor.

– Sabia que ele estava naquela lista de convidados que você me deu? – perguntou ela.

– Sabia. Encontrou algum outro nome interessante?

Ela quase sorriu.

– Sim, um.
– Quem?
– Pense num cachorrinho – disse Esperanza.
Myron balançou a cabeça.
– Pense na Nike – prosseguiu ela. – No contrato de Duane com a Nike.
Myron ficou petrificado.
– Ned Tunwell?
– Resposta correta!
A vida de Myron era cheia de apresentadores de programas de auditório.
– Ele consta na lista como E. Tunwell. O nome verdadeiro dele é Edward. Então investiguei um pouco. Adivinhe quem conseguiu o primeiro contrato de Valerie Simpson com a Nike.
– Ned Tunwell.
– E adivinhe quem ficou numa situação muito embaraçosa quando a carreira dela entrou em queda livre.
– Ned Tunwell.
– Uau! – exclamou ela, sarcástica. – Você parece um vidente.
Ela voltou a olhar para a tela do computador e começou a digitar.
Myron esperou.
– Algo mais? – perguntou ele.
– Só um boato bastante infundado.
– Qual?
– O de sempre em situações desse tipo – disse Esperanza, sem desgrudar os olhos da tela. – Que Ned Tunwell e Valerie Simpson eram mais do que amigos.
– Coloque Ned na linha – pediu Myron. – Diga a ele que preciso...
– Já marquei uma reunião para hoje – interrompeu ela. – Ele estará aqui às sete da noite.

39

A DRA. AMANDA WEST estava trabalhando como patologista-chefe no St. Joseph Medical Center, em Doylestown, não muito longe da Filadélfia. Myron parou no estacionamento do hospital. O rádio tocava "China Grove", o clássico dos Doobie Brothers. Myron cantou o refrão, que consistia basicamente em dizer "Oh, Oh, China Grove" sem parar. Ele começou a cantar mais alto, perguntando-se – não pela primeira vez – o que exatamente significava "China Grove".

Enquanto pegava o tíquete do estacionamento com o atendente, o telefone do carro tocou.

– Jessica está escondida – disse Win.

– Obrigado.

– Nos vemos amanhã na partida.

Clique. Brusco, até mesmo para Win.

Uma vez dentro do hospital, Myron perguntou à recepcionista onde ficava o necrotério. Ela o encarou como se ele fosse louco e respondeu:

– No subsolo, é óbvio.

– Ah, sim. Como nos seriados de TV.

Ele pegou o elevador e desceu um andar. Não havia ninguém por perto. Encontrou uma porta que dizia NECROTÉRIO e, usando mais uma vez seu fantástico poder de dedução, logo notou que aquele provavelmente era o necrotério. Myron, o vidente. Tomou coragem e bateu.

– Entre – respondeu uma voz feminina simpática.

O recinto era pequeno e tinha um cheiro desagradável. Duas mesas, uma de frente para a outra, ambas de metal, ocupavam metade do espaço. Estantes de metal. Cadeiras de metal. Várias bandejas e cestos de aço inoxidável espalhados por toda parte. Nenhum sangue neles. Nenhum órgão. Tudo muito limpo. Myron já havia testemunhado muitas cenas violentas, mas ver sangue ainda embrulhava seu estômago depois que o perigo passava. Apesar do que tinha dito a Jessica, não gostava de violência. Era bom em aplicá-la, isso era inegável, mas não gostava. Sim, a agressão era o mais perto que o homem moderno conseguia chegar do seu eu primitivo, por assim dizer. E, sim, a violência era o teste final do homem, em que se punham à prova ao mesmo tempo sua força física e sua sagacidade animal. Mas não deixava de ser repulsiva. Pelo menos em tese, o homem havia evoluído e se tornado um ser racional. Em última análise, agir violentamente era uma forma de "sentir um barato". Mas saltar sem paraquedas também.

– Posso ajudá-lo? – perguntou a simpática voz feminina.

– Estou procurando pela Dra. West – informou ele.

– Então já a encontrou – respondeu ela, levantando-se e estendendo a mão. – O senhor deve ser Myron Bolitar.

Amanda West abriu um sorriso branco e radiante, capaz de iluminar até mesmo aquele recinto. Ela era loura e jovial, com um nariz pequeno e arrebitado – absolutamente o oposto do que ele esperava. Não queria se prender a estereótipos, mas aquela mulher parecia um pouco alegre e animada demais para alguém que passava o dia lidando com corpos em decomposição. Myron tentou visualizar seu rosto sorridente abrindo um cadáver com uma incisão em formato de Y. Não conseguiu.

– O senhor queria falar sobre Curtis Yeller? – perguntou ela.

– Sim.

– Há seis anos que espero alguém vir perguntar. Entre. Tem muito mais espaço nos fundos.

Ela abriu uma porta às suas costas.

– Você tem medo?

– Hã, não.

A coragem em pessoa.

Amanda West tornou a sorrir.

– Na verdade, não há nada aqui. É só que algumas pessoas ficam assustadas com as gavetas.

Ele entrou na sala. As gavetas. Havia uma parede inteira de gavetas imensas. Cinco do chão ao teto, oito de um lado ao outro. Isso dava 40 gavetas. O mestre da matemática. Cabiam 40 corpos ali, 40 cadáveres em estado de putrefação. Pessoas que antes tinham vidas e famílias, amavam e eram amadas, que um dia se importaram com alguma coisa, lutaram e sonharam. Assustado? Por causa de um monte de gavetas? Você só pode estar brincando.

– Jake disse que a senhora se lembra de Curtis Yeller – falou ele.

– Claro. Ele foi meu caso mais importante.

– Desculpe se eu estiver sendo indiscreto – falou Myron –, mas a senhora me parece muito jovem para já ser médica-legista naquela época, seis anos atrás.

– Não é indiscrição nenhuma – disse ela, seu sorriso doce inabalável.

Myron sorriu de volta com a mesma doçura.

– Eu tinha acabado de terminar minha residência e trabalhava aqui duas noites por semana. A legista-chefe estava com o cadáver de Alexander Cross. Os dois corpos chegaram quase ao mesmo tempo. Então eu fiz a autópsia preliminar de Curtis Yeller. Não tive chance de fazer a autópsia completa. Não que precisasse de uma para saber como ele foi morto.

– E como ele foi morto?

– Ferimento à bala. Ele levou dois tiros. Um na parte inferior esquerda da caixa torácica – disse ela, inclinando-se para o lado e apontando o local no próprio corpo – e outro no rosto.

– Sabe dizer qual dos dois foi fatal?

– O tiro nas costelas não fez muito estrago – disse ela.

Sim, Amanda West era uma fofa. Ela entortava bastante a cabeça ao falar. Jess fazia a mesma coisa.

– Mas a bala que atingiu a cabeça de Yeller arrancou seu rosto como se ele fosse feito de massinha – continuou ela. – Não havia nariz. Os dois ossos malares ficaram estilhaçados. Um desastre. O tiro foi dado de muito perto. Não tive a oportunidade de fazer todos os testes, mas diria que a arma foi ou pressionada contra seu rosto ou estava a, no máximo, 30 centímetros de distância.

Myron quase recuou um passo.

– Está me dizendo que um policial atirou no rosto dele à queima-roupa?

Água gotejava numa pia de aço inoxidável, ecoando no recinto.

– Só estou apresentando os fatos – disse Amanda West com voz firme. – Tire as próprias conclusões.

– Quem mais sabe a respeito disso? – perguntou ele.

– Não sei ao certo. Mas estava uma bagunça lá dentro naquela noite. Geralmente trabalho sozinha, mas acho que havia uns seis outros caras comigo na ocasião. Nenhum deles trabalhava para o departamento de medicina legal.

– Quem eram eles?

– Policiais e agentes do governo – respondeu ela.

– Agentes do governo?

Amanda West assentiu.

– Foi o que me disseram. Trabalhavam para o senador Cross. Serviço Secreto ou coisa parecida. Confiscaram tudo: amostras de tecido, os projéteis que extraí, tudo mesmo. Disseram que era questão de segurança nacional. Aquela noite toda foi uma loucura. A mãe de Yeller conseguiu até entrar no necrotério uma vez. Ficou gritando comigo.

– Por quê?

– Ela insistiu para que não fosse feita a autópsia. Queria o filho de volta imediatamente. E conseguiu. Pela primeira vez, a polícia concordou. Não tinham qualquer interesse em que alguém analisasse aquilo de perto, então foi conveniente para todos os envolvidos.

Ela tornou a sorrir.

– Estranho, não acha? – comentou ela.

– A mãe não querer uma autópsia?

– Sim.

Myron deu de ombros:

– Já ouvi falar de pais que não queriam que fizessem autópsia de seus filhos.

– Concordo, por quererem que o corpo esteja preservado para um enterro decente. Mas aquele garoto não foi enterrado. Ele foi cremado.

Ela ofereceu outro sorriso, ainda mais doce.

– Entendo – disse Myron. – Então qualquer prova de transgressão policial foi queimada junto com Curtis Yeller.

– Exato – falou a legista.

– Então a senhora acha o quê? Que alguém a forçou a fazer isso?

Amanda West ergueu as mãos em um gesto de rendição.

– Bem, eu disse que foi uma situação estranha. O resto é com você. Eu sou apenas a médica-legista.

Myron assentiu novamente.

– Descobriu algo mais?

– Sim – disse ela. – E também achei estranho.

– Em que sentido?

– Você decide – falou ela, alisando seu jaleco. – Não sou especialista em balística, mas entendo um pouco de projéteis. Eu retirei dois do corpo de Yeller. Um da caixa torácica, outro da cabeça.

– Sim, e daí?

– Os dois projéteis eram de calibres diferentes.

Amanda West ergueu seu indicador. Qualquer vestígio de sorriso havia desaparecido de seu rosto. Sua expressão era clara e determinada.

– Entenda o que estou lhe dizendo, Sr. Bolitar. Não estou falando apenas de armas diferentes, mas de calibres diferentes. E agora vem a parte estranha: todos os agentes da polícia da Filadélfia usam armas do mesmo calibre.

Myron sentiu um calafrio.

– Então uma das duas balas foi disparada por alguém que não era um policial.

– E os homens do Serviço Secreto estavam armados – acrescentou ela.

40

MYRON RESOLVEU IGNORAR o conselho de Jake. Principalmente depois de ouvir Amanda West.

Não fora fácil descobrir o endereço do agente Jimmy Blaine. O homem havia se aposentado fazia dois anos. Mesmo assim, Esperanza descobriu que ele morava sozinho à beira de um pequeno lago na região montanhosa de Poconos. Myron levou duas horas na estrada tendo a natureza ao seu redor antes de parar no que esperava ser a entrada para carros correta. Ele conferiu seu relógio. Ainda daria para falar com Jimmy Blaine e chegar ao escritório a tempo para a reunião com Ned Tunwell.

A casa era rústica e pitoresca, do tipo que você esperaria encontrar nas montanhas. Caminho de entrada feito de cascalho. Dezenas de pequenos animais de madeira guardando a varanda da frente. O ar era pesado e parado. Tudo – o cata-vento, a bandeira dos Estados Unidos, a cadeira de balanço, todas as folhas da relva – mantinha-se assustadoramente inerte, como se aqueles objetos inanimados fossem capazes de prender a respiração.

Enquanto subia os degraus da varanda, Myron notou uma rampa aparentemente nova para cadeiras de rodas que também conduzia à porta da frente. A rampa parecia deslocada ali, como um doce açucarado em uma loja de produtos naturais. Não havia campainha, de modo que ele bateu à porta.

Ninguém atendeu. Estranho. Myron havia telefonado 10 minutos atrás, ouvido um homem atender e desligado. Ele poderia estar na parte de trás do terreno. Myron contornou a casa. Quando chegou ao quintal dos fundos, deu de cara com o lago. Era uma visão espetacular. O sol se refletia na água parada – a mesma imobilidade – e fez Myron apertar os olhos. Placidez. Tranquilidade. Myron sentiu a tensão em seus músculos se desfazer.

Um homem estava sentado em uma cadeira de rodas de frente para o lago. Um são-bernardo se esparramava a seus pés. O cachorro também se mantinha inerte. Ao se aproximar, Myron notou que o homem estava talhando madeira.

– Olá – chamou Myron.

O homem mal ergueu os olhos. Usava uma camisa vermelha e um boné puxado para baixo sobre um rosto envelhecido. Apesar do calor, tinha um cobertor estendido sobre as pernas. Havia um telefone sem fio ao alcance de sua mão.

– Olá – respondeu ele, voltando a talhar a madeira.

Se por acaso estava surpreso ou incomodado por ter companhia, sem dúvida tirava isso de letra.

– Lindo dia – disse Myron.

O vizinho simpático em pessoa.

– Pois é.

– O senhor é Jimmy Blaine?

– O próprio.

Mesmo sem a cadeira de rodas, era difícil visualizar aquele sujeito trabalhando durante 18 anos nas entranhas da Filadélfia. Pensando melhor, quando você estava ali, era difícil visualizar as entranhas da Filadélfia, ponto final.

Silêncio. Nenhum pássaro, cigarra ou qualquer outra coisa além do som da madeira sendo talhada.

Algum tempo depois, Myron perguntou:

– Choveu muito por aqui este ano?

Myron Bolitar, o sal da Terra, fazendeiro exemplar.
– Um pouco.
– Este é o seu cachorro?
– É. Ele se chama Fred.
– Oi, Fred.

Myron coçou atrás das orelhas do cachorro, que balançou o rabo sem mover nenhuma outra parte do corpo. Então soltou um peido bem alto.

– Bela casa que o senhor tem aqui – arriscou Myron.

Isso aí, só dois camaradas do campo jogando conversa fora. Myron quase esperava que um macacão se materializasse em seu corpo.

– A-hã – concordou o homem, sem parar de talhar a madeira.
– Olhe só, Sr. Blaine, meu nome é...
– Myron Bolitar – concluiu Blaine para ele. – Sei que é o senhor. Já estava esperando sua visita.

Ele não deveria ter ficado surpreso.

– Jake ligou?

Blaine balançou a cabeça sem erguer os olhos da madeira em suas mãos.

– Disse que o senhor é teimoso. Que não lhe daria ouvidos.
– Quero apenas lhe fazer algumas perguntas.
– Tudo bem, mas não tenho nada para lhe dizer.
– Não estou aqui para persegui-lo, Sr. Blaine.

Ele tornou a balançar a cabeça.

– Jake também disse isso. Falou que o senhor é boa gente. Que gosta de corrigir injustiças e tal.
– O que mais ele disse?
– Que o senhor não sabe cuidar da própria vida. Que é um espertalhão. Além de um grande pé no saco.
– Ele se esqueceu de mencionar que também sou ótimo dançarino – brincou Myron.

Pela primeira vez desde que ele havia chegado, Jimmy Blaine parou de talhar a madeira.

– Está tentando corrigir a injustiça cometida contra Curtis Yeller?
– Estou tentando descobrir quem o matou.
– Simples – disse Blaine. – Fui eu.
– Não, não acho que tenha sido.

Isso o deteve por um breve instante. Ele olhou Myron rapidamente de cima a baixo e então voltou a talhar.

– O senhor poderia me contar o que houve naquela noite? – perguntou Myron.

– O garoto sacou uma arma. Eu atirei nele. Ponto final.
– A que distância o senhor estava quando disparou?
Ele deu de ombros e talhou mais um pouco.
– Uns 10 metros, 12, talvez.
– Quantas vezes atirou?
– Duas.
– E ele simplesmente caiu no chão?
– Não. Ele dobrou uma esquina com o outro garoto, o tal Swade, se não me engano. Então eles sumiram.
– O senhor baleou um homem no rosto e nas costas e ele continuou correndo?
– Eu não disse que eles continuaram correndo. Os dois dobraram uma esquina. Sumiram depois dela. Na época eu não sabia, mas a família Yeller morava bem ali. Eles devem ter entrado por uma janela.
– Com uma bala no crânio?
Jimmy Blaine tornou a dar de ombros.
– Aquele tal de Swade deve ter ajudado – falou.
– Não foi isso o que aconteceu – disse Myron. – O senhor não o matou.
Blaine o encarou com firmeza e então voltou a talhar a madeira.
– É a segunda vez que diz isso – observou ele. – Vai me explicar aonde quer chegar?
– Yeller foi baleado duas vezes.
– Acabei de dizer que disparei dois tiros.
– Mas dois projéteis de calibres diferentes foram extraídos do corpo dele. Um dos projéteis, o que estava na cabeça, foi disparado à queima-roupa. A menos de 30 centímetros.
Jimmy Blaine ficou calado. Ele se concentrou no objeto que estava esculpindo. Parecia ser um animal, como os que enfeitavam a varanda da frente.
– Dois calibres diferentes, o senhor disse?
Ele tentou usar um tom indiferente, mas não conseguiu.
– Isso.
– Aquele garoto que eu baleei não tinha ficha criminal – prosseguiu Blaine. – O senhor sabe qual a probabilidade de uma coisa dessas? Naquela parte da cidade?
Myron confirmou com um aceno de cabeça.
– Eu o investiguei – continuou Blaine. – Por conta própria. Seu nome era Curtis Yeller. Ele tinha 16 anos. Era bom aluno. Um bom rapaz. Até aquela noite, tinha chances de ter uma boa vida.

– O senhor não o matou – insistiu Myron.

Blaine começou a talhar com mais intensidade. Piscava bastante.

– Como ficou sabendo sobre os projéteis?

– A médica-legista me disse – respondeu Myron. – O senhor nunca soube?

Ele balançou a cabeça negativamente.

– Mas acho que faz sentido – disse. – Pôr a culpa em mim. Por que não? Era mais simples. Os disparos foram legítimos. Ninguém os questionou. A investigação interna mal deu trabalho. Não prejudicou meu currículo. Não prejudicou ninguém. Nenhum dano, concluíram.

Myron esperou que Blaine dissesse algo mais, porém ele apenas continuou talhando. Àquela altura, era possível distinguir com clareza duas orelhas longas na madeira. Talvez ele estivesse esculpindo um coelho.

– O senhor sabe quem realmente matou Curtis Yeller? – perguntou Myron.

O mesmo silêncio preenchido pelo som da madeira sendo talhada se prolongou por um bom tempo. Fred tornou a peidar e a balançar o rabo. O lago não parava de atrair o olhar de Myron. Ele ficou observando a água prateada. O efeito era hipnótico.

– Nenhum dano – repetiu Jimmy Blaine. – Deve ter sido assim que eles pensaram. O bom e velho Jimmy. Não vamos deixar que ele seja punido. O episódio vai sumir do seu histórico. Ninguém vai ficar sabendo. Ora, alguns dos colegas irão até tratá-lo melhor, por ter participado de um tiroteio desses. Dirão que ele salvou a vida do parceiro. O bom e velho Jimmy vai sair dessa como um herói. Exceto por um detalhe.

Myron se sentiu tentado a perguntar qual, mas percebeu que a resposta estava por vir.

– Eu vi o garoto morto – prosseguiu Blaine. – Vi Curtis Yeller caído no próprio sangue. Vi sua mãe o segurar nos braços e chorar. Dezesseis anos. Se ele fosse um marginal, um viciado ou...

Ele parou por um momento e depois continuou:

– Mas não era nada disso. Não aquele garoto. Ele era um dos bons. Mais tarde descobri que ele nunca encostou um dedo no filho do senador. O outro, o tal Swade, aquele pivete, foi ele quem o apunhalou.

Dois patos chapinharam alucinadamente no lago por um instante, então pararam. Blaine largou sua escultura, então pensou melhor e a apanhou de volta.

– Eu repassei várias vezes os acontecimentos daquela noite na minha cabeça. Estava escuro, entende? Mal dava para enxergar. Talvez Yeller não pretendesse disparar. Talvez o que vi nem fosse uma arma. Ou nada disso tivesse importância. Talvez meus disparos tenham sido mesmo legítimos, mas ainda assim as peças nunca se encaixaram direito. Eu não parava de ouvir os gritos da mãe. Não parava de ver o rosto ensanguentado do filho morto no colo dela. E fiquei pensando no assunto, entende? E pensar nem sempre é bom para um policial. Quatro anos depois, na próxima vez em que um garoto apontou uma arma para mim, eu pensei na imagem de outra mãe chorando. Pensei bem, por muito tempo. Tempo de mais.

Ele apontou para as próprias pernas.

– E o resultado foi este.

Ele mudou de ferramentas e voltou ao trabalho.

– É, nenhum dano – concluiu.

Silêncio.

Myron finalmente entendeu a atitude de Jake ao telefone. Jimmy Blaine havia sofrido o bastante. Mesmo que tivesse agido mal no caso de Curtis Yeller, já pagara um preço alto. O problema era que Jimmy Blaine não tinha agido mal. Ele não havia matado Curtis Yeller – quer os disparos tivessem sido legítimos ou não. No fim das contas, Jimmy era apenas mais uma vítima daquela noite.

Alguns instantes depois, Myron tentou novamente.

– O senhor sabe quem matou Curtis Yeller?

– Não...

– Mas tem um palpite.

– Sim, talvez.

– Se importa de contá-lo para mim?

Blaine olhou para Fred, como se buscasse uma resposta. O cachorro manteve sua pose de tapete.

– Henry e eu, Henry era meu parceiro, recebemos a chamada logo depois da meia-noite – começou ele. – Os dois suspeitos tinham roubado um veículo de uma casa a três quarteirões do clube de tênis Old Oaks. Era um Cadillac Seville azul-escuro. Nós avistamos um veículo que se encaixava na descrição saindo da Roosevelt Expressway 20 minutos depois. Quando chegamos perto do carro roubado, os suspeitos aceleraram. Foi então que começamos uma perseguição em alta velocidade.

Sua voz havia mudado. Ele voltara a ser um policial, lendo o relato de um bloco de anotações que consultara muitas vezes no passado.

– Henry e eu seguimos o veículo até um beco próximo à Hunting Park Avenue e à Broad. A partir daí, continuamos a perseguição a pé. Os dois jovens ainda não haviam sido identificados, portanto não sabíamos seus endereços. A única coisa que tínhamos era o carro. Nós os perseguimos por vários quarteirões. Quando fizemos uma curva, o motorista sacou uma arma de fogo. Meu parceiro mandou que ele parasse e largasse a arma. Yeller reagiu apontando-a para Henry. Então eu disparei dois tiros. O jovem caiu ou saiu cambaleando pela esquina seguinte e desapareceu. Quando Henry e eu viramos a mesma esquina, já não havia sinal de nenhum dos dois. Calculamos que eles estivessem escondidos pela vizinhança e aguardamos reforços antes de continuar a busca. Isolamos a área da melhor forma possível, mas os policiais não foram os primeiros a chegar. Os supostos agentes do Serviço Secreto apareceram antes.

– Homens do senador Cross?

Blaine assentiu.

– Afirmaram ser da "segurança nacional", mas provavelmente eram mafiosos.

– O senador Cross me disse que não tem ligação com a máfia – falou Myron.

Jimmy Blaine ergueu uma sobrancelha.

– Está falando sério?

– Estou.

– Bradley Cross come na mão da máfia – falou Blaine. – Mais especificamente, da família Perretti. Cross é um jogador inveterado. Sei também que já foi pego duas vezes com prostitutas. Um de seus primeiros adversários, e estou falando da época em que ele era apenas um novato na política, acabou em um rio durante as primárias.

– E vocês conseguiram relacionar o crime a Cross?

– Nada que alguém pudesse provar. Mas nós sabíamos.

Myron refletiu por um instante. Era óbvio que o amado senador havia mentido para ele. Grande surpresa. Fizera Myron de idiota. Outra grande surpresa. Win tinha razão. Ele sempre se dava mal quando pensava o melhor sobre as pessoas.

– Então o que aconteceu em seguida?

– Os capangas do senador chegaram ao local quase imediatamente. Estavam monitorando nosso rádio. Recebemos uma transmissão ordenando que colaborássemos 100% com eles. Um verdadeiro esforço coletivo para encontrar aqueles garotos. Fico surpreso que tenhamos achado os dois primeiro. Os mafiosos geralmente são melhores nesse tipo de coisa do que a gente, sabe?

Myron sabia. A máfia tinha todas as vantagens em relação à polícia. Estavam mais próximos do submundo da cidade. Podiam pagar uma grana preta. Não precisavam se preocupar com regras, leis ou garantias constitucionais. Podiam amedrontar de verdade.

– Então o que houve?

– Começamos a vasculhar a área com lanternas, conferindo caçambas de lixo e tudo o mais. Policiais e mafiosos lado a lado. Não encontramos nada por algum tempo. Então ouvimos alguns tiros. Henry e eu corremos em direção a um prédio bastante humilde perto de onde eu havia baleado Yeller. Mas os homens do senador Cross já estavam ali.

Blaine se interrompeu. Inclinou-se e deu uma bela coçada nas orelhas de Fred. O cachorro continuou imóvel, somente abanando o rabo. Sem parar de fazer carinho no cão, Blaine disse:

– Bem, o senhor sabe o que nós encontramos.

Sua voz ficou mais baixa e apática:

– Yeller estava morto. A mãe o segurava nos braços. Ela primeiro ficou chamando seu nome sem parar. Com doçura, às vezes. Como se estivesse tentando acordá-lo para ir à escola. Então acariciou sua nuca, começou a niná-lo e lhe disse para voltar a dormir. Ficamos todos parados ali, olhando. Nem os mafiosos a incomodaram.

– E quanto aos outros tiros? – perguntou Myron.

– O que é que tem?

– Não se perguntou de onde eles vieram?

– Sim – respondeu ele. – Mas imaginei que os capangas tivessem atirado em Swade enquanto ele fugia. Não achei que chegassem a ser burros a ponto de admitir que os tiros haviam partido deles, mas foi o que pensei.

– Nunca lhe passou pela cabeça que eles poderiam ter atirado em Yeller?

– Não.

– Por que não?

– Já disse o estado em que a mãe ficou.

– Certo.

– Assim que percebeu que o filho não voltaria a acordar, ela começou a apontar e gritar. Queria saber quem tinha baleado seu menino. Queria olhar nos olhos do responsável, do assassino que o havia matado no meio da rua, a sangue-frio. Disse que Swade havia arrastado seu filho para dentro de casa daquele jeito. Já baleado e morto.

– Ela falou tudo isso? Que Swade o arrastou para dentro de casa e que já estava baleado?

– Falou.

Silêncio. Nenhuma ondulação no lago. Nenhum pássaro gorjeando. Nem mesmo o som de madeira sendo talhada. Vários minutos se passaram antes que Blaine levantasse a cabeça e apertasse os olhos. Por fim, ele disse:

– Fria.

– O quê? – perguntou Myron.

– Aquela mãe. Se ela estava mentindo sobre quem matou seu filho. Sempre me perguntei por que não houve nenhuma repercussão. A mãe nunca fez nenhum alarde. Não foi aos jornais. Não apresentou queixa. Não exigiu uma explicação.

Ele balançou a cabeça.

– Mas o que poderia ter feito com que ela agisse assim com o próprio filho, sangue do seu sangue? Como podem tê-la convencido tão rápido? Com dinheiro? Com ameaças? Com o quê?

– Não sei – disse Myron.

Jimmy Blaine terminou a escultura. Era um coelho. E muito benfeito, por sinal. Um pássaro finalmente gorjeou, mas não foi um som bonito. Mais um grasnido do que uma melodia. Blaine girou sua cadeira de rodas.

– Quer comer alguma coisa? – perguntou ele. – Estou indo fazer o almoço.

Myron conferiu seu relógio. Estava ficando tarde. Ele precisava voltar para o escritório para sua reunião com Ned Tunwell.

– Obrigado, mas preciso ir.

– Alguma outra hora, então. Quando tiver resolvido esse assunto.

– Sim – confirmou Myron.

Blaine soprou o pó de madeira do coelho.

– Ainda não entendo – disse ele.

– O quê?

Ele olhou para sua obra acabada, girando o coelho em sua mão, analisando-o por todos os ângulos.

– Uma mãe pode mesmo ser tão fria? – perguntou. – Quanto dinheiro eles lhe ofereceram? Quanto a assustaram? Será que existe dinheiro ou medo suficiente no mundo para fazer com que uma mãe aja assim com o próprio filho?

Ele balançou a cabeça novamente, largando o coelho de madeira no colo.

– Eu simplesmente não entendo.

Myron também não entendia.

41

M\ YRON VOLTOU PARA SEU Ford Taurus e seguiu na direção leste. Durante várias horas, não viu um só carro na estrada. Avistou basicamente árvores. Um monte delas. Ah, o campo. Myron não era um grande entusiasta desse estilo de vida. Não caçava, não pescava, nem nada parecido. O encanto parecia óbvio, mas simplesmente não era para ele. De alguma forma, estar sozinho na floresta sempre lhe trazia à mente os riscos que um lugar ermo como aquele podia oferecer. Ele precisava de gente. De movimento. De barulho. Barulho urbano.

Tinha muito mais informações sobre as mortes de Alexander Cross e Curtis Yeller do que há 24 horas, mas ainda não sabia se nada do que descobrira seria relevante para o caso de Valerie Simpson. E era isso que ele estava investigando. Revirar um assassinato de seis anos atrás podia até ser divertido, mas fugia ao seu objetivo. Ele estava atrás do assassino de Valerie. Queria encontrar a pessoa que decidira dar um fim à existência jovem e atormentada da moça. Talvez isso fosse mesmo o que chamam de corrigir uma injustiça. Ou de complexo de salvador ou de herói. Ou então de cavalheirismo. Não importava. Para Myron, era muito mais simples: Valerie merecia um destino melhor.

As estradas continuavam desertas. A velocidade fazia a vegetação que ladeava a estrada se transformar em um borrão de muralhas verdes. Errol Swade e Curtis Yeller tinham sido identificados por Jimmy Blaine e seu parceiro. Houve uma perseguição. Independentemente de os disparos terem sido legítimos ou não, Jimmy Blaine atirou em Curtis Yeller. Uma das balas provavelmente atingiu as costelas do rapaz, porém o fato mais importante era que outra pessoa o baleara na cabeça à queima-roupa. Essa pessoa havia usado uma arma de calibre diferente. E não era da polícia.

Então quem teria atirado em Curtis Yeller?

Àquela altura, a resposta parecia bem óbvia. Os homens do senador Cross – capangas, agentes de segurança ou seja lá o que fossem – estavam armados. Isso fora confirmado tanto por Amanda West quanto por Jimmy Blaine. Eles certamente tiveram a oportunidade. E o motivo também. Não importava se Cross havia ou não mentido para Myron. De qualquer forma, seria conveniente para o senador que Curtis Yeller e Errol Swade acabassem mortos. Suspeitos vivos poderiam falar, contar histórias envolvendo uso de drogas. Teriam a chance de contestar a versão de que Alexander Cross morrera como um herói. Homens mortos não contam histórias. E, o que é mais importante, não contradizem declarações de relações-públicas.

Quanto a Errol Swade, o misterioso "fugitivo", era quase certo que tivesse sido morto, possivelmente pelos tiros que Jimmy Blaine ouvira. Os homens do senador poderiam ter escondido o corpo e o desovado mais tarde. Não era garantido, mas, novamente, muito provável. Errol Swade estava em grande desvantagem. Não era nenhum gênio e tinha 1,93 metro de altura. Myron sabia por experiência própria como era difícil se esconder com um tamanho desses. A probabilidade de Swade fugir de uma busca policial por tanto tempo, sem contar todo o exército do submundo da máfia, era, como se costuma dizer, estatisticamente insignificante.

O sol começava a se pôr. Os raios estavam naquela posição ao mesmo tempo alta o suficiente para bater nos olhos de Myron e baixa o bastante para não serem barrados pelo para-sol. Myron apertou os olhos e desacelerou. Sua mente mudou de direção mais uma vez, voltando-se para os momentos que se seguiram aos disparos contra Yeller. De alguma forma, Curtis Yeller havia parado nos braços da mãe e, de alguma forma, alguém a influenciara. Poderia ter sido por meio de dinheiro ou ameaças – provavelmente uma combinação de ambos –, mas o fato era que Deanna Yeller havia sido convencida a ignorar a morte do filho.

Essa hipótese tinha algumas falhas, naturalmente. Por exemplo, o dinheiro. O filho de Deanna Yeller fora assassinado seis anos atrás – porém o primeiro depósito alto em sua conta ocorrera havia poucos meses. Por que um intervalo tão grande? Talvez ela estivesse ganhando tempo, escondendo o dinheiro debaixo do colchão ou coisa parecida. Por outro lado, se o dinheiro fosse de fato recente, as perguntas ficavam mais pontuais: por que Deanna começou a receber essas quantias de uma hora para outra? Por que Valerie tinha sido assassinada de repente? E como Pavel se encaixava nisso tudo?

Boas perguntas, por mais que ainda não houvesse respostas. Talvez Ned Tunwell tivesse alguma informação útil.

Algo chamou a atenção de Myron. Ele ergueu os olhos. Um carro apareceu de repente no retrovisor. Era grande. Preto. Com para-brisa fumê, de modo que não era possível ver o lado de dentro. A placa era de Nova York.

O carro preto foi para a faixa a seu lado, desaparecendo do retrovisor interno e surgindo no espelho do carona. Myron ficou observando seu avanço. O aviso gravado no espelho o lembrou de que os objetos poderiam estar mais perto do que pareciam. Obrigado pela dica. O carro preto acelerou um pouco. Quando chegou ao seu lado, Myron notou que era uma limusine. Lincoln Continental. Extralonga. As janelas laterais também eram de vidro fumê, o que tornava o interior invisível. Era como olhar para óculos estilo aviador gigantes. Myron pôde ver seu reflexo no vidro. Ele sorriu e acenou. Seu reflexo fez o mesmo. Bonitão.

A limusine já estava emparelhada com o carro de Myron. A janela traseira do lado do motorista começou a se abrir. Myron se surpreendeu quando surgiu uma arma.

Do nada, a arma disparou duas vezes, atingindo os pneus da frente e de trás do lado do carona de Myron. Ele deu uma guinada, lutando para recuperar o controle da direção. O carro derrapou para fora da estrada. Myron girou o volante e conseguiu desviar de uma árvore. O Ford Taurus parou com um baque.

Dois homens saltaram da limusine e seguiram em direção a ele. Estavam armados. Seus rostos, carrancudos e vigorosos. Ambos usavam ternos azuis. Um deles com boné dos Yankees. Terno executivo com boné de beisebol – combinação interessante.

Myron sentiu o coração subir até a garganta. Ele estava desarmado. Não gostava de carregar armas, não por nenhum tipo de moralismo, mas porque eram volumosas, desconfortáveis e ele raramente precisava usá-las. Win já o havia alertado quanto a isso, mas quem dá ouvidos a Win em assuntos como esse? Só que esse tinha sido um descuido da sua parte. Ele estava irritando gente muito poderosa e deveria ser mais precavido. Deveria ter pelo menos mantido uma arma no porta-luvas.

Tarde demais para autocensura. Por outro lado, talvez fosse sua última chance para tanto.

Os dois homens se aproximaram. Sem saber o que mais poderia fazer, Myron se abaixou. Começou a discar um número no telefone do carro.

– Saia do carro – vociferou um dos homens.

– Mais um passo e eu derrubo você agora mesmo – disse Myron.

Blefar era com ele.

Silêncio.

Myron discou furiosamente e pressionou o botão CHAMAR. Então ouviu um som parecido com o de um graveto se partindo, seguido de estática. O capanga com o boné dos Yankees quebrara sua antena. Nada bom. Myron se manteve abaixado. Abriu o porta-luvas e enfiou a mão dentro dele. Nada além de mapas e dos documentos do carro. Correu os olhos pelo chão, ansioso, em busca de algum tipo de arma. A única coisa que viu foi um isqueiro de carro. Por algum motivo, duvidava que isso fosse útil contra dois capangas armados. Mapas, documentos, isqueiro. A não ser que Myron se tornasse o MacGyver de repente, ele estava muito encrencado.

Já podia ouvir passos ao redor do carro. Sua mente buscava, alucinada, alguma saída. Nada lhe ocorria. Então escutou a porta da limusine se abrir novamente. Em seguida, alguém xingou baixinho. Pareceu "merda". Por fim, um suspiro profundo.

– Porra, Bolitar, não estou aqui de brincadeira.

A voz fez Myron sentir um calafrio. Algo se endureceu em seu peito. Sotaque nova-iorquino. Mais especificamente, da região de Bensonhurst, no Brooklyn. Frank Ache.

Isso não era nada bom.

– Saia dessa porra de carro, seu panaca. Não vim aqui para matar você.

– Seus homens atiraram nos meus pneus – gritou Myron.

– Exatamente. Se eu quisesse você morto, eles teriam atirado na sua cabeça.

Myron pensou no assunto.

– Bem colocado – disse enfim.

– É? Então que tal essa: tenho duas AKs bem ali na traseira da minha limusine. Se quisesse você morto, poderia pedir para Billy e Tony usá-las para dar uma pintura nessa merda que você chama de carro.

– Bem colocado de novo.

– Agora saia daí, porra – vociferou Frank. – Não tenho o dia inteiro. Panaca.

Myron não tinha escolha. Abriu a porta do carro e saiu. Frank Ache voltou para o banco traseiro da limusine. Billy e Tony o encararam, carrancudos.

– Entre aqui – chamou Frank.

Myron se encaminhou para a limusine. Billy e Tony bloquearam seu caminho.

– Entregue sua arma – falou o que usava o boné dos Yankees.

– Você é Billy ou Tony?

– A arma. Agora.

Myron apertou os olhos examinando o boné de beisebol.

– Espere um instante. Já entendi. Implante capilar, certo?

– Hã?

– Essa coisa de usar boné com terno. Você está cobrindo seu novo implante capilar.

Os dois homens se entreolharam. *Bingo*.

– Agora, panaca– disse o homem de boné. – A arma.

Panaca. A palavra da semana para os mafiosos.

– Você não disse "por favor".

A voz de Frank veio de dentro do carro.

– Pelo amor de Deus, Billy, ele não está armado. Estava só tentando confundir você.

A carranca de Billy ficou ainda mais fechada. Myron sorriu, virou as palmas das mãos para o céu e deu de ombros.

Tony abriu a porta. Myron deslizou para o banco de trás. Tony e Billy se sentaram na frente. Frank apertou um botão e a divisória subiu, isolando-os da parte dianteira do carro. A limusine tinha um minibar e uma televisão com videocassete. O interior era vermelho, vermelho-sangue, na verdade, o que, conhecendo o histórico de Frank, provavelmente ajudava a reduzir os gastos com limpeza.

– Bela caranga, Frank – elogiou Myron.

Frank usava suas roupas habituais: um conjunto de moletom aveludado uns dois números menor que o seu tamanho. O do dia era verde com detalhes em amarelo. O zíper da frente estava baixado até a metade, como tinha sido moda nas discotecas nos anos 1970. Ele era careca e tinha uma barriga grande o suficiente para que alguém pensasse que ele estava grávido de gêmeos. Ficou encarando Myron por vários segundos antes de falar.

– Você gosta de me foder, Bolitar?

Myron pestanejou.

– Puxa, Frank, que pensamento mais apetitoso.

– Você é maluco, sabia? Por que está sempre tentando me tirar do sério, hein?

– Ei, não fui eu quem mandou um bando de capangas estuprar sua namorada – disse Myron.

Frank apontou para o peito de Myron.

– Vai me dizer que não esperava por isso? Que não estava pedindo?

Myron continuou parado. Era idiotice falar sobre Jessica com aquele homem. Por impossível que parecesse, não dava para levar para o lado pessoal. Era preciso separar as coisas, parar de pensar em Frank como o homem que tentou fazer um mal terrível ao amor da sua vida. Pensamentos desse tipo eram, na melhor das hipóteses, contraproducentes. Na pior, eram suicídio.

– Eu avisei – prosseguiu Frank. – Cheguei até a mandar Aaron para você entender que eu estava falando sério. Sabe quanto Aaron cobra por dia?

– Não muito a esta altura – disse Myron.

– Ha, ha, estou morrendo de rir – retrucou Frank, mas ele não estava achando graça. – Tentei ser razoável com você. Deixei que ficasse com aquele garoto, o Crane. E como você me agradece? Fodendo os meus negócios.

– Estou tentando encontrar um assassino – falou Myron.

– E eu com isso, porra? Se quiser brincar de Batman, ótimo, mas não me faça perder dinheiro. Isso já é ir muito além dos limites. Pavel significava dinheiro para mim.

– Pavel também dormia com menores de idade – disse Myron.

Frank levantou as mãos.

– Ora, o que um sujeito faz na privacidade do seu quarto não me interessa.

– Como você é progressista, Frank. Anda votando nos democratas?

– Veja bem, panaca, você quer ouvir que eu sabia sobre Pavel? Está bem, eu sabia. Sabia que ele comia criancinhas. E daí? Eu lido com caras que fazem Pavel Menansi parecer a Madre Teresa. Não posso ser muito seletivo no meu ramo. Então, faço a seguinte pergunta a mim mesmo: o sujeito está me dando lucro? Se a resposta for sim, assunto encerrado. Essa é a minha regra. Pavel estava me dando lucro. Fim de papo.

Myron ficou calado. Estava esperando Ache chegar ao ponto, que ele tinha esperança de não ser uma bala na sua cabeça.

Frank sacou uma embalagem de goma de mascar. Dentyne. Jogou uma na boca.

– Mas não estou aqui para ficar filosofando com você. O fato é que Pavel está morto. Não está mais me dando lucro, então minha regra não se aplica mais, entende?

– Entendo.

– Eu sou apenas um homem de negócios – prosseguiu Frank. – Pavel não pode mais me render dinheiro. Isso significa que nossa rixa está resolvida. Então vou deixá-lo viver. Apagar você deixou de ser lucrativo para mim, entende?

Myron assentiu.

– Nós estamos tendo um momento de ternura, Frank?

Frank se inclinou. Seus olhos eram pequenos e negros.

– Não, seu cretino, não estamos. Da próxima vez, não vou pegar leve. Não vai adiantar esconder a sua namorada. Eu vou encontrá-la. Ou então vou escolher outra pessoa para apagar. Sua mãe, seu pai, seus amigos, até a porra do seu barbeiro.

– O nome dele é Pierre. E ele prefere ser chamado de "esteticista".

Frank o olhou bem nos olhos.

– Está de sacanagem comigo?

– Você acabou de ameaçar meus pais – disse Myron. – Qual seria a reação adequada?

Frank meneou a cabeça devagar e se recostou.

– Acabou. Por enquanto.

Ele apertou um botão e a divisória baixou.

– Sim, Sr. Ache? – disse Billy.

– Chame um reboque para o carro do Bolitar.

– Sim, Sr. Ache.

Frank se voltou para Myron.

– Saia da porra do meu carro.

– Não vai me dar um abraço antes?

– Fora.

– Posso fazer uma pergunta rápida?

– O quê?

– Você mandou matar Valerie para proteger Pavel?

Frank sorriu, mostrando seus dentes ruins de furão.

– Saia – disse ele. – Ou eu vou usar seu saco para guardar salgadinhos.

– Está certo, obrigado. Foi um prazer conversar com você, Frank. Mantenha contato.

Ele abriu a porta e saiu.

Frank deslizou pelo banco e esticou a cabeça para fora pela porta aberta.

– Conte para Win sobre a nossa conversa, OK?

– Por quê?

– Não interessa. Apenas conte para Win. Entendido?

– Entendido – respondeu Myron.

Frank fechou a porta. A limusine foi embora.

42

O REBOQUE NÃO DEMOROU A VIR. Myron chegou ao escritório às seis e meia. Ned ainda não havia chegado. Esperanza lhe entregou alguns recados. Ele foi para sua sala e retornou as ligações.

Esperanza ligou para seu ramal.

– A vadia. Linha três.

– Pare de chamá-la assim – disse ele, puxando a ligação em seguida. – Já voltou para o loft?

– Já – respondeu Jessica. – Até que não demorou.

– Sou rápido no gatilho – brincou Myron.

– E, mesmo assim, eu nunca reclamo.

– Ai.

– Então, o que houve? – perguntou ela.

– Alguém matou Pavel Menansi. Frank Ache já não precisa protegê-lo.

– Simples assim?

– São negócios. Com esses caras, a coisa é bem simples.

– Você não morre se isso não for lucrativo.

– É a regra fundamental.

– Você vai vir hoje à noite? – perguntou ela.

– Vou.

– Mas teremos nossa própria regra – disse Jess.

– Ah, é? Qual?

– É proibido falar sobre Valerie Simpson, assassinato ou qualquer coisa do gênero. Vamos esquecer essa história toda.

– Mas então o que vamos fazer?

– Transar até não poder mais.

– Acho que posso viver com isso – disse Myron.

Esperanza colocou a cabeça para dentro da sala:
– Ele chegooooou – anunciou.
Ele balançou a cabeça para Esperanza e voltou a falar com Jessica:
– Eu ligo mais tarde.
Myron colocou o telefone no gancho. Levantou-se e esperou. Uma noite sozinho com Jessica. Perfeito. Assustador, também. Tudo estava indo rápido demais. Ele não conseguia controlar. Jess estava de volta e as coisas pareciam melhores do que nunca. Isso o intrigava. Ele imaginava se conseguiria sobreviver a uma rasteira como a anterior, se seria capaz de suportar a dor novamente. Também se perguntava o que poderia fazer para se proteger. Nada. Quem dera ele soubesse se resguardar melhor.

Ned Tunwell praticamente saltou para dentro do escritório, com a mão estendida – como um radiante convidado de talk show surgindo de trás de uma cortina. Myron quase esperou que ele acenasse para a plateia. Ned sacudiu sua mão com força.
– E aí, Myron!
– Olá, Ned. Sente-se – convidou, sentando-se.
O sorriso de Ned murchou diante do tom de voz de Myron.
– Ei, não tem nada de errado com Duane, tem?
– Não.
Ned continuou de pé, mas o tom de sua voz deixou transparecer alguma insegurança:
– Ele não está machucado, está?
– Não, Duane está bem.
– Ótimo.
O sorriso voltou. Era difícil manter aquele homem desanimado.
– Aquela partida de ontem... Ele foi fantástico. Fantástico, Myron. Vou lhe contar, a maneira como ele deu a volta por cima... Não se fala em outra coisa. Foi uma maravilha para a imagem dele. Uma maravilha. Não poderíamos ter planejado nada melhor. Eu praticamente molhei as calças.
– A-hã. Sente-se, Ned.
– Claro.
Ned obedeceu. Myron torcia para que ele não deixasse nenhuma mancha na cadeira.
– Faltam poucas horas para o grande dia, Myron. As semifinais de sábado. Estádio lotado, muita gente assistindo pela TV. Você acha que Duane tem chances contra Craig? A imprensa parece achar que não.
Thomas Craig, segundo cabeça de chave. Melhores saque e voleio do momento. Estava jogando mais do que nunca.

– Sim – respondeu Myron. – Acho que Duane tem chances.
 Os olhos de Ned brilharam.
– Uau! Se ele vencer...
Ele se deteve e simplesmente balançou a cabeça, sorrindo.
– Ned?
Ele levantou a cabeça, os olhos arregalados.
– Diga.
– Quanto você conhecia Valerie Simpson?
Ned hesitou. Seus olhos ficaram um pouco mais opacos.
– Eu?
Myron confirmou com um gesto de cabeça.
– Um pouco, acho.
– Só um pouco?
– É.
Ned abriu um sorriso nervoso, lutando para mantê-lo na boca.
– Por quê?
– Não é o que eu ouvi dizer – provocou Myron.
– Não?
– Pelo que me disseram, foi você quem conseguiu que ela assinasse com a Nike. Era você o responsável pela conta de Valerie.
Ele se contorceu um pouco na cadeira.
– Bem, sim, é verdade.
– Então devia conhecê-la muito bem.
– Talvez, acho que sim. Por que está me perguntando isso, Myron? Qual o problema?
– Você confia em mim, Ned?
– Deixaria minha vida em suas mãos, Myron. Você sabe disso. Mas esse assunto é doloroso para mim, entende?
– O fato de ela ter morrido, você quer dizer?
Ned fez cara de quem chupou limão.
– Não – respondeu ele. – Estou falando de quando a carreira dela foi por água abaixo. Valerie foi a primeira pessoa que eu contratei para a Nike. Achei que ela fosse me levar ao topo. Em vez disso, me fez retroceder cinco anos. Foi dureza.
Mais uma pessoa terna...
– Quando ela caiu – prosseguiu Ned –, adivinhe quem levou a pior? Vá em frente, dê seu palpite.
Myron achou que a pergunta fosse retórica, mas Ned ficou esperando com uma expressão ansiosa no rosto.

– Você, Ned? – disse Myron enfim.
– Pode apostar que sim. Eu fui jogado pra escanteio, deixado de lado. Tive que recomeçar do zero. Tudo por causa de Valerie e seu colapso nervoso. Não me entenda mal, Myron. Estou bem agora... Bate na madeira.

Ele bateu com os nós dos dedos na mesa.

Myron fez o mesmo. Ned não percebeu o sarcasmo.

– Você conhecia Alexander Cross? – perguntou Myron.

As sobrancelhas de Ned saltaram.

– O que está havendo aqui?
– Confie em mim, Ned.
– Eu confio, Myron, de verdade, mas francamente...
– É uma pergunta simples: você conhecia Alexander Cross?
– Posso ter encontrado com ele alguma vez, não me lembro. Por meio de Valerie, é claro. Eles meio que estavam juntos.
– E quanto a você e Valerie?
– Como assim?
– Vocês meio que estavam juntos?

Ele estendeu a mão em um gesto de *pare*.

– Ei, espere um instante. Veja bem, Myron, eu gosto de você, sinceramente. Você é um cara honesto. Gosta das coisas em pratos limpos, como eu.
– Não, Ned, você não gosta das coisas em pratos limpos. Está me enrolando. Você conhecia Alexander Cross. Na verdade, estava no clube de tênis Old Oaks na noite em que ele foi assassinado.

Ned abriu a boca, mas nenhum som saiu dela. Conseguiu balançar a cabeça negativamente.

– Está aqui.

Myron se levantou e lhe entregou a lista de convidados da festa.

– Marcado em amarelo. E. Tunwell. Edward, vulgo Ned.

Ned baixou os olhos para o papel, os ergueu de volta e tornou a olhar para baixo.

– Isso faz muito tempo – falou ele. – O que tem a ver com todo o restante?
– Por que você está mentindo?
– Não estou mentindo.
– Você está escondendo alguma coisa, Ned.
– Não, não estou.

Myron o encarou. Os olhos de Ned correram de um lado para outro, buscando sem sucesso um porto seguro.

– Olha só, Myron, não é o que você está pensando.

– Eu não estou pensando nada. – Então: – Você foi para a cama com ela?
– Não!
Ned finalmente levantou a cabeça e o olhou firmemente.
– Essa porcaria de boato quase acabou com a minha carreira. É uma mentira que aquele verme do Menansi inventou a meu respeito. É mentira, Myron, eu juro.
– Foi Pavel Menansi quem espalhou esse boato?
Ned assentiu.
– Ele é um filho da puta nojento – disse Ned.
– Era.
– O quê?
– Pavel Menansi morreu. Alguém o assassinou na noite passada. Com um tiro no peito. Muito parecido com o que aconteceu a Valerie.
Myron fez uma breve pausa. Então apontou para Ned.
– Onde você estava na noite passada?
Os olhos de Ned se tornaram duas bolas de golfe.
– Você não pode estar achando que...
Myron deu de ombros.
– Se você não tem nada a esconder...
– Não tenho!
– Então me conte o que aconteceu.
– Não aconteceu nada.
– O que você está escondendo de mim, Ned?
– Não houve nada, Myron. Eu juro...
Myron suspirou.
– Você admitiu que Valerie Simpson prejudicou gravemente sua carreira. Admitiu que ainda acha "doloroso" o que ela fez. Também disse que Pavel Menansi espalhou boatos a seu respeito. Na verdade, se referiu a uma vítima recente de assassinato como, abre aspas, "um filho da puta nojento".
– Ora, o que é isso, Myron? Eu falei por falar.
Ned tentou se safar na base do sorriso, porém Myron manteve o rosto sério.
– Isso não quer dizer nada – argumentou Ned.
– Talvez não, talvez sim. Mas fico me perguntando como seus superiores na Nike vão reagir à repercussão de uma notícia dessas.
O sorriso continuou no mesmo lugar, mas estava vazio.
– Você não pode estar falando sério. Não vai sair espalhando um boato desses.
– Por quê? – perguntou Myron. – Vai me matar também?
– Eu não matei ninguém – gritou Ned.

Myron fingiu estar com medo.

– Não sei...

– Preste atenção. Valerie me levou para fora da festa naquela noite, OK? Nada mais. Nós nos beijamos, mas não passou disso, eu juro.

– Opa, vamos voltar um pouco – disse Myron. – Comece do começo. Vocês estavam na festa.

Ned deslizou até a beirada da cadeira e começou a falar depressa:

– Certo, eu estava na festa, OK? Valerie também. Nós chegamos juntos. Ela estava muito animada porque Alexander iria anunciar o noivado dos dois. Mas, quando ele desistiu, ela ficou puta da vida.

– Por que ele desistiu?

– O pai dele. Ele obrigou Alexander a cancelar o noivado.

– O senador Cross?

– É.

– Por quê? – perguntou Myron.

– E como eu vou saber? Valerie me disse que o sujeito era um escroto. Ela o odiava. Mas, quando Alexander se curvou dessa forma diante do pai, ela perdeu a cabeça. Quis se vingar. Dar o troco.

– E você estava à disposição...

Ned estalou os dedos.

– Exatamente, eu estava à disposição. Só isso. Não foi culpa minha, Myron. Eu estava no lugar errado, na hora errada. Você entende, não é?

– Então vocês dois saíram – disse Myron, instigando-o.

– Nós saímos e encontramos um lugar atrás de um galpão. Só nos beijamos, eu juro. Nada mais que isso. Então ouvimos um barulho e paramos.

Myron se sentou de volta.

– Que barulho?

– Primeiro, foi só alguém acertando bolas de tênis com uma raquete. Mas depois escutamos vozes alteradas. Uma delas era de Alexander. Então veio um grito terrível.

– O que você fez? – perguntou Myron.

– Eu? A princípio, nada. Valerie também gritou. Então começou a correr. Fui atrás dela. Eu a perdi de vista por um instante, daí fiz uma curva e vi para onde ela estava olhando. Alexander estava sangrando na grama. Os amigos dele estavam fugindo. Havia um negro alto em pé diante do corpo. Tinha uma raquete de tênis em uma das mãos e um canivete grande na outra.

Myron se inclinou.

– Você viu o assassino?

Ned assentiu.

– Ao vivo e em cores.

– E ele era o negro alto.

– Isso mesmo.

– Quantos eram?

– Dois. Os dois eram negros.

Era uma vez a teoria da armação. A não ser que Ned estivesse mentindo, do que Myron duvidava.

– O que aconteceu em seguida?

Ned se deteve por um instante.

– Você chegou a ver Valerie no auge? Dentro das quadras, quero dizer.

– Sim.

– Alguma vez notou a expressão nos seus olhos?

– Que expressão?

– É algo que alguns atletas têm. Larry Bird tinha. Joe Montana. Michael Jordan. Talvez você também tivesse. Bem, Val tinha essa expressão e estava com ela nos olhos naquela hora. O negro mais baixo começou a gritar com o grandalhão, dizendo coisas como "Olha só o que você fez", "Você é louco". Então os dois começaram a correr. Vieram bem na nossa direção. Eu fugi. Não sou idiota. Mas Valerie, não. Ela simplesmente ficou onde estava e esperou. Quando eles se aproximaram, ela soltou um grito muito alto e partiu para cima do menor. Foi inacreditável. Deu um encontrão nele como um jogador de futebol americano. Os dois foram parar no chão. O baixinho lhe deu uma pancada com a raquete e conseguiu se livrar dela.

– Você olhou bem para eles?

– Muito bem, acho.

– Você chegou a ver alguma foto de Errol Swade?

– Sim, claro, a foto dele apareceu na imprensa todos os dias por um bom tempo.

– E era o mesmo cara que viu naquela noite?

– Com certeza – respondeu ele sem titubear. – Não tenho a menor dúvida.

Myron remoeu as informações. Eles estiveram ali naquela noite. No clube Old Oaks. Myron se enganara. Lucinda Elright também. Swade e Yeller não eram meros bodes expiatórios.

– O que vocês dois fizeram em seguida? – perguntou Myron.

– Ora, a carreira dela já estava passando por problemas de sobra. Não queríamos esse tipo de repercussão na imprensa. Então eu a levei de volta para a festa. Não disse nada para ninguém sobre o assunto. De qualquer forma, Val não tinha nada a ver com o que havia acontecido. Ficou transtornada, mas era de esperar. Imagine só. Ela sai comigo para trair o namorado no exato momento em que ele está sendo morto. Bizarro, não?

Myron assentiu.

– Muito.

É o tipo de coisa que poderia ser a gota d'água para uma mente atormentada, pensou Myron.

43

Myron e Jessica cumpriram sua promessa. Não falaram sobre os assassinatos. Em vez disso, ficaram abraçadinhos e assistiram a *Pacto sinistro* na TV enquanto saboreavam a comida tailandesa que haviam pedido. Fizeram amor. Ficaram abraçadinhos e assistiram a *Janela indiscreta* enquanto devoravam um Häagen-Dazs. Tornaram a fazer amor.

Myron sentiu-se leve. Por uma noite, conseguiu esquecer o mundo de Valerie Simpson, Alexander Cross, Curtis Yeller, Errol Swade e Frank Ache. Foi bom. Bom demais. Ele começou a pensar em seu bairro e na cesta de basquete ao lado da entrada para carros da casa dos pais, mas então se obrigou a afastar esses pensamentos.

Horas mais tarde, os raios de sol da manhã o chutaram de volta ao mundo real. A fuga havia sido um paraíso e, por um instante, enquanto continuava na cama com Jessica, ele cogitou envolvê-la em seus braços e não ir a mais lugar nenhum. Por que sair dali? O que mais haveria no mundo que pudesse se comparar àquilo? Ele não conseguia imaginar.

Jessica o abraçou um pouco mais forte, como se tivesse lido seus pensamentos, mas os dois não ficaram assim por muito tempo. Em vez disso, vestiram-se em silêncio e seguiram de carro para o complexo de Flushing Meadows. Aquele era o dia da grande partida. A última terça-feira do Aberto dos Estados Unidos. Dois jogos pelas semifinais masculinas e, entre eles, a final feminina. O primeiro confronto do dia traria o cabeça de chave número dois, Thomas Craig, contra a maior surpresa do torneio, Duane Richwood.

Depois que atravessaram o portão, Myron entregou o canhoto de um ingresso a Jessica.

– Encontro você lá dentro – disse ele. – Quero falar com Duane.

– Agora? Antes da partida mais importante da carreira dele?

– Vai ser rápido.

Ela deu de ombros, encarou-o com incredulidade e pegou o canhoto.

Ele foi até a área reservada aos jogadores, mostrou sua identificação para o segurança e entrou. O lugar não era nada de grandioso, levando-se em conta que era o setor reservado aos participantes de um torneio daquela importância. Tinha cheiro de talco de bebê. Duane estava sentado sozinho em um canto. Ouvia seu walkman, com a cabeça jogada para trás. Myron não conseguiu ver se seus olhos estavam abertos ou fechados, pois, como sempre, Duane usava óculos de sol.

Quando ele chegou perto, Duane desligou a música. Ergueu a cabeça na direção de Myron, que conseguiu ver seu reflexo nas lentes dos óculos. Isso lhe trouxe à mente as janelas da limusine de Frank.

O rosto de Duane era uma máscara rígida. Ele tirou devagar os fones de ouvido e os deixou pender em torno do pescoço.

– Ela foi embora – falou Duane lentamente. – Wanda me deixou.

– Quando?

A pergunta era idiota e irrelevante, mas ele não sabia bem o que mais poderia dizer.

– Hoje de manhã. O que você contou para ela?

– Nada.

– Fiquei sabendo que ela foi falar com você – insistiu Duane.

Myron ficou calado.

– Disse para ela que me viu naquele hotel?

– Não.

Duane trocou a fita do seu walkman.

– Saia daqui – falou ele.

– Ela se importa com você, Duane.

– Que jeito mais curioso de demonstrar.

– Só quer saber o que há de errado.

– Não há nada de errado.

Duane levantou a cabeça e encarou Myron. Aqueles óculos de sol eram desconcertantes. Parecia que os dois estavam fazendo contato visual, mas como saber?

– Este jogo é importante – disse Myron –, mas não tanto quanto Wanda.

– Você acha que não sei disso? – estourou ele.

– Então diga a verdade a ela.

O rosto bem delineado de Duane sorriu devagar.

– Você não entende.

Ele brincou com o walkman, ejetando a fita e colocando-a de volta.

– Nem sabe qual é a verdade, mas acha que contá-la vai resolver tudo. Fica dizendo que a verdade liberta sem nem ter ideia do que é a verdade. A verdade nem sempre salva, Myron. Às vezes ela mata.

– Escondê-la não está dando certo – disse Myron.

– Daria, se você deixasse isso quieto.

– Uma pessoa foi assassinada. Não é algo que se possa "deixar quieto".

Duane colocou seus fones de volta.

– Talvez devesse ser – disse ele.

Silêncio.

Os dois homens se encararam sem piscar. Myron podia ouvir o zumbido abafado do walkman.

– Você estava presente na noite em que Alexander Cross foi assassinado – disse Myron a Duane. – Estava no clube com Yeller e Swade.

Eles continuaram se encarando. Atrás deles, Thomas Craig parou diante da porta. Carregava várias raquetes de tênis e o que parecia uma mala de mão. Os seguranças também estavam ali, com seus walkie-talkies e pontos de ouvido. Eles menearam a cabeça para Duane.

– Hora do show, Sr. Richwood.

Duane se levantou.

– Com licença – disse para Myron. – Tenho uma partida para jogar.

Ele seguiu Thomas Craig, que sorriu com educação. Duane fez o mesmo. Muito civilizado, o tênis. Myron observou os dois jogadores saírem. Ficou sentado por alguns minutos no vestiário vazio. Ao longe, pôde ouvir a vibração quando os dois homens entraram na quadra.

Hora do show.

Myron seguiu para seu lugar. Foi durante a partida – no quarto set, na verdade – que finalmente descobriu quem havia matado Valerie Simpson.

44

A ARQUIBANCADA ESTAVA LOTADA quando Myron se sentou. Duane e Thomas Craig ainda estavam se aquecendo, mandando lobs de fácil devolução um para o outro. Os torcedores flanavam, se misturavam, faziam social e se certificavam de serem vistos. As celebridades de sempre marcavam presença: Johnny Carson, Alan King, David Dinkins, Renee Richards, Barbra Streisand, Ivana Trump.

Jake e seu filho Gerard desceram até o camarote.

– Estou vendo que pegou os ingressos sem problemas – disse Myron.

Jake assentiu.

– Ótimos lugares.

– Nada é bom demais para os meus amigos.

– Não – falou Jake. – Estava falando dos seus.

Espertinho.

Jake e Gerard conversaram um pouco com Jessica antes de voltarem para seus lugares, que eram, inegavelmente, muito bem localizados. Myron correu os olhos pela plateia. Vários rostos conhecidos. O senador Bradley Cross estava ali com seus seguidores, incluindo Gregory Caufield, o velho amigo de seu filho. Frank Ache aparecera com o mesmo conjunto de moletom com o qual Myron o tinha visto no dia anterior. Frank meneou a cabeça para Myron, que não retribuiu o cumprimento. Kenneth e Helen van Slyke também estavam presentes – surpresa! –, sentados a alguns camarotes de distância. Myron tentou cruzar olhares com Helen, mas ela estava se esforçando ao máximo para fingir que não o via. Ned Tunwell e seus amigos (não confundir com Barney e seus Amigos, por mais compreensível que seja a confusão) estavam no camarote habitual. Ned também fazia de tudo para não ver Myron. Parecia menos animado do que de costume.

– Já volto – disse Jessica.

Myron ficou sentado. Henry Hobman já havia entrado no modo "partida de tênis".

– Oi, Henry – saudou ele.

– Pare de confundir a cabeça dele – falou Henry. – Seu trabalho é deixá-lo feliz.

Myron não se deu o trabalho de responder.

Win finalmente chegou. Usava uma camisa cor-de-rosa de um clube de golfe qualquer, calça verde berrante, sapatos de camurça brancos e um suéter amarelo sobre os ombros.

– Olá – cumprimentou Win.

Myron balançou a cabeça.

– Quem escolhe suas roupas?

– É o último grito da moda em matéria de sofisticação.

– Não neste mundo.

– *Pardonnez-moi, monsieur* Yves Saint Laurent– retrucou Win, sentando-se.

– Você falou com Duane?

– Só uma palavrinha para levantar o moral.

Jessica voltou. Cumprimentou Win com um beijo no rosto.

– Obrigada – sussurrou para ele.

Win ficou calado.

Eles se levantaram para o hino nacional. Quando acabou, uma voz com sotaque britânico pediu no alto-falante que todos baixassem suas cabeças em homenagem ao grande Pavel Menansi. Cabeças foram baixadas. A plateia fez silêncio. Alguém fungou. Win revirou os olhos. Dois minutos depois, o jogo começou.

A partida foi incrível. Ambos eram jogadores vigorosos, mas ninguém esperava nada parecido. O ritmo era uma coisa de outro mundo. Um mundo muito mais rápido. O velocímetro da IBM arrancava "Oohs" constantes dos torcedores. Os jogadores não demoravam muito a marcar pontos. Erravam, mas também faziam lances incríveis. O que se via era saque e voleio à moda antiga elevado à décima potência. Duane parecia uma máquina, golpeando a bola com uma fúria incomum, como se ela o tivesse ofendido. Myron nunca tinha visto nenhum dos dois tenistas jogar tão bem.

Win se inclinou para ele:

– Deve ter sido uma palavrinha e tanto – sussurrou.

– Wanda o deixou.

– Ah! – soltou Win, meneando a cabeça. – Está explicado. Ele se livrou das algemas.

– Não acho que seja isso, Win.

– Se você diz.

Myron não tentou discutir. Era como falar sobre cores com um cego.

Duane ganhou o primeiro set por 6-2. O segundo foi para o tiebreak, que Thomas Craig venceu. Quando o terceiro set começou, Win disse:

– O que você descobriu?

Myron o atualizou, tentando manter a voz baixa. Pouco depois, Ivana Trump fez "shh" na sua direção. Win acenou para ela.

– Ela me ama. Loucamente.

– Vai sonhando – disse Myron.

Durante uma mudança de lados no terceiro set, Win falou:

– Então primeiro nós achávamos que Valerie tinha sido eliminada porque sabia algo comprometedor sobre Pavel Menansi. Agora achamos que foi porque ela viu algo na noite em que Alexander Cross foi morto.

– É uma possibilidade – refletiu Myron.

Durante a troca de lados seguinte, Myron sentiu alguém cutucar seu ombro. Ele olhou para baixo, bem para baixo, e ficou surpreso com o que viu.

– Dra. Abramson – falou.

– Olá, Myron.

– É um prazer vê-la, doutora.

– Eu digo o mesmo – disse ela. – Seu cliente está jogando muito bem. Você deve estar feliz.

– Sinto muito – falou Myron –, mas não posso confirmar nem negar que Duane seja meu cliente.

Ela não sorriu.

– Era para ser engraçado?

– Imagino que não – disse Myron. – Não sabia que era fã de tênis.

– Eu venho todos os anos – disse ela. Então viu Win. – Olá, Sr. Lockwood.

Win meneou a cabeça.

– Dra. Abramson.

– Esta é minha namorada, Jessica Culver – indicou Myron.

As duas mulheres trocaram um aperto de mãos e sorrisos educados.

– É um prazer – cumprimentou a Dra. Abramson. – Bem, não quero incomodá-lo. Só vim mesmo dar um alô.

– Podemos conversar mais tarde? – perguntou Myron.

– Não, acho melhor não. Adeus.

– Sabia que Kenneth e Helen van Slyke estão aqui?

– Sim. E também sei que eles acabaram de dar uma saída.

Myron olhou na direção dos seus lugares. Vazios. Ele sorriu.

– Muito esperto. Vir me cumprimentar justamente quando eles não estão olhando.

– E me despedir – falou ela, retribuindo o sorriso e indo embora.

A partida recomeçou. O casal Van Slyke retornou durante a troca de lados seguinte. Myron se inclinou para Win.

– Como você conhece a Dra. Abramson?

– Eu visitava Valerie – respondeu ele.

– Com frequência?

Win não respondeu. Talvez tenha dado de ombros, talvez não. Seja como for, a mensagem foi que Myron cuidasse da própria vida. Ele olhou para Jessica. Ela também deu de ombros.

Na quadra, Duane estava ficando mais inconstante, porém ainda mandava bolas certeiras suficientes para manter a vantagem. Levou o terceiro set por 7-5. Vencia por dois sets a um – estava a apenas um set de chegar à final do Aberto dos Estados Unidos. O camarote da Nike era pura animação. Ned levava tapinhas nas costas. Até ele parecia estar se empolgando. Sim, era mesmo difícil deixar aquele homem desanimado.

O senador Cross assistia à partida em silêncio. Ninguém falava com ele, que não falava com ninguém. Nem mesmo durante os intervalos. Ele cruzou olhares com Myron apenas uma vez. Ficou olhando por um bom tempo, mas não se moveu. Helen e Kenneth van Slyke conversavam somente com as pessoas a seu redor, mas os dois pareciam desconfortáveis. Frank Ache ajeitou o próprio saco enquanto enchia o ouvido de Roy O'Connor, o presidente da TruPro. Frank parecia estar bem. Roy parecia estar com vontade de vomitar. Ivana Trump olhava ao redor. Todas as vezes que seu olhar cruzava com o de Win, ele lhe mandava beijos.

Foi no terceiro set, na hora de um serviço, que Myron finalmente começou a entender. Primeiro foi algo pequeno que lhe veio à cabeça, uma afirmação de Jimmy Blaine que não fazia muito sentido. Algo sobre a perseguição que ele e o parceiro haviam feito na Filadélfia. Então o restante foi simplesmente se encaixando. Quando a última peça fez clique, ele deu um pulo na cadeira.

Win e Jessica se entreolharam. O olhar de Myron estava distante.

– O que foi? – perguntou Jessica.

Myron se voltou para Win.

– Preciso falar com Gregory Caufield.

– Quando?

– Agora mesmo, no próximo intervalo. Você consegue deixá-lo sozinho?

Win assentiu:

– Com certeza.

45

Durante as primeiras rodadas do torneio, não era incomum haver 15 ou mais partidas acontecendo ao mesmo tempo. Os nomes de mais destaque geralmente jogavam na quadra principal ou na quadra adjacente, enquanto as outras partidas se davam em espaços menores, alguns sem arquibancada. Naquele dia, essas outras quadras estavam tão desertas que Myron quase esperava ver uma bola de feno passar rolando. Ele aguardou na quadra 16, que tinha o maior número de assentos depois das duas principais, embora menos do que a maioria dos ginásios escolares.

Myron se sentou em um banco de alumínio na primeira fileira. O sol havia ficado mais forte e estava em sua intensidade máxima. De vez em quando, ele ouvia a vibração da plateia na quadra principal, a uns 100 metros de distância.

Nos pontos altos do jogo, às vezes a torcida parecia estar tendo um orgasmo. A coisa começava com um ah-ah-ah baixinho, aumentava para um Ah-Ah e se transformava enfim no grande AH-AH-AH, seguido por um suspiro alto e aplausos.

Pensamento estranho.

Do tipo que distrai, também.

Ele ouviu Gregory Caulfield bem antes de vê-lo. O mesmo sotaque endinheirado que Win possuía disse:

– Windsor, posso saber para onde você está me levando?

– É logo aqui, Gregory.

– Tem certeza de que isso não pode esperar, meu velho?

Meu velho. Nenhum dos dois tinha sequer 35 anos e ele usava a expressão "meu velho".

– Não, Gregory, não pode.

Eles fizeram uma curva. Gregory arregalou um pouco os olhos quando viu Myron, mas se recuperou depressa. Sorriu e estendeu a mão.

– Olá, Myron.

– Oi, Greg.

Seu rosto se crispou por um instante. Ele era Gregory, não Greg.

– O que está havendo aqui, Windsor? Pensei que você tivesse algo particular para me dizer.

Win deu de ombros.

– Eu menti – disse ele. – Myron quer falar com você. Ele precisa da sua ajuda.

Gregory se voltou para Myron e esperou.

– Quero falar com você sobre a noite em que Alexander Cross foi morto.

– Não sei nada a respeito disso – falou Gregory.

– Você sabe muito a respeito, mas eu só tenho uma pergunta.

– Desculpe – disse Gregory. – Preciso voltar agora.

Ele se virou para ir embora. Win bloqueou seu caminho. Gregory pareceu intrigado.

– Só uma pergunta.

Gregory o ignorou.

– Por favor, saia da minha frente, Windsor.

– Não – respondeu Win.

Gregory não conseguia acreditar no que estava ouvindo. Abriu um meio sorriso e passou a mão pelo cabelo.

– Está preparado para usar a força para me manter aqui?

– Estou.

– Por favor, Windsor, isto já perdeu a graça.

– Myron precisa da sua ajuda.

– E eu não estou disposto a ajudá-lo. Agora, insisto que você saia da minha frente.

Win não obedeceu.

– Está me dizendo que não vai cooperar, Gregory?

– Exatamente.

Win lançou sua mão espalmada para a frente e o atingiu no plexo solar. O ar saiu dos pulmões de Gregory em um jato. Ele caiu, apoiando-se sobre um joelho, o rosto pálido e coberto de espanto. Myron balançou a cabeça para Win, mas entendeu o que ele estava fazendo. Para pessoas como Gregory, para a maioria das pessoas, na verdade, a violência é algo abstrato. Elas leem a respeito. Costumam vê-la nos filmes e ler sobre ela nos jornais. Mas nunca são atingidas por ela de fato. É algo que simplesmente não existe em seu mundo. Win havia mostrado a Gregory como isso podia mudar depressa. Gregory acabara de conhecer a dor física pelas mãos de um ser humano igual a ele. Seria um homem diferente a partir de então. Não só naquele momento, não só por aquele dia.

Gregory levou a mão ao peito. Estava à beira das lágrimas.

– Não me faça bater em você de novo – avisou Win.

Myron deu um passo em sua direção, mas não o ajudou a se levantar.

– Gregory, nós sabemos tudo sobre aquela noite – anunciou. – Eu tenho somente uma pergunta. Não me importa o que você estava fazendo lá. Não me importa que tenha cheirado ou injetado substâncias ilegais. Isso não me interessa nem um pouco. O que disser não vai incriminá-lo de forma alguma. A não ser que você minta para mim.

Gregory ergueu os olhos para ele. Seu rosto estava completamente lívido.

– Eles não estavam roubando o clube, estavam? – perguntou Myron.

Gregory não respondeu.

– Errol Swade e Curtis Yeller não invadiram o clube para roubá-lo – insistiu Myron. – E também não estavam vendendo drogas. Estou certo? Apenas faça que sim com a cabeça se eu estiver.

Gregory olhou primeiro para Win e depois para Myron. Por fim, assentiu.

– Diga o que eles estavam fazendo – falou Myron.

Gregory continuou calado.

– Apenas diga – prosseguiu Myron. – Eu já sei a resposta. Só preciso que você fale. O que eles estavam fazendo ali naquela noite?

A respiração de Gregory estava voltando ao normal. Ele estendeu a mão. Myron a segurou. Ele se levantou e olhou nos olhos de Myron.

– O que eles estavam fazendo? – perguntou Myron novamente. – Diga.
E então Gregory Caufield falou exatamente o que Myron esperava:
– Estavam jogando tênis.

46

Myron correu até seu carro.

Duane estava ganhando por dois sets a um e vencendo o quarto por 4-2. Estava a dois games de chegar à final do Aberto dos Estados Unidos, mas isso já não parecia ter importância para Myron. Agora ele sabia de tudo. Sabia o que havia acontecido a Alexander Cross, Curtis Yeller, Errol Swade e Valerie Simpson e, talvez, até a Pavel Menansi.

Ele pegou o telefone do carro e começou a fazer ligações. A segunda foi para a casa de Esperanza. Ela atendeu.

– Estou com Lucy – disse.

Esperanza vinha saindo com uma mulher chamada Lucy havia alguns meses. A relação parecia séria. Bem, Myron também pensara que Esperanza estivesse em um relacionamento sério com um cara chamado Max poucos meses antes. Primeiro um Max, depois uma Lucy. Diversão garantida, sempre.

– Você está com a agenda? – perguntou Myron.

– Tenho uma cópia no meu computador aqui.

– No último dia em que Valerie Simpson esteve no nosso escritório, quem tinha hora marcada logo antes dela?

– Só um instante.

Ele ouviu o som dos dedos dela digitando.

– Duane.

Como ele pensava.

– Obrigado.

– Você não está no estádio?

– Não.

– Está onde?

– No meu carro.

– Win também? – perguntou ela.

– Não.

– E a bruxa?

– Estou sozinho.

– Então passe aqui para me pegar. Lucy já está de saída.
– Não.
Ele desligou o telefone e ligou o rádio. Duane estava vencendo por 5-2. Faltava apenas um game. Ele telefonou para o número residencial de Amanda West, a médica-legista. Em seguida, ligou para Jimmy Blaine. Tudo batia. Myron sentiu um calafrio percorrer sua espinha.

Sua mão tremia quando telefonou para Lucinda Elright. A ex-professora de Curtis Yeller atendeu ao primeiro toque.

– A senhora poderia me receber hoje? – perguntou Myron.
– Sim, claro.
– Devo chegar daqui a umas duas horas.
– Eu estarei aqui – falou Lucinda.
Ela não fez perguntas, não quis explicações.
– Até logo – despediu-se apenas.

Duane ganhou o último set por 6-2. Ele estava na final do Aberto dos Estados Unidos, mas a cerimônia após o jogo foi rápida por vários motivos. Em primeiro lugar, a final feminina começaria logo depois da impressionante vitória. Em segundo, o vigoroso Duane Richwood saíra correndo sem dar nenhuma entrevista. Os locutores de rádio pareceram surpresos.

Myron, não.

Ele chegou ao apartamento de Lucinda Elright em menos de duas horas. Ficou menos de cinco minutos, mas a visita foi a última confirmação de que precisava. Já não havia dúvidas. Ele pegou o que fora buscar e voltou para o carro. Meia hora depois, estacionou diante da casa. Tocou a campainha. Nenhum sorriso desta vez quando a porta se abriu. Nenhuma surpresa tampouco.

– Sei o que aconteceu a Errol Swade – disse Myron. – Ele está morto.
Deanna Yeller pestanejou.
– Eu lhe disse isso da primeira vez que esteve aqui.
– Sim – confirmou Myron –, mas não me disse que foi você quem o matou.

47

MYRON NÃO ESPEROU ser convidado. Foi afastando-a da porta e entrando. Como na vez anterior, a atmosfera impessoal da casa chamou sua atenção. Nenhuma fotografia. Nenhuma lembrança. Mas agora ele entendia por quê.

A TV estava ligada na partida. Não era de espantar. As mulheres estavam no meio do primeiro set.

Deanna Yeller o seguiu.

– Deve ser torturante para você – disse ele.

– O quê?

– Ver Duane pela TV. Em vez de ao vivo.

– Foi apenas um caso – falou ela, sem deixar transparecer qualquer emoção. – Não significou nada.

– Duane foi uma transa de uma noite só?

– Tipo isso.

– Acho que não – disse Myron. – Duane Richwood é seu filho.

– Do que você está falando? Eu só tive um filho.

– É verdade.

– E ele morreu. Ele foi morto, lembra?

– Mentira. Errol Swade foi morto. Não Curtis.

– Não sei do que você está falando – disse ela.

Mas não havia muita convicção em sua voz. Ela parecia cansada, como se estivesse se esforçando para fingir... ou talvez tivesse simplesmente percebido que Myron já não estava engolindo suas mentiras.

– Mas agora eu sei.

Myron lhe mostrou o livro em sua mão.

– Sabe o que é isto?

Ela olhou para o livro, o rosto inexpressivo.

– É o livro do ano da escola de Curtis. Acabei de pegá-lo com Lucinda Elright.

Deanna Yeller pareceu muito frágil, como se uma brisa um pouco mais forte fosse capaz de atirá-la contra a parede.

– Duane fez uma plástica de nariz. Talvez alguma outra cirurgia também, não tenho certeza. O cabelo está diferente. Ele ganhou músculos, não é mais um garoto magricela de 16 anos. Além do mais, sempre usa óculos de sol em público. Sempre. Quem poderia reconhecê-lo? Quem sequer imaginaria que Duane Richwood é um suspeito de assassinato morto seis anos atrás?

Deanna cambaleou até uma mesa. Sentou-se. Apontou com fraqueza para a cadeira à sua frente. Myron se sentou.

– Curtis era um atleta excepcional – prosseguiu Myron, folheando o livro. – Estava apenas no segundo ano, mas já havia entrado para os times de futebol americano e basquete da escola. O colégio que frequentava não tinha uma equipe de tênis, mas Lucinda me disse que isso não o impedia. Ele jogava sempre que podia. Adorava tênis.

Deanna Yeller continuou parada.

– Sabe, desde o início eu nunca engoli a versão do roubo – falou Myron. – Você foi logo chamando seu filho de ladrão, Deanna, mas os fatos não sustentavam essa hipótese. Ele era um bom garoto. Não tinha ficha criminal. E era inteligente. Não havia nada para roubar lá. Então pensei que poderia ter sido uma venda de drogas que deu errado. Era o que fazia mais sentido. Alexander Cross era usuário. Errol Swade poderia estar traficando. Mas isso não explicava o porquê de seu filho estar presente. Cheguei até a pensar por um tempo que Curtis e Errol nunca tinham ido àquele clube, que não passavam de bodes expiatórios. Mas uma testemunha bastante confiável jura ter visto os dois. Também disse ter ouvido um barulho de bolas de tênis naquela noite. E ter visto Curtis e Errol cada um com uma raquete. Por quê? Se estivessem roubando o clube, estariam carregando muitas raquetes. Se estivessem vendendo drogas, não ficariam carregando raquete nenhuma. A resposta ficou óbvia no final: eles estavam lá para jogar tênis. Pularam a cerca não para assaltar o clube, mas porque Curtis queria jogar.

Deanna levantou a cabeça. Seus olhos estavam fundos e seus movimentos, letárgicos.

– Era uma quadra de grama – disse ela. – Ele tinha visto o torneio de Wimbledon pela TV naquela semana. Queria apenas jogar em uma quadra de grama, só isso.

– Infelizmente, Alexander Cross e seus amiguinhos estavam lá fora se drogando – continuou Myron. – Eles ouviram Curtis e Errol. O que aconteceu em seguida não está exatamente claro, mas acho que podemos acreditar na palavra do senador Cross neste caso. Alexander estava drogado até a alma e criou alguma confusão. Talvez não tenha gostado de ver dois garotos negros jogando na sua quadra. Ou talvez tenha mesmo achado que eles estavam ali para roubar o clube. Não faz diferença. O que importa é que Errol Swade sacou um canivete e o matou. Pode ter sido legítima defesa, mas eu duvido.

– Ele apenas reagiu – falou Deanna. – Era só um garoto e viu um bando de meninos brancos, então puxou o canivete. Errol não sabia agir de outra forma.

Myron assentiu.

– Eles fugiram em seguida, mas Curtis foi derrubado por Valerie Simpson nos arbustos. Eles lutaram. Valerie olhou bem para Curtis. Muito bem. Quando você está lutando com a pessoa que acredita ter matado seu noivo, não esquece o rosto dela. Curtis conseguiu se libertar. Ele e Errol pularam a cerca e saíram correndo pelo quarteirão. Encontraram um carro parado na entrada de uma casa. Errol tinha sido preso várias vezes por roubo de veículos. Arrombar e fazer uma ligação direta em mais um não foi problema para ele. Foi isso que me fez abrir os olhos. Eu falei com o policial que supostamente atirou no seu filho. O nome dele é Jimmy Blaine. Jimmy me disse que atirou no *motorista* do carro, não no carona. Mas Curtis não poderia estar dirigindo. Isso não faria o menor sentido. O motorista teria que ser o ladrão experiente, não o bom garoto. Foi então que me dei conta: Jimmy Blaine não atirou em Curtis Yeller. Ele atirou em Errol Swade.

Deanna Yeller continuou sentada, imóvel como uma pedra.

– A bala atingiu Errol nas costas. Com a ajuda de Curtis, eles conseguiram dobrar a esquina e subir pela saída de incêndio. Chegaram ao seu apartamento. Àquela altura, as sirenes já soavam por todo lado. A polícia estava cercando vocês. Errol e Curtis provavelmente entraram em pânico. Foi um pandemônio. Eles lhe contaram o que havia acontecido. Você sabia o que isso significava: um garoto branco e rico apunhalado em um clube de luxo para ricaços brancos. Seu filho estava condenado. Mesmo que Curtis tivesse ficado apenas parado ali, mesmo que Errol contasse à polícia que havia sido tudo culpa dele, Curtis estava arruinado.

– Eu sabia mais do que isso – interrompeu Deanna. – Fazia mais de uma hora que o assassinato tinha ocorrido. O rádio já havia anunciado quem era a vítima. Não era apenas um garoto branco rico, era o filho de um senador.

– E você sabia que Errol tinha uma longa ficha criminal – prosseguiu Myron. – Sabia que era tudo culpa dele. Sabia que ele já não teria qualquer chance de sair da cadeia. A vida de Errol estava acabada e era tudo culpa dele. Mas Curtis era inocente. Era um bom rapaz. Sempre tinha feito tudo certo e agora, por causa da estupidez do primo, sua vida estava prestes a ir por água abaixo.

Deanna ergueu os olhos.

– Mas é tudo verdade – insistiu ela, animando-se um pouco. – Você não pode negar nada disso. Pode?

– Não – falou ele. – Imagino que não. Você não deve ter precisado pensar muito para decidir o que fazer em seguida. Tinha ouvido a polícia disparar dois tiros. Viu apenas um em Errol. E, o que era mais importante, Curtis não tinha ficha criminal. Não havia nenhuma foto ou descrição dele nos arquivos.

Myron se deteve. Os olhos de Deanna estavam límpidos e fixos nele.

– De quem era a arma, Deanna?

– De Errol.

– Estava com ele?

Ela assentiu.

– Então você pegou a arma dele. Pressionou-a contra o rosto de Errol. E disparou.

Ela tornou a assentir.

– Você estourou a cara de Errol – continuou Myron. – Isso também me deixou intrigado. Por que alguém o balearia no rosto, à queima-roupa? Por que não na nuca ou no coração? A resposta é: você não queria que ninguém reconhecesse seu rosto. Queria que ele não passasse de um rapaz irreconhecível. Então começou a dar seu espetáculo. Aninhou Errol nos braços e chorou enquanto a polícia e os capangas do senador arrombavam sua porta. Foi muito simples, na verdade. Eu perguntei à legista como tinham identificado o corpo de Curtis. Ela riu na minha cara. Da maneira de sempre, disse. Com a ajuda do parente mais próximo. Você, Deanna. A mãe. Do que mais eles precisavam? Por que questionar sua confirmação? A polícia ficou tão empolgada com o fato de você não querer criar problemas que não chegou a investigar a fundo. E, para finalizar o plano, você teve a espertaza de cremar o corpo. Mesmo que alguém quisesse voltar atrás para conferir, a prova teria virado cinzas.

Myron parou por um instante.

– Quanto a Curtis, a fuga dele foi fácil – prosseguiu. – Errol Swade estava sendo caçado por todo o país, mas ele tinha 1,93 metro e não se parecia nem um pouco com seu filho. Ninguém estava procurando por Curtis Yeller. Ele havia morrido.

– Não foi tão fácil assim – esclareceu Deanna. – Curtis e eu fomos cuidadosos. Havia pessoas poderosas envolvidas. Eu tinha medo da polícia, é claro, mas não tanto quanto dos homens que trabalhavam para o senador. E então todos os jornais transformaram aquele garoto, Cross, em um herói. Curtis sabia a verdade. Se o senador colocasse as mãos no meu filho...

Ela deu de ombros, deixando o óbvio no ar.

Myron assentiu. Tinha pensado na mesma coisa. Mortos não contam histórias.

– Então Curtis passou os cinco anos seguintes foragido? – perguntou ele.

– Pode-se dizer que sim – falou Deanna. – Ficou vagando sem rumo, fazendo o possível para sobreviver. Eu lhe mandava dinheiro sempre que tinha, mas lhe disse para nunca mais voltar à Filadélfia. Combinávamos horários para nos falarmos em telefones públicos e coisas do tipo. Ele cresceu sozinho. Viveu nas ruas, mas tinha instrução suficiente para arranjar alguns empregos. Trabalhou durante três anos em um clube de tênis perto de Boston. Jogava o tempo todo, de vez em quando até sendo pago. Economizei o suficiente para que ele pudesse fazer uma pequena cirurgia plástica. Somente uns retoques, para o caso de topar com alguém conhecido. E, como você disse, o físico dele mudou. Ele cresceu quase três centímetros e ganhou uns 15 quilos. Também passou a usar os óculos de sol, embora eu sempre tenha achado que isso era exagero. Pensei que ninguém pudesse reconhecê-lo. Não a essa altura. Tudo tinha acontecido muito tempo atrás. Na pior das hipóteses, imaginei que alguém fosse achá-lo parecido com um garoto que já morrera. Depois de cinco anos, achamos que ele estivesse seguro.

– É por isso que você passou a receber dinheiro recentemente – concluiu Myron. – Não era suborno. A grana veio depois que Duane se tornou profissional. Ele comprou esta casa para você.

Ela fez que sim com a cabeça.

– E, quando vi vocês dois no hotel naquela noite, eu me apressei ao concluir que eram amantes. Mas, na verdade, não passava de um filho visitando a mãe. O abraço que vi quando ele saiu do seu quarto não foi um abraço de amantes, mas de uma mãe se despedindo do filho. Duane não estava pulando a cerca. Estava apenas fingindo. Wanda tinha razão desde o início. Ele a ama. Nunca a traiu. Não com você. Nem com Valerie Simpson.

Ela tornou a concordar.

– Duane ama aquela garota. Ele e Wanda formam um belo casal.

– Tudo estava indo muito bem até Valerie topar com Duane no meu escritório – prosseguiu Myron. – Ele estava sem os óculos de sol. Ela o viu de perto e, como eu disse antes, ninguém esquece o rosto do homem que acredita ter matado seu noivo. Ela o reconheceu. Roubou a ficha de Duane da minha mesa e telefonou para ele. O que aconteceu em seguida, Deanna? Ela ameaçou expô-lo?

– Há algumas coisas que você ainda não sabe – falou Deanna. – Vou tentar esclarecê-las, OK?

Myron assentiu.

– Curtis não sabia que eu iria matar Errol – disse ela. – Eu tinha mandado que ele se escondesse no porão. Existe um túnel interditado lá. Eu sabia que ele ficaria seguro por um tempo. Mandei Errol ficar comigo, para eu cuidar do ferimento das costelas. Quando Curtis foi embora, eu atirei em Errol.

– Curtis chegou a descobrir a verdade?

– Ele descobriu sozinho mais tarde. Mas não na época. Ele não teve nada a ver com isso.

– E quanto a Valerie? Ela pretendia falar?

– Sim.

Seus olhares se cruzaram.

– Então você a matou – disse Myron.

Deanna ficou calada por alguns instantes. Olhou para as próprias mãos, como se buscasse algo ali.

– Ela não quis ouvir – falou baixinho. – Duane me disse que Valerie ligou para ele. Ele tentou convencê-la de que não era o homem que procurava, mas

Valerie não lhe deu ouvidos. Então fui encontrá-la no hotel. Tentei convencê-la também. Falei que ele não tinha feito nada de errado, mas ela não parava de dizer aquelas tolices sobre não querer esconder mais nada... Falou que já havia enterrado coisas de mais e que agora tudo precisava vir à tona.

Deanna Yeller fechou os olhos e balançou a cabeça.

– A garota não me deixou escolha. Fiquei vigiando seu hotel. Vi quando ela foi correndo para o estádio e sabia que ela estava assustada e iria abrir a boca. Então tive certeza de que não poderia esperar mais, de que precisava impedi-la ou...

Ela parou de repente. Em seguida, tirou as mãos de cima da mesa e as uniu no colo.

– Eu não tive escolha.

Myron permaneceu calado.

– Fiz a única coisa que podia fazer – falou ela. – Era a vida dela ou a do meu filho.

– Então, pela segunda vez, você escolheu seu filho.

– Sim. E, se você me denunciar, terá sido tudo em vão. A verdade virá à tona e vão matar meu menino. Você sabe que vão.

– Eu vou protegê-lo.

– Não, quem tem que fazer isso sou eu.

Pneus cantaram do lado de fora da casa. Myron se levantou e olhou pela janela. Era Duane. Ele estacionou e saiu correndo do veículo.

– Não o deixe entrar – falou Deanna, levantando-se de repente da cadeira. – Por favor.

– O quê?

Ela correu até a porta e passou a corrente de proteção.

– Não quero que ele veja isto.

– Do que você está falando?

Então Myron entendeu. Ela se virou na direção dele. Tinha uma arma na mão.

– Já matei duas vezes para salvar meu filho. Por que não uma terceira?

Myron procurou algum lugar para onde pudesse mergulhar, mas, pela segunda vez naquele caso, ele tinha sido descuidado. Estava totalmente desprotegido. Seria impossível errar.

– Me matar não vai resolver nada – disse ele.

– Eu sei.

Ouviram-se batidas na porta.

– Abra! – gritou Duane. – Não diga nada para ele!

Mais batidas.

Os olhos de Deanna se encheram de lágrimas.

– Não conte nada a ninguém, Myron. Todos os culpados já terão sido punidos.
Ela encostou o cano da arma contra a própria cabeça.
– Não – sussurrou Myron.
– Mamãe! Abra a porta, mamãe!
Ela se virou na direção da voz. Myron tentou alcançá-la a tempo, mas não teve a menor chance. Ela puxou o gatilho e fez um último sacrifício pelo filho.

48

Myron teve que convencer Duane a deixar a mãe ali. Era o que ela teria desejado, lembrou-lhe. Quando os dois já estavam longe o bastante, Myron deu um telefonema anônimo para a polícia de Cherry Hill.
– Acho que ouvi um tiro – falou. Em seguida, forneceu o endereço e desligou.
Eles se encontraram em uma parada da New Jersey Turnpike. Duane já não chorava.
– Você vai contar? – perguntou Duane.
– Não – respondeu Myron.
– Nem para a mãe de Valerie?
– Não devo nada a ela.
Silêncio. Então os olhos de Duane voltaram a lacrimejar.
– A verdade libertou você, Myron?
Ele ignorou a pergunta.
– Conte para Wanda – disse Myron. – Se a ama de verdade, conte tudo a ela. É sua única chance.
– Não dá para você continuar sendo meu agente – falou Duane.
– Eu sei.
– Ela não teve saída. Precisava me proteger.
– Havia outra saída – disse Myron.
– Qual? O que você teria feito se fosse o seu filho?
Myron não tinha resposta para essa pergunta. Sabia apenas que não era matar Valerie Simpson.
– Você vai jogar amanhã?
– Sim – respondeu ele, entrando de volta em seu carro. – E vou ganhar.
Myron não tinha dúvidas quanto a isso.

◆ ◆ ◆

Já era tarde quando ele chegou de volta a Nova York. Deixou o carro no estacionamento Kinney, passou pela escultura feia em forma de intestino e entrou no prédio. O segurança o cumprimentou. Era sábado à noite. Não havia quase ninguém ali. Mas, mesmo da rua, Myron vira a luz acesa.

Pegou o elevador até o 14º andar. Não se ouvia o burburinho habitual da Lock-Horne Seguros e Investimentos. O andar estava escuro. A maioria dos computadores tinha sido desligada e coberta com plásticos, embora alguns continuassem ligados, com seus protetores de tela projetando feixes de luz nas mesas. Myron andou em direção ao escritório com a luz acesa. Win estava sentado à sua mesa, lendo um livro em coreano. Levantou a cabeça quando Myron entrou.

– Então, me conte – pediu ele.

Myron contou. Toda a história.

– Que irônico – exclamou Win quando ele terminou.

– O quê?

– Nós ficamos nos perguntando como uma mãe poderia se importar tão pouco com o filho quando, na verdade, o problema era exatamente o contrário. Ela se importava demais.

Myron assentiu.

Silêncio.

– Você sabe? – perguntou Win por fim.

– Sim.

– Como?

– A Dra. Abramson – falou Myron. – O fato de você visitar Valerie o suficiente para que a psiquiatra dela soubesse seu nome. Isso me fez pensar.

Win meneou a cabeça.

– Eu iria lhe contar.

– Você não precisava matá-lo – disse Myron.

– Às vezes você parece criança – retrucou Win. – Eu fiz o que precisava ser feito.

– Você não precisava matá-lo.

– Frank Ache teria nos matado – afirmou Win. – O único motivo que o fez voltar atrás foi o fato de Pavel Menansi estar morto. Nossa morte deixou de ser lucrativa. Quando eliminei Pavel, eu o deixei sem motivos. Nossas opções eram claras: enfrentar a máfia e acabar mortos ou exterminar um verme. No fim das contas, sacrificar a escória salvou nossas vidas.

– O que mais você fez com Ache? – perguntou Myron.

– Como assim?

– Frank não iria aparecer no meio do nada só para cancelar um assassinato. Algo o assustou. Ele me disse para comentar nosso encontro com você.

– Ah – exclamou Win –, isso.

Ele se levantou para pegar seu taco de golfe. Largou algumas bolas no chão.

– Eu enviei um pacote para ele.

– Que pacote?

– Um pacote com o testículo direito de Aaron. Isso e a morte de Pavel devem ter bastado para convencê-lo de que seria melhor para todos que ele deixasse o assunto para lá.

Myron balançou a cabeça.

– E há alguma diferença entre você e Deanna Yeller?

– Só uma – falou Win, dando uma tacada e encaçapando uma bola. – Eu não a culpo pelo que fez na noite do assassinato de Alexander Cross. Era uma questão prática. Fazia sentido. Ela não confiava no sistema judiciário e não confiava no senador. Nos dois casos, sem dúvida tinha razão. E o que ela sacrificou? Um sobrinho imprestável que teria passado a vida toda atrás das grades de qualquer maneira. Nesse sentido, nós somos iguais.

Ele se preparou para dar a próxima tacada e analisou o percurso que a bola faria no tapete.

– O que nos diferencia, no entanto, é que ela matou uma pessoa inocente na segunda vez. Eu, não.

– É uma linha muito tênue, esta que você está traçando – disse Myron.

– O mundo é feito de linhas tênues, meu amigo. Eu estive lá. Visitei Valerie todas as semanas na clínica. Sabia disso?

Myron balançou a cabeça. Ele provavelmente era a pessoa mais próxima de Win e não sabia. Nem mesmo sabia que ele conhecia Valerie Simpson.

Win deu outra tacada.

– Desde o primeiro momento em que a vi naquele lugar maldito, quis saber o que a havia feito mudar tanto. Quis saber que monstruosidade tinha abatido um espírito que já voara tão alto. Foi você quem descobriu. Pavel Menansi fez isso com ela, da mesma forma que teria feito com Janet Koffman se eu não tivesse impedido.

Win olhou para Myron.

– Você já deve saber disso, mas vou dizer assim mesmo: o fato de a morte de Pavel nos ajudar com Frank Ache foi só um bônus. Eu o teria matado de qualquer maneira. Não precisava de nenhuma desculpa.

– Havia outras maneiras de fazê-lo pagar – disse Myron.

– Como? – perguntou Win com sarcasmo. – Prendendo o desgraçado? Ninguém prestaria queixa. E, mesmo que tudo fosse revelado como você planejava, o que aconteceria com ele? Provavelmente acabaria escrevendo um livro e indo ao programa da Oprah. Contaria ao mundo como sofreu abusos quando criança ou alguma idiotice do gênero. Serviria apenas para deixá-lo mais famoso.

Outra tacada. Outro buraco.

– Nós não somos iguais. Ambos sabemos disso. Tudo bem.

– Não está tudo bem – disse Myron.

– Sim, está. Se fôssemos iguais, não daria certo. A esta altura, estaríamos os dois mortos. Ou loucos. Nós nos equilibramos. É por isso que você é meu melhor amigo. E é por isso que amo você.

Silêncio.

– Não faça isso de novo – disse Myron.

Win não respondeu. Acertou outra tacada.

– Está me ouvindo?

– Hora de seguir em frente – concluiu Win. – Esse incidente é passado. Você sabe muito bem que não se pode controlar o futuro.

Mais silêncio. Mais uma tacada certeira.

– Jessica está esperando – anunciou Win. – Ela me pediu para lembrá-lo sobre os novos óleos que comprou.

Myron se virou e foi embora. Sentia-se sujo e confuso. Mas sabia que Win tinha razão: estava acabado. Só demoraria um pouco para as coisas voltarem a parecer normais. Mas ele se recuperaria.

E que melhor maneira de iniciar o processo de cura, pensou Myron enquanto entrava no elevador, do que com os óleos de Jessica?

CONHEÇA OS LIVROS DE HARLAN COBEN

Não há segunda chance
Até o fim
A grande ilusão
Não fale com estranhos
Que falta você me faz
O inocente
Fique comigo
Desaparecido para sempre
Cilada
Confie em mim
Seis anos depois
Não conte a ninguém
Apenas um olhar
Custe o que custar
O menino do bosque

Coleção Myron Bolitar
Quebra de confiança
Jogada mortal
Sem deixar rastros
O preço da vitória
Um passo em falso
Detalhe final
O medo mais profundo
A promessa
Quando ela se foi
Alta tensão
Volta para casa

Para saber mais sobre os títulos e autores da Editora Arqueiro,
visite o nosso site e siga as nossas redes sociais.
Além de informações sobre os próximos lançamentos,
você terá acesso a conteúdos exclusivos
e poderá participar de promoções e sorteios.

editoraarqueiro.com.br